古典文藝研究輯刊

四 編

曾 永 義 主編

第 24 冊

清初蘇州崑腔曲律研究
——以《寒》《廣》二譜與傳奇作品爲論述範疇(下)

李 佳 蓮 著

國家圖書館出版品預行編目資料

清初蘇州崑腔曲律研究——以《寒》《廣》二譜與傳奇作品為
論述範疇（下）／李佳蓮 著 — 初版 — 新北市：花木蘭文化
出版社，2012〔民 101〕
目 6+186 面；19×26 公分
（古典文學研究輯刊 四編；第 24 冊）
ISBN：978-986-254-773-1（精裝）
1. 清代戲曲 2. 戲曲評論
820.8   101001747

ISBN-978-986-254-773-1

9 789862 547731

古典文學研究輯刊
四 編 第二四冊   ISBN：978-986-254-773-1

清初蘇州崑腔曲律研究
——以《寒》《廣》二譜與傳奇作品為論述範疇（下）

作　　者　李佳蓮
主　　編　曾永義
總 編 輯　杜潔祥
出　　版　花木蘭文化出版社
發 行 所　花木蘭文化出版社
發 行 人　高小娟
聯絡地址　新北市永和區中正路五九五號七樓
　　　　　電話：02-2923-1455／傳真：02-2923-1452
網　　址　http://www.huamulan.tw 信箱 sut81518@ms59.hinet.net
印　　刷　普羅文化出版廣告事業
初　　版　2012 年 3 月
定　　價　四編 32 冊（精裝）新台幣 52,000 元

清初蘇州崑腔曲律研究
——以《寒》《廣》二譜與傳奇作品爲論述範疇（下）

李佳蓮　著

目次

第肆章 從蘇州劇作家傳奇作品探討清初崑曲聯套規律

小 引

本章接續前二章以南北曲譜觀察清初蘇州崑腔曲律之曲牌格式變化後，再以劇作家傳奇作品爲研究文本，探討崑曲聯套規律的發展情形，一來補充之前對於曲律的探索偏重於單支曲牌格式的個別分析，二來盼能在應用的層面上，探討清初崑曲聯套實際運作的情形，三來期待以此不同的觀察方式，爲這一批劇作開拓新的研究天地。

在正式進入討論之前，首先說明幾點：

其一，關於本論文所謂清初蘇州劇作家，筆者在碩士論文《清初蘇州劇作家研究》中提出，以活躍於清順康二朝、蘇州府所轄一州七縣、今仍有戲曲作品存世的十八位劇作家爲研究範圍；本文既以同時地之崑腔曲律爲研究對象，自然承襲此研究範圍，而不依從學界所謂「蘇州劇派」等以風格流派爲依歸的研究標準。〔註 1〕然筆者經過進一步思考之後，認爲朱葵心、許恆南二人活躍於明末、黃祖顓創作於康熙末期，畢竟有所不同，終剔除之。是故本論文所指劇作家爲：尤侗、王續古、丘園、朱素臣、朱佐朝、朱雲從、李玉、吳偉業、畢魏、陳二白、張大復、盛際時、葉稚斐、鄒玉卿等共計十四人。

〔註 1〕 請參見拙著：《清初蘇州劇作家研究》（國立台灣大學中文所碩士論文，2001年 5 月），〈前言〉，頁 1～7。

其二，關於本章以及下一章所論劇作品，由於崑山腔所依附的劇本體製是傳奇，因此以上述十四位劇作家之傳奇作品爲文本，然部分作品有眾說紛紜的歸屬與板本問題，筆者已在碩論中加以釐清，請參見拙論附錄三〈清初蘇州劇作家作品本事、板本、館藏概況一覽表〉，茲不再贅。〔註2〕另外，崑山腔兼收南北曲而以南曲爲主，北曲部分，本章將設有「南北合套」以及「北套運用」等節專事討論。

至於本章展開論述的過程，首先從縱剖面總和所有內容，就中分析有、無使用主套的情形，以掌握清初崑曲聯套規律之整體趨勢；其次再從橫切面區分獨立議題，從個別作家、個別作品以及個別套式的角度，探討其所呈現的個別面向。

第一節　各類型主套之消長情形

一、「主套」的觀念與組套形式

（一）所謂「主套」

前面第參章〈從《北詞廣正譜》觀察清初蘇州北曲之發展與變化〉之中，第四節〈曲譜所見清初北曲聯套規律〉曾經談到北曲聯套規律至爲謹嚴，相較於此，南曲的聯套規律可說是靈動得多。汪志勇《明傳奇聯套研究》第三章〈明傳奇聯套分析（上）第一節　南曲聯套之特質〉中提到：

> 至如聯套之運用，北曲較有一定形式，無論長套短套，其首尾數曲，均有定式，而南曲則不然。蓋南曲曲牌源於宋詞者多，……且南曲聯套又可雜以民歌小唱者，……。〔註3〕

可知南曲因源於「民歌小唱」，本著「里巷歌謠」、「村坊小曲」「本無宮調，亦罕節奏」、「順口可歌」的「隨心令」特質，〔註4〕故其聯套規律乍看之下似無一定，實則不然。近代曲學泰斗吳梅《顧曲麈談》〈第一章論原曲　第三節

〔註2〕至於本論文所據板本，請參見附錄五〈清初蘇州劇作家作品之聯套分析表〉前列說明。

〔註3〕汪志勇：《明傳奇聯套研究》（台北：嘉新水泥公司文化基金會，1976年），頁30。

〔註4〕請見〔明〕徐渭：《南詞敘錄》，收入《中國古典戲曲論著集成》第三冊（北京：中國戲劇出版社，1959年），頁239～240。

論南曲作法〉便說到：

> 南曲套數，至無一定，然自梁伯龍《江東白苧》詞後，其聯絡貫串
> 處，又似有一定不可更改之處。大抵小出可以不拘，……大出則全
> 套曲牌，各有定次，前後聯串，不能倒置。（若用集曲，則亦可不
> 拘。）……作者順其次序，按譜填之，不可自作聰明，致有冠履倒
> 易之誚。〔註5〕

可知南曲聯套規律雖則靈動，亦自有其「定次」，此「定次」又按場面之大小
而有其「一定不可更改之處」；換句話說，南曲既有「可以不拘」之處，亦有
「不能倒置」之處，前者可用於「小出」，後者應用在「大出」。吳梅的說法，
恰可以和與他同時的另一位曲學巨擘許之衡的說法互相參照，許之衡在《曲
律易知》卷下〈排場變動〉提出了「主曲」的觀念，他說：

> 每折除短劇之外，皆有主曲，主曲者，一折之主腦、題目之正文。
> 例如：《琵琶》〈賞荷〉折，以【梁州新郎】『新篁池閣』數曲為主曲
> 是也。有於主曲之前，作小段落者，此小段落，可不用贈板，亦可
> 用別宮曲調，乃是變通原則，古人名曲常有之。〔註6〕

可知：在一折之「主腦」、「正文」之處，就必須有「全套曲牌」「不能倒置」
之「主曲」；「主曲」前後（筆者案：事實上之後亦有，詳下文）有「至無一
定」、「可以不拘」的「小段落」，即為其「變通」靈動之處。吳梅所謂「大出」、
「小出」除了以一整出為單位之外，也應當包含一出之中的「主腦」處與非
主腦之「小段落」處。

　　檢驗許之衡所舉《琵琶》〈賞荷〉折，即汲古閣本第 22 出〈琴訴荷池〉，
全出共用十六支曲牌，實分為三個段落：第一段落為首曲【一枝花】至第五
支【懶畫眉】前腔為止，演伯喈獨自操琴解悶；第二段落為第六支【滿江紅】
至第八支【桂枝香】前腔，演牛小姐聽琴，伯喈卻屢屢誤彈；第三段落為第
九支【燒夜香】至第十六支、亦即全出末曲【餘文】，演伯喈夫妻飲酒賞荷、
卻心事兩般。〔註7〕從三個段落用曲多寡、情節內容以及腳色輕重來看，可知

〔註5〕　吳梅：《顧曲麈談》，收入《吳梅全集·理論卷》上冊（石家莊市：河北教育
　　　　出版社，2002 年），〈第一章論原曲　第三節論南曲作法〉，頁 66。
〔註6〕　許之衡：《曲律易知》，民國壬戌（十一年，1922 年）飲流齋刊本，現藏於台
　　　　灣大學總圖書館善本書室，卷下〈排場變動〉，頁 136。
〔註7〕　此據汲古閣本《琵琶記》，收入：《六十種曲》（北京：中華書局，1958 年），
　　　　第一冊頁 86～91。

第三段落爲許氏所謂「一折之主腦、題目之正文」：此段落以引子【燒夜香】引出牛小姐上場，眞正開始的過曲是【梁州序】〔註8〕疊用四支、接續【節節高】疊用兩支，以【餘文】尾聲結束，這一整個段落便是許氏所謂「主曲」。第一、第二段落便是許氏所謂「有於主曲之前，作小段落者」。

　　值得注意的是，許氏所謂「主曲」亦即：【引】、【梁州序】、【前腔】、【前腔】、【前腔】、【節節高】、【前腔】、【尾聲】，本身自成一個段落，不僅見於《琵琶》，也見於《牧羊記》第 17 出、《雙忠記》第 20 出等，〔註9〕儼然成爲一種襲用的模式，許子漢《歷程》稱之爲「套式」，在本文爲了凸顯該套式在一出之中居有「主腦」、「正文」的重要地位，筆者稱之爲「主套」。在探討曲牌聯套規律之前，首先必須釐清的觀念便是「主套」。「主套」觀念既明，則接下來要探討的是主套的形式。

（二）主套的形式

　　「主套」既然必須「各有定次，前後聯串，不能倒置」，那麼，南曲有哪些「前後聯串」的組套形式呢？關於此點，前輩學者曾經先後提及，筆者整理出六位具代表性者，將其說法匯製爲附錄五〈近代各家對於南曲聯套形式說法一覽表〉以清眉目，請參考之。

　　從該表可以發現，學者們分別從不同的角度分析與歸納，因此分類結果參差錯落，如：汪志勇《明傳奇聯套研究》與許子漢《歷程》均以明傳奇文本爲依據，就其所見套數作詳、簡不同的分析；王守泰《崑曲曲牌及套數範例集》與鄭西村《崑曲音樂與塡詞》則著眼於音樂現象的探討，就現今崑曲場上經常搬演的套數及演奏方式作出歸納，其中鄭書還溯及既往，從南曲的源流之一——說唱音樂的結構形式結合到南曲的聯套形式；曾師永義未刊稿〈宋元南曲戲文之體製、規律與唱法〉與俞爲民《曲體研究》則偏重在歷史的脈絡，俞氏略同鄭書，從早期南戲的只曲組合，勾勒到北曲南移後對南戲曲調組合形式產生的影響，曾師該文乃「戲曲專題」授課講義，筆者受教多年，於課堂上偶有心得即記錄整理，竊以爲曾師是從事物發展原理的宏觀角度，針對宋元時期南曲戲文吸收北曲、地方小曲的成分逐漸滋養、成熟的過程中，

〔註8〕　汲古閣本及元抄本《琵琶記》都用【梁州序】，與許氏所謂【梁州新郎】略有出入，茲從劇本，然當不影響討論。

〔註9〕　請參見許子漢：《明傳奇排場三要素發展歷程之研究》（前揭書），〈研究資料丙編〉，頁 563。

曲之「聚眾成群」有九種由簡單而繁複的歷程，是以涵融了單支曲牌、民歌小調、南北戲曲等各項因素，統整出曲牌聯綴的諸多形式。

　　儘管諸位前輩學者立論的基準點、依據的對象有所不同，但若經過仔細的釐清與彙整，可以發現同中有異、異中求同，綜合上述諸說並化繁為簡之後，筆者鄙意以為：大抵南曲曲牌聯綴成套時，可分為五大類型：

　　一為「一般聯套」，指正常之套數，具有引、過曲、尾聲（或省引、尾）之數支同宮調、不同曲牌聯綴成套者，類似宋代說唱中的「纏令」。〔註10〕此又分為兩大類，一為曲牌間有相對固定的次序、規則，歷代曲家相沿承襲者，為一定套式之聯套；二為曾師所提出的「雜綴」，曾師上述文章指出：

　　　「雜綴」之名是著者所創，意即隨意取用曲牌以演出一段情節，其
　　　間無須考慮宮調、管色與板眼之協同與連接之規律。這種情形其實
　　　談不上「聯套」，也產生不了「套式」。（頁14）

　　二為「循環聯套」，是指二或三支曲牌按序輪用或不固定的雜用，即源自宋代說唱中的「纏達」，〔註11〕或謂「子母調」。〔註12〕

　　三為「疊腔聯套」，即單用支曲重複疊用即成套式，北曲稱為「么篇」，南曲則稱「前腔」。此又分為兩類，一為完全疊用前腔、形成聯章；二為前腔起句與首支起句相異者，稱為前腔換頭、或直呼「換頭」。

　　四為「南北合套」，南曲借用北曲又分三種情形：一為部分曲牌或曲段的借用，亦即由各不相重的北曲與南曲交雜出現；二為借用整個北套，或者全由北套組場、或者間隔插入南曲曲牌；三為南北合套，即一南一北、或一北一南穿插交相遞進。

　　五為「集曲聯套」，「集曲」舊稱「犯調」，蓋採用若干支曲牌，各摘取其中的若干樂句，重新組成一支新的曲牌，由「集曲」組成套式者稱為「集曲聯套」。集曲可以運用一般曲牌的組合方式聯綴成套，又分為三類：一為一般地異曲聯用、或者疊腔成套；二為獨用一支大型集曲；三為從原有套式變化

〔註10〕（宋）耐得翁：《都城紀勝》〈瓦舍眾伎〉條云：「唱賺在京師日，有纏令、纏達：有引子、尾聲為『纏令』」，收入（宋）孟元老：《東京夢華錄外四種》（台北：大立出版社，1980年），頁96。

〔註11〕同前註，耐得翁又云：「引子後只以兩腔互迎，循環間用者，為『纏達』。」即此。

〔註12〕〔明〕朱權《太和正音譜》之調名譜中，於正宮【滾繡球】、【倘秀才】兩調名下均有注云：「亦作子母調。」見《中國古典戲曲論著集成》第三冊，頁55。

而來，或者同套之中前後曲牌互相犯調而成一套，或以疊用之某調犯入原套之曲，此類可稱爲變套集曲。

以上五大聯套類型及其細目，幾乎囊括了大部分南曲組套的形式。其中或繁或簡、或謹嚴或鬆散，可以見出南曲聯套層次之深淺、形式之複雜。之所以如此，不外乎因爲南曲發展變化的歷程，從前述南戲「里巷歌謠、村坊小曲」的「隨心令」形式，經由北曲化、文士化、崑曲化之後，蛻變成長爲格律謹嚴、「功深鎔琢」的崑山水磨調，〔註13〕本來就是一條由零散隨興走向規律嚴整的道路。本論文研究對象雖云「崑曲」，但實爲嚴謹化的「崑山水磨調」；此崑山水磨調創定於明嘉隆時期，傳衍至清初，經歷了百年滄桑，此五大類聯套類型彼此之間的浮沈消長、興廢存亡，是如何的景況？其發展又是如何的趨勢？是進一步走向規律的高峰、還是反過頭來往鬆散的下坡崩解？便是以下即將展開的議題。

二、「主套」所屬類型之比重分佈

（一）各聯套類型之高低比重

五大聯套類型在許子漢《歷程》書中，因將「北套」自「南北合套」中獨立出來而爲六章，並將二百零七部明傳奇所常見襲用的「熟套」加以分類整理，編號列出，請參見該書《研究資料彙編》〈丙編 襲用套式〉（頁 547～635）。這份資料還詳細列出使用該套式之傳奇劇名及出次，筆者進一步將該書所列「熟套」最早使用於何部劇作、按該劇於許書中被列入第幾時期，整理出每一套熟套在明代最早出現的時間點。

以此爲基準，筆者將本文所研究清初蘇州劇作家五十一部劇作、五十五〔註14〕本所出現的套式，繪表羅列內容、歸納類型並註明該套出現於明代第幾時期，整理爲〈清初蘇州劇作家作品之聯套分析表〉共計五十五份，然因卷帙繁多，爲節省篇幅以求精簡，僅以李玉《一捧雪》、《清忠譜》二齣代表名劇之〈聯套分析表〉列出供作參考，請參見附錄六〈清初蘇州劇作家作品之聯套分析表——以李玉《一捧雪》、《清忠譜》爲例〉；又根據此表的內容進

〔註13〕可參見曾師永義：〈也談「南戲」的名稱、淵源、形成與流播〉，收入氏著：《戲曲源流新論》，台北：立緒出版社，2000 年。

〔註14〕雖云五十一部劇作，然李玉《麒麟閣》一部共有二本，朱素臣、盛際時、葉稚斐、丘園四人合寫《四大慶》一部共有四本，因此總計本數實爲五十五本。

一步統計，整理出附錄七〈清初蘇州劇作家作品之聯套分析統計結果表〉，將五十五本傳奇作品、共計 1572 套聯套的內容、類型及首見時期，作一整體性、有機性的通盤考察，關於各套式首見時期及其意義，將於後文第四節第四點一併探討；此處請先從縱向的角度，全面觀察清初蘇州劇作「主套」所屬類型之比重分佈。

　　〈統計結果表〉將 1572 套聯套分為兩大類：第一類是「沿用明代熟套為其主套者」，即是該表各大聯套類型中第二、三欄的總和，總結於該表倒數第二欄「主套總計」；第二類是「無明代熟套或無主套者」，即是該表各大聯套類型中第一欄的總和，總結於該表最末欄，簡稱為「無主套者」，從此末二欄的數字多寡，可知清初蘇州劇作家作品以「沿用明代熟套為其主套者」居大多數，在 1572 套中佔有 1154 套，比例高達 73.4%；「無明代熟套或無主套者」佔 418 套，約達 26.6%，即不到三成的比例。

　　前文已經說明，「主套」為一出之中居於主腦地位、且形式穩定儼然成為襲用模式的套式，代表崑山水磨調趨於規律謹嚴，而異於南戲時代鬆散隨興的特質，顯然此特質到了清初，仍大體走向規律的道路恪遵前代。若將此點與其他腔調並比而觀，相較於板腔體之京腔、梆子腔乃至於多數地方戲曲可依腔板形式作快慢疾徐、伸縮增減等各種自由變化，崑山腔受制於曲牌之格式決定其性格、其性格又影響曲牌聯用的結果，以致必有一套顛撲不破的規律；再將視野延伸到現代，則如今崑劇場上搬演的名劇，也大抵沿襲明代所創體製，其彈性空間不大，也是因為這個緣故。因此，本〈統計結果表〉顯示清初崑山腔的聯套情形，仍以沿用明代熟套為七成以上的比例，是與崑山腔的整體特質冥然相通的。

　　那麼，這些主套是以何種類型的明代熟套為主呢？先從〈統計表〉前十五欄細目中以粗黑體標示出最多數的分佈來看，總計五十五本之中，以「疊腔聯套」之第三欄共佔了二十五本居冠，將近半數之多；「一般聯套」之第三欄及第一欄分居亞、季，分別為十八本與十六本，差距甚微，而與居冠之二十五本差距較大。

　　再從統計數字來看，此前三名的實際聯套數為：359 套、331 套以及 262 套，所佔總數比例分別為：22.8%、21.1%以及 16.7%，也和上列本數吻合。可知，清初蘇州劇作家所使用的主套，以沿用明代熟套、幾無二異的「疊腔聯套」為最多數，將近半成。但若再從整體的角度，觀察五大類型所佔比重，

則又略有不同：〈統計結果表〉最末行的數字大小依序是：50%、27.6%、11.1%、8.4%以及 2.9%，亦即代表：清初蘇州劇作家所使用主套類型的整體傾向，仍以「一般聯套」爲最多，恰居半數；其次始爲「疊腔聯套」，亦有近三成之高；剩餘二成，則由「南北合套」、「集曲聯套」及「循環聯套」三類共同組成。「一般聯套」本即最基本的曲牌聯綴形式，其他四種或由聯綴方式不同、或由組成的曲牌性質不同變化而來，因此，此種類型在整體上居清初蘇州劇作家作品中的多數，也代表著清初崑曲聯套規律的穩定性與普遍性；在此同時，蘇州劇作家顯然又偏愛以疊腔的形式組成主套，致使以「疊腔聯套」爲主的劇本數高於其他種聯套形式，也顯示出清初蘇州劇作家的編劇偏好與特質。

（二）各聯套類型之內的分佈情形

至於各大類型之內的詳細情形，從居冠的「一般聯套」看起，仍以和明代熟套幾無二異的情形居多，總計 331 套；其次爲明代熟套所無之新套式或者雜綴曲牌，總計 262 套，僅比冠軍少了 69 套，可謂差距不大；和明代熟套頗有差異、但又不至於構成新套式者居末，總計 192 套，將近冠軍的三分之二數。整體觀察下來，「一般聯套」類型中的三種情況是最爲平均出現者，不似其他類型有明顯集中某型態的情況。

「疊腔聯套」便是明顯集中於和明代熟套幾無二異者一類，總計 359 套，甚至於超過「一般聯套」的 331 套已如上述；而不見於明代熟套的疊腔聯套總計 63 套，雖不佔多數，但從表中可見幾乎每本劇作都會出現一、二套，可知清初少部分曲牌由不常疊用發展爲可供疊用；疊腔聯套的變化方式是「換頭」，此類居末者即此，僅有十部作品，共計 12 套，可知純以「前腔換頭」疊腔成套是清初蘇州劇作家不常使用的聯套方式。

「南北合套」的各類型使用，總共佔了一成稍多，其中以「南套與北套合用、穿插遞進者」居冠，「純用北套或有南曲間相插入者」居次，雜用南、北曲曲牌者最爲凌亂無序，故居末位。其中南北遞進者幾乎每劇必用一、二套，僅四部劇作未見使用，〔註15〕吳偉業《秣陵春》使用四套最多，然該劇出數亦多，可知，南北合套是清初作劇時非常普遍使用的一種聯套方式，它常於兩方腳色、立場有所對立或者衝突時出現，用以凸顯兩種不同的情緒，平均每劇出現一、兩套，雖多無益，正因爲它適用於調劑場面、展現戲劇張力。

〔註15〕即：朱素臣等《四大慶》、朱佐朝《九蓮燈》、《蓮花筏》、鄒玉卿《雙螭璧》，其中《九蓮燈》僅存上本、下本殘存數出，恐又不足爲據。

「集曲」是明中晚期以後創發新曲牌的流行手法之一，林鶴宜在《晚明戲曲劇種及聲腔研究》從曲譜所收曲牌數量的變化中指出：

> 從《舊編南九宮曲譜》到《九宮大成宮譜》短短二百年中，曲牌數
> 量，光是名目就有三倍的成長，其中有一大部分來自集曲。……《九
> 宮大成宮譜》所收錄的一千五百十三支曲牌中，有五百八十四支是
> 集曲，占全數的 38.59%，超過三分之一強，其中仙呂、正宮、南呂、
> 商調的集曲數目都反過來領先過曲。〔註16〕

但令人訝異地，曲譜中集曲激增的現象，卻不被應用於劇本的實際創作之中，「集曲聯套」的使用僅佔全部套數的 7.9%，還不到一成的比率，顯示出集曲的「實用性」必須重新衡量，見後文分析。

「循環聯套」則是最少使用的聯套類型，有使用的劇作共計 37 本，可見三成以上的劇作仍會使用循環聯套，但大多數出現一次即可，極少數使用兩套，亦少有創新套式。

以上討論，大致可以見出清初蘇州劇作家作品具有「以明代熟套為其主套者」占全劇作的比重、以及該主套分配在五大類型中的比重等各種浮沈消長、興廢存亡的趨勢。以下進一步探討各類型消長興亡的實際內在原因。

三、「一般」聯套之變化分析

（一）以「幾無二異」者居多

首先談到「一般聯套」。上述此項以第三欄為最多，亦即：清初蘇州劇作家所使用的一般聯套，是以「一仍明代、幾無二異」者居多，所謂「幾無二異」，是指該套式的主要組成曲牌之型態、次序大致不變，不致影響全套結構者。因為聯套雖有規律，但絕非一成不變、固定無動的制式化規範，是需要因應劇情、聲情作適當的調節與變動的，因此，本文與許氏《歷程》中所列熟套作比對，絕非以「一模一樣」作為基準。

以此「一般聯套」為例，若該聯套本身是由二或三支曲牌各自疊腔再聯結成套者，只要組成曲牌都有出現，便構成該套式的結構，支數多寡略有異動都無關大局、不須苛求。例如：許氏《歷程》南呂第一套〔註17〕、即上述

〔註16〕林鶴宜：《晚明戲曲劇種及聲腔研究》（台北：學海出版社，1994 年），頁 160
～161。

〔註17〕本文所述何宮調何套，均據許子漢《歷程》〈研究資料丙編・襲用套式〉所列

許之衡舉《琵琶》〈賞荷〉折之套式，需由【梁州序】聯結【節節高】，二曲各視情況疊用數支，一般前者多疊於後者。然李玉《永團圓》第九出僅疊用【梁州序】卻失落了【節節高】，就改變了該套式的結構，反而形成「疊腔聯套」，故不歸於「一般」而歸於「疊腔」；黃鐘第一套需由【啄木兒】、【三段子】、【歸朝歡】組成，《人獸關》第十七出卻改爲集曲【啄木鸝】、【三段催】，結構雖然不變，曲牌型態卻已改變，仍不能歸入「一般」而改歸「集曲聯套」；黃鐘第七套爲【降黃龍】聯結【黃龍滾】，並或各疊用幾支，前者多疊於後者，則畢魏《三報恩》第二十三出各疊一支、朱雲從《龍燈賺》第十五出僅疊【降黃龍】一支、張大復《金剛鳳》第二十一出僅疊【黃龍滾】一支，均不影響全局而歸於此套。凡此種種其例甚多，諒不須一一贅舉。也因爲此類與明代熟套差異不大，故無須就中探討變化趨勢，僅於此處說明即可。

（二）「略有差異」者的變化趨勢

接下來要探討「一般聯套」中的第二欄，即與明代熟套有所差異、卻又不至另立一套者，從此中的異同處便可窺知「一般聯套」類型變化的趨勢。綜合〈分析表〉中 192 套此類套式，可大致分析出幾種情形：

1、套式結構不變，但部分曲牌的形式有所轉變

此類略同上述黃鐘第一套，但前者由三支曲牌組套，發生變異者高達兩支，已嚴重影響整個套式的成分，所以改歸別類；此處所談者，爲多支曲牌組成一套、其中部分支曲發生變異者爲是。此變異不外乎兩類：前腔換頭與由過曲變爲集曲。前者如：仙呂第十二套爲【八聲甘州】、【前腔】、【解三酲】、【前腔】，李玉《永團圓》第二十八出改爲【八聲甘州】、【前腔換頭】、【不是路】、【解三酲】；後者如：南呂第一套將【梁州序】改爲【梁州新郎】已見前述，李玉《一捧雪》第十八出及《兩鬚眉》第三十出均變爲【梁州新郎】、【前腔換頭】、【節節高】，則是結合兩種情況。

2、套式結構不變，但部分曲牌有增減損益的情形

如黃鐘第四套本爲【畫眉序】、【前腔】三支、【滴溜子】、【鮑老催】、【滴滴金】、【鮑老催】、【雙聲子】，然葉稚斐《英雄概》第十六出變爲【畫眉序】、

編號（前揭書，頁 548～635），以下恕不再註。又，因爲【引子】及【尾聲】算是獨立的曲牌，不與過曲相依屬，故本文引述套式時，大多省略，以免冗雜、力求簡潔。

【前腔】、【滴溜子】、【鮑老催】、【雙聲子】，減去了一支【鮑老催】及【滴滴金】；張大復《雙福壽》第八出變爲【畫眉序】、【滴溜子】、【鮑老催】、【雙聲子】，比起前套進一步減去前腔。

再如中呂第五套，本爲【泣顏回】、【前腔】、【千秋歲】、【前腔】、【越恁好】、【紅繡鞋】，葉稚斐《琥珀匙》第五出變爲【泣顏回】、【前腔】、【千秋歲】、【前腔】、【越恁好】，即減少了【紅繡鞋】；朱素臣《秦樓月》第十五出更進一步少了【千秋歲】的前腔；丘園《黨人碑》第二十四出又變爲【泣顏回】、【千秋歲】、【泣顏回】、【越恁好】、【紅繡鞋】，即增、減同時發生。

再如仙呂第三套原套作【桂枝香】、【不是路】、【長拍】、【短拍】，李玉《麒麟閣》第二本第二十七出變作【桂枝香】、【不是路】、【長拍】，很罕見地減去了【短拍】；葉稚斐《琥珀匙》第八出變作【桂枝香】、【引】、【長拍】、【短拍】，即將【不是路】減去、增加一支【引】曲。

再如中呂第九套，原作【山花子】、【前腔】3支、【大和佛】、【舞霓裳】、【紅繡鞋】、【意不盡】，李玉《占花魁》第二十八出變作【山花子】、【紅繡鞋】、【意不盡】；丘園《黨人碑》第三出則作【山花子】、【大和佛】、【舞霓裳】；尤侗《鈞天樂》第三十二出則作【山花子】、【前腔】、【前腔換頭】、【前腔】、【舞霓裳】、【紅繡鞋】、【尾聲】，則諸劇各有不同的增損。其例甚多，不煩再舉。

3、「曲組聯套」有了集中並偏重某式之傾向

許子漢《歷程》引用許之衡《曲律易知》對於越調【小桃紅】套、商調【二郎神】套「或長或短，任人配搭」的說明，認爲在一般聯套中，有一類套式是「以一組曲情相近之曲牌爲範圍，曲家可以在此組曲牌中，任擇數支，不拘長短，只要按節奏之快慢組套即可。」這一類由「一組曲牌互相搭配而生之套式」，許氏稱之爲「曲組聯套」，成爲一般聯套中較爲特殊者。〔註18〕許氏觀察所得共有四組曲組聯套：正宮【刷子序】套、南呂【香遍滿】套、商調【二郎神】套以及雙調【步步嬌】套，每套之中，許氏又詳分爲 1～13式不等的套式。

然而，這四套到了清初的發展又略有不同，商調【二郎神】套算是使用得最平均、一如許之衡所謂者；其他三套雖則靈活彈性一仍明代，卻顯得集中、偏重於某幾式，例如：正宮【刷子序犯】套分爲第一至四套 4 式，清初

〔註18〕許子漢：《歷程》（前揭書），頁 194。

卻較少使用【刷子序犯】之第 3 三套而偏重於第一、二套。

最明顯的是形式較長的南呂與雙調：南呂【香遍滿】套細分爲第二至九套 8 式，第二套原作【香遍滿】、【懶畫眉】、【梧桐樹】、【浣溪沙】、【劉潑帽】、【秋夜月】、【東甌令】、【金蓮子】，然而，清初很多部劇作卻只偏重始於【梧桐樹】或【浣溪沙】、終於【金蓮子】之曲段，李玉《一捧雪》第一出、《人獸關》第十六出、朱素臣《秦樓月》第四出、朱佐朝《萬壽冠》第九出、陳二白《雙冠誥》第四出…等劇均復如此，不過，陳二白《稱人心》第十六出則反其道而行，偏重原套前半段【懶畫眉】、【前腔】、【梧桐樹犯】、【浣溪沙】成套。用及第六套之【三學士】、【大迓鼓】、【撲燈娥】以及第七套之【瑣寒窗】、【三換頭】者甚少。

雙調【步步嬌】套分爲第六至八套三式，但較常出現的第六套和第七套，卻往往分開使用，其中第七套亦偏重於後半段而已，該套原作【步步嬌】、【忒忒令】、【沈醉東風】、【園林好】、【江兒水】、【五供養】、【玉抱肚】、【玉交枝】、【川撥棹】，然大部分曲家均只用【沈醉東風】或【園林好】始至【川撥棹】後半段，如：李玉《一捧雪》第二十三出、《人獸關》第十八出、朱素臣《未央天》第十三出、朱佐朝《奪秋魁》第九出、畢魏《三報恩》第二十出、張大復《快活三》第二十四出、鄒玉卿《青虹嘯》第十五出……等劇。

這四組曲組聯套不同的發展，均可以說是異於明代的特殊現象。

4、非「曲組聯套」、曲牌前後卻次序略異者

一般說來這種情況並不算多，但仍然是發生了，如：商調第十八套原作【山坡羊】、【水紅花】，李玉《清忠譜》第十二出、朱佐朝《蓮花筏》第十二出均作【水紅花】、【山坡羊】；第十九套原作【山坡羊】、【水紅花】、【梧桐葉】，畢魏《竹葉舟》第二十六出變作【山坡羊】、【梧葉兒】、【水紅花】。

5、綜合上述諸類型者

如：正宮第二套，原作【玉芙蓉】、【前腔】2 支、【雁來紅】、【前腔】、【朱奴兒】、【前腔】，朱佐朝《血影石》第三出變作【傾杯賞芙蓉】、【前腔換頭】、【玉芙蓉】、【前腔】，既代以集曲、前腔換頭，又減去數曲。

再如越調第二套，原作【小桃紅】、【下山虎】、【山麻楷】、【五韻美】、【蠻牌令】、【五般宜】、【江頭送別】、【江神子】、【尾聲】，李玉《一捧雪》第十四出作【小桃紅】、【下山虎】、【山麻楷】、【五般宜】、【蠻牌令】、【亭前柳】、【江頭送別】，《永團圓》第十出變作【小桃紅】、【下山虎】、【山麻楷】、【江神子】、

【亭前送別】，既減少曲牌又換成集曲；朱素臣《翡翠園》第七出變作【小桃紅】、【下山虎】、【蠻牌令】、【五般宜】、【鬥黑麻】、【前腔】，減少不同的曲牌，甚且替換成別曲。

凡此種種，可謂千變萬化、琳瑯滿目，之所以如此，實因聯套規律需依不同的劇情而有適當的調適與配搭，絕非一成不變者。然而，此變化並非天馬行空、毫無規則可循，經由上述的爬梳整理，可以發現明代部分熟套沿用至清初時所產生的變化：非曲組聯套者，因組成曲牌、順序較爲固定，故其變化空間在於曲牌的形式略微異動、支數稍作增減；曲組聯套則因組成曲牌、順序可「任人搭配」，故其變化在於集中、偏向於某部分，通常是長套傾向於中套，如此一來，套長的縮減應該更有利於劇作家的彈性運用。

四、「疊腔」、「南北合套」、「集曲」、「循環」聯套之變化分析

接下來談到其他四種聯套類型的變化情形。此四種類型可以從他們的結構方式去思索其變化的方向。

（一）疊腔聯套

首先談到使用頻率位居第二的「疊腔聯套」。「疊腔聯套」既是重複疊用單曲成套，則其變化的空間自是不大，至多是疊用的支數多寡與曲牌本身的形式稍變而已。疊用的支數多寡本來就會隨著劇情的需要而有所不同，不能算是很重要的變異，故筆者將其歸入第三「ˇ」欄、即是與明代熟套幾無二異，不須要特別探討。至於第二「ˇ*」欄，其變化處就在於曲牌本身的形式稍變，則變化的空間也僅有「前腔換頭」及過曲變爲集曲。然而，若變爲集曲且疊用成套，本身就成爲「以集曲組套」，勢必有集曲的特色，因此，筆者也將它歸入「集曲聯套」，不適宜在疊腔聯套中討論。

因此，換句話說，在「疊腔聯套」類型中，與明代熟套有異、卻又不至於構成新套式者，僅有一種情況：前腔換頭。由〈統計結果表〉該欄可知：在總數 1572 套套式中，僅有 12 套歸入此類，其比例 0.8%確實是非常少數。然而，「疊腔聯套」在整體上，其使用量又位居五大類型中的亞軍，則可知大部分的疊腔聯套都是以固定不變的形式出現，因此大量集中於和明代熟套幾無二異者，純以「前腔換頭」疊腔成套是清初蘇州劇作家不常使用的聯套方式，正說明了「疊腔聯套」此種類型的高度穩定性。

（二）南北合套

位居第三的「南北合套」，共有三種類型：第三欄「南套與北套合用、穿插遞進者」使用量最多，整體觀察下來，大部分清初蘇州劇作家使用此類套式都不算發生太大的變化，大致是三種情形：

一爲曲牌量的減省，如：仙呂第四套本用 15 支成套，朱素臣《秦樓月》第七出減掉了 4 支；正宮第五套是用北【醉太平】冠以南【普天樂】和北【朝天子】二曲的循環，原套作 8 支，但鄒玉卿《青虹嘯》第五出、王續古《非非想》第三十出、吳偉業《秣陵春》第十六出分別僅用 6、5、4 支；中呂第一套本作 9 支，張大復《吉祥兆》第十四出減爲 5 支。

二爲除了曲牌的增減之外，還有順序的易位，如：黃鐘第一套，原作：北【醉花陰】、南【畫眉序】、北【喜遷鶯】、南【畫眉序】、北【出隊子】、南【滴溜子】、北【刮地風】、南【滴滴金】、北【四門子】、南【鮑老催】、北【水仙子】、南【雙聲子】、北【尾】，李玉《永團圓》第二十四出、《麒麟閣》第一本第三十三出、《風雲會》第二十二出、朱佐朝《豔雲亭》第十九出、畢魏《竹葉舟》第二十一出、陳二白《雙冠誥》〈滅裔〉出等劇，從【出隊子】到【雙聲子】這一段落均各有前後短長。

三爲部分曲牌由過曲變成集曲、或由帶過曲截爲單曲，前者如：中呂第一套，由北套【粉蝶兒】、南套【泣顏回】合成，張大復《釣漁船》第十六出將【撲燈蛾】改爲【撲燈蛾犯】，李玉《千鍾祿》第二十二出、盛際時《人中龍》第二十六出均改爲【疊字犯】，朱素臣《十五貫》第二十出甚至於將後半段改爲【黃龍滾】、【撲燈蛾犯】、【小樓犯】。後者如：雙調第四套，以北套【新水令】和南套【步步嬌】組成，北套中往往使用【雁兒落帶得勝令】、【沽美酒帶太平令】，但像朱素臣《十五貫》第十二出、張大復《雙福壽》下本第六出、王續古《非非想》第十七出等劇之中，均直接以【雁兒落】、【沽美酒】替換原本的帶過曲。

至於「南北合套」類型的第二欄「純用北套或有南曲間相插入者」，以其純用北套，故變化的空間也不算大，至多是使用曲數的多寡變化以及選用曲段略有不同而已，例如：

李玉《人獸關》與《麒麟閣》第一本的第一出都是用雙調北套，前者爲【新水令】、【駐馬聽】、【雁兒落】、【得勝令】、【沽美酒】、【清江引】，後者爲【新水令】、【雁兒落】、【得勝令】、【掛玉鉤】、【七弟兄】、【沽美酒】；李玉《一

捧雪》第五出使用最常見的北仙呂【點絳唇】、【混江龍】、【油葫蘆】等 6 支，《風雲會》第十出卻用【後庭花】、【金盞兒】、【醉中天】等完全不同的曲段。

南曲重複性插入比較少見，如：李玉《清忠譜》第十出：北越調【鬥鵪鶉】、南【縷縷金】、北【紫花兒序】、南【縷縷金】、北【小桃紅】、南【縷縷金】、北【禿廝兒】、北【煞尾】；丘園《黨人碑》第十八出作：北中呂【粉蝶兒】、南【泣顏回】、北【石榴花】、南【泣顏回】。除此之外，多是駁雜無序的狀態，如：朱佐朝《奪秋魁》第十八出，作北中呂【粉蝶兒】、南黃鐘【出隊子】、北中呂【上小樓】、南中呂【山花子】，故筆者多歸入第一欄「各不重用的南北曲夾用雜綴」，容待後文再敘。

總上所述，可見「南北合套」類型到了清初的發展，其略有變異者的變化空間、變化方式都不算大，而此兩類又居該類型的多數，可知「南北合套」的穩定性亦不下於「疊腔聯套」。

（三）集曲聯套

位居第四的「集曲聯套」則相異於前二者，前二者「疊腔」和「南北合套」都是第二、三欄為多數，但此「集曲聯套」卻是第一欄最多，為 77 套，然而也僅佔總套數的 4.9%；其次是第三欄，又銳減為 45 套，最末的第二欄僅寥寥 9 套而已。由此可知，清初「集曲聯套」相較於明代熟套，其創新的程度要遠高於「疊腔聯套」和「南北合套」。我們若反向思考：「集曲聯套」正因為它是藉由「擷取數曲、創發新調」的手法聯結成套的，因此，一旦有所變異，大多影響全套結構、形式，也就是它的創新度高、重複率也就會降低許多，這就是為何此類型之第一欄遠多於二、三欄的緣故；那麼，第二、三欄的變化空間有限，也就是可想而知的事了。觀察此類第三欄，大多沿用明代熟套幾乎沒有差異，第二欄的差異也僅止於曲數的稍作增減罷了。因此，「集曲聯套」討論的重點，應在第一欄，將於下節深入分析。

（四）循環聯套

敬陪末座的「循環聯套」本來就是一種特殊的聯套方式，所以它屈居末位也是可想而知的事。根據許子漢《歷程》的研究，他認為明傳奇中的「循環聯套」有兩個現象值得注意：（一）此聯套方式並非一普遍現象，而是部分曲家所用，且有少數曲家特別喜用。（二）某些曲牌特別適於此種方式聯套。〔註19〕

〔註19〕許子漢：《明傳奇排場三要素發展歷程之研究》（前揭書），頁 195～197。

　　若以此來觀察清初的循環聯套，卻不盡吻合：首先，十四位清初蘇州劇作家之中，只有朱雲從、畢魏二位沒有使用循環聯套，然他二人的創作量很少，分別只有一、二部；顯然清初蘇州劇作家遠比明代傳奇作家，「普遍喜用」循環聯套。其次，五十五本劇作中，有 38 本、超過三成的清初劇作使用了循環聯套，而使用的次數大約一本一次、最多兩次僅有 7 本。其三，出現在清初的循環聯套僅少數幾種類型，且極大量集中在兩支循環的「風入松、急三鎗」這一型態，創新的循環套式僅見 3 套。

　　可知到了清初，循環聯套的使用成了頗為普遍的情形，大多數曲家都會在劇作中擇用一次作為變化點綴；然而，普遍雖則普遍，卻非大量或濫用，因為「循環使用」並不適合於所有曲牌，所以清初曲家僅高度集中使用一種循環聯套。

　　總上所述，將五大聯套類型之中「沿用明代熟套幾無二異」、「與明代熟套不同、又不至於獨立另立一套」這兩類的聯套內容作了詳細的分析。可以發現「一般聯套」既為最基本的聯套方式，其變異處也就相對較大；「疊腔聯套」、「南北合套」的穩定性較高，其發展也就較為有限；「集曲」本是創發新曲的手法，其表現處也就在創新套式而非沿襲舊制；「循環聯套」到了清初成為普遍現象，但並未朝開拓新套的道路發展。

第二節　無主套者之變化趨勢

　　本節所謂「無主套者」，實包含兩種情形：一為該出無以許書所列明代熟套為其主套，簡稱「無明代熟套」者；一為曲牌混雜無序，庶幾分析不出主套者，簡稱「無主套」者；兩者在附錄六〈清初蘇州劇作家作品之聯套分析表〉中，均註記為「無」，已見表前說明；在附錄七〈統計結果表〉中，各按聯套類型歸入該類第一欄。從附錄七可知，各大聯套類型中第一欄的數字高低，依序是：「一般聯套」，共計 262 套，在總數 1572 套中約佔 16.7%；「集曲聯套」，共計 77 套，約佔 4.9%；「疊腔聯套」，共計 63 套，約佔 4.0%；「南北合套」，共計 12 套，約佔 0.8%；「循環聯套」，共計 3 套，約佔 0.2%；以上總計 418 套，約佔總數的 26.6%，此數字意味著清初崑曲聯套在七成繼承前代的舊習與成規之中，尚有著將近三成的變動與發展，本節即是針對這三成第一欄的實際內容，按上述多寡順序，進行深入的探討與分析。

一、一般聯套（上）

「一般聯套」與「集曲聯套」爲此「無」類型之數目居冠、亞軍者，前者總數 262 套，甚至於是十五欄細目之內，僅次於「疊腔聯套之第三欄」359套、「一般聯套之第三欄」331 套，位居第三，誠不容忽視。而後者總數 77 套，雖至銳減，但仍居該類之冠，因此，筆者再將此二欄內容，按其不同的情形爬梳整理、分類歸屬，繪製爲附錄八〈清初蘇州劇作家作品中無明代熟套或無主套者之統計分類表〉，請參見之。

首先談到「一般聯套」。綜觀此 262 套套數內容，筆者鄙意以爲，可以分爲三種情形：一爲「單曲型」、二爲「變異型」、三爲「雜綴型」，茲先探討前二者：

（一）單曲型

筆者所謂「單曲型」，是指清初蘇州劇作家作品之中，一整出戲僅以單支過曲、或加引、或加尾，甚至只有單支引曲，過曲、尾聲均無便成套成出者，稱爲「單曲型」聯套。嚴格說來，「崑曲每一折戲由若干支曲子組成」，〔註20〕亦即崑曲需由兩支以上的曲子聯綴而成套成出，其中，過曲是構成聯套的主要部分，汪志勇在《明傳奇聯套研究》中說：「一曲之中，可以無引，可以無尾，而不可無過曲者。」〔註21〕可知單曲焉能成套？不過，戲劇之靈動自由、變化多端，有極少數的情況是容許僅用單支曲子甚至不用曲子就算成套成出，就清初蘇州劇作家作品而言，從附錄八〈統計分類表〉「一般聯套」欄之中的第一項「單曲型」總計，可知此類型共計 79 套，佔總套數 1572 套中的5%，雖說不多，但仍可注意。

張清徽先生《明清傳奇導論》第四編〈結論─劇藝綜合的檢討〉對於明清傳奇的排場與聯套關係有深入精闢的研究，她對於傳奇的分場認爲「以故事關目爲據點，有大場、正場、短場、過場、鬧場……」等多種區別，其中對於「過場」的定義是：

> 過場，正如小說中的平潮一樣，它在一部劇中，祇具一種起承連絡
> 的地位，純爲聯繫全部故事關目而設，不能有最大的份量的演出，

〔註20〕語出王守泰：《崑曲格律》（前揭書），第四章〈套數〉第一節〈套數的源流〉，頁 188。

〔註21〕汪志勇：《明傳奇聯套研究》（前揭書），第三章〈明傳奇聯套分析（上）〉第三節〈過曲與聯套之分析〉，頁 37。

> 它的形式計有三種性質：一、普通過場：此類形式，極其簡單，或
> 以一二支曲子組成一場，或全用說白組成不用唱詞，或間插一些短
> 白，並連唱三四支輕快短曲，即算下場。……〔註22〕

可知在傳奇中，有少數部分是以「極其簡單」的形式，只用一、兩支曲子，
甚至不用曲、全用白，即可組成一個排場，此種排場稱爲「普通過場」。這種
情形，若進一步「嚴重到」單支過曲甚且無過曲、延伸爲一整出而非指單一
排場，便是筆者在這裡所提出來的「單曲型」聯套，是比一般的「普通過場」
更爲極端簡單的形式，在許書所列明代熟套中幾乎沒有這種形式，但在清初
蘇州劇作家作品中卻頗常見到，筆者於附錄六〈分析表〉中一律註記爲「無」。

　　從上述張先生的文字裡便可知道，此類「單曲型」聯套出現的位置是「起
承連絡的地位」、作用是「聯繫全部故事關目」、性質是「如小說中的平潮」「不
能有大份量的演出」，關於「聯套」與「關目」、「排場」的關係，筆者將在下
一章深入討論，茲先聚焦在聯套本身的現象；據以上的描述，則可以推知：「單
曲型」聯套僅具點綴、承接的性質，其使用次數必當小心拿捏，多則全劇支
離瑣碎、匆促輕忽；少則全劇緊縮壓迫、不得從容。其出現位置必當錯落有
致，不宜過密或過散。

　　據此觀察清初蘇州劇作家作品中 79 套「單曲型」聯套，只有盛際時、吳
偉業、尤侗三位作家沒有使用過單曲型聯套，共有三十六部劇本使用，佔總
數五十一本的三分之二，已不算少數。在此三十六部之中，出現一次者有十
七部，居最多數；出現兩次者有八部，居次；出現五次以上者有五部，居三；
出現三次者四部、四次者兩部，可知大多數清初蘇州劇作家是偶而使用單曲
型聯套，作爲劇中一、兩次極簡的點綴補苴。

　　只有少數的劇作，如：李玉《五高風》、朱佐朝《豔雲亭》、丘園《幻緣
箱》、張大復《吉祥兆》、王續古《非非想》等部才大量使用五次以上，《豔》
甚至於用了八次之多，恐怕已嫌支離浮氾。而這幾部較常使用單曲型聯套的
劇作，也往往犯了使用過密的毛病，如：附錄八〈分類表〉所見《五高風》
第十三、十五出已用，又見於第十八出；《一品爵》第十八、十九出連用；朱
佐朝《蓮花筏》第十、十一出連用；《非非想》第十八、十九出連用，又見於
第三十二、三十三出連用，已經稍嫌密集；《吉祥兆》第十五出已用，又見第
十七、十八出連用，第二十一、二十二出再用；《豔雲亭》第二十六出使用，

〔註22〕張敬：《明清傳奇導論》（台北：華正書局，1986 年），頁 110。

又連續見於第二十九出、三十一出、三十二出，更恐怕難免於支離瑣碎、頻繁輕率之譏。

總上所述，則知「單曲型」聯套在清初蘇州劇作家的作劇習慣中，已成為普遍使用的一種極簡方式，絕大部分的劇作家都會在劇作中使用一、兩次作為連絡補苴、點綴變化，雖然嚴格說來，它不算是正常的聯套方式，也沒有所謂的沿襲明代熟套與否的問題，但它在清初的普遍使用，可能意味著此時劇作家對於崑曲聯套，趨向於輕簡短小、靈動自如的方式，關於此點將在下文配合「用曲支數」進一步補充說明。

（二）變異型

接下來談到的是第二種情形「變異型」。筆者所謂「變異型」，是指該套式乍看之下儼然出自某某熟套，但仔細分析，卻只見其影、不具其形，其架構已因時代的遷移而蛻變得與明代熟套大異其趣，故稱之為「變異型」。關於此種的變異方式，又可略分為二：

1、原套式僅存數支，再雜用其他曲牌

此種情形較常出現在「曲組聯套」，上文曾經提過，「曲組聯套」是由數支曲牌組成，彼此之間前後次序、用曲短長可自由變化，較為彈性靈活，這幾組曲組聯套到了清初蘇州劇作家手中，有了更多的變化與異動，庶幾與本來面貌迴異矣！

如：雙調第六套到第八套，清初往往彼此錯用之餘還雜用包括集曲的其他曲牌，如：李玉《永團圓》第十七出作仙呂【醉扶歸】、雙調【步步嬌】、仙呂【皂羅袍】、雙調【園林好】、【五供養犯】、【江兒水】，前三支和許書雙調第十一套前半部【步步嬌】、【醉扶歸】、【皂羅袍】略同，但次序不同，和後半部則大異，〔註23〕而又雜入集曲【五供養犯】；朱佐朝《九蓮燈》第九出作【步步嬌】、【前腔】、【桃紅菊】、【江兒水】、【五供養犯】、【僥僥令】、【好姐姐】、【玉交枝】，既用【桃紅菊】、【僥僥令】、【好姐姐】非原曲組聯套的曲牌，已將近一半，又用集曲及前腔；《蓮花筏》第二十八出略同此式，但雜用了【窣地錦襠】、【桃紅菊】、【好姐姐】三支其他曲牌。

再如：商調第一套到第十三套皆為曲組聯套，組成曲牌包括：【二郎神】、【鶯啼序】、【簇御林】等曲，而朱素臣《文星現》第十出則間歇地雜用了非

〔註23〕第十一套後半部作【好姐姐】、【香柳娘】、【尾聲】。

曲組曲牌【水紅花】，以及黃鐘【啄木兒】、【滴溜子】。

再如：正宮曲組聯套是指【普天樂】、【玉芙蓉】、【朱奴兒】等曲牌，另有一固定套式爲：【錦纏道】、【普天樂】、【古輪臺】，朱佐朝《豔雲亭》第三出卻「天下大同」地變異爲【玉芙蓉】、【錦纏道】、【朱奴兒】、【古輪臺】；張大復《讀書聲》第七出則雜用集曲成爲【山漁燈】、【普天樂】、【玉芙蓉】。

非曲組聯套者雖較少發生，但也可見此類變異套式，如：朱佐朝《豔雲亭》第十出，在仙呂【不是路】、【皂角兒】的套式中雜用【解三醒】；陳二白《稱人心》第七出在越調【東甌令】、【秋夜月】、【金蓮子】等曲之外雜用不常同套連用的【繡帶兒】、【太師引】。

2、原套式僅存二、三支，儼然獨立另起

例如：中呂第五套原作【泣顏回】、【前腔】、【千秋歲】、【前腔】、【越恁好】、【紅繡鞋】，幾無二異，但朱素臣《聚寶盆》第五出、朱雲從《龍燈賺》第八出、張大復《讀書聲》第三出皆減省至【泣顏回】、【千秋歲】兩支；第九套原作【山花子】、【前腔】三支、【大和佛】、【舞霓裳】、【紅繡鞋】，葉稚斐《英雄概》第三十二出卻作【舞霓裳】、【紅繡鞋】，陳二白《雙冠誥》第九出卻作【山花子】、【紅繡鞋】，均已由原本的中、長套，變異爲短套，儼然成爲獨立另起的小曲段。

再如：雙調曲組聯套，雖則長短不拘，但許書所列熟套與一般常見者，多維持在中、長套，但是清初卻常見到僅剩下兩、三支的例子：李玉《占花魁》第十一出、《麒麟閣》第一本第三十一出、張大復《醉菩提》第十五出、鄒玉卿《青虹嘯》第二十八出等等，卻都以短套的形式出現，與原套式相去甚遠。

「變異型」嚴格說來，已經和原套式相異其趣，但相較於第三種「雜綴型」情形，它仍能維持原套式的次序與殘存的背影，因而討論的重點在於它產生「變異」的兩種方式。以下便接著探討錯雜脫序、難以依歸的「雜綴型」聯套。

二、一般聯套（下）

前面第一節曾經提到「雜綴」此詞出自曾師永義，茲再將這段話提出以醒耳目，曾師永義於未刊稿〈宋元南曲戲文之體製、規律與唱法〉中指出：

> 『雜綴』之名是著者所創，意即隨意取用曲牌以演出一段情節，其間無須考慮宮調、管色與板眼之協同與連接之規律。這種情形其實

談不上『聯套』，也產生不了『套式』。（頁 14）

許子漢《歷程》進一步敘述雜綴：

> 即各曲牌不按宮調、不合規律，甚至不押同一韻，任意聯接者，此
> 爲早期劇本，或者在不重要的場面以粗曲應之時，可能出現之情況。
> 嚴格說，這些曲子是不成套的，因爲並無任何『套式』可言，只是
> 曲牌任意的聯用而已。（頁 176～177）

筆者沿用師、長爲此名詞所作的定義，並在此專指清初蘇州劇作家作品中，
出現這類「不按牌理出牌」的曲牌，以其雜綴無序，自然未能和明代熟套相
吻合，也幾乎找不出套式的重心，幾近於無主套的狀態，故稱之爲「雜綴型」
聯套。

　　從附錄四該欄可知清初蘇州劇作家作品中，有四十五部劇作出現雜綴型
聯套，僅《千鍾祿》、《兩鬚眉》、《秦樓月》、《四大慶》第二、三本、《青虹嘯》、
《秣陵春》等六部沒有出現，共可析出 143 套，佔總套數的 9.1%，換句話說，
每十套套式之中，就將近有一套雜綴聯套，四十五部之中，又有十一部是使
用超過五套，此比例與勢力實不容小覷。

　　曾師、許均提到了雜綴曲牌與宮調之間的關係，因此，筆者對此的探討，
略分爲兩種情形：

（一）宮調相同，但曲牌組織乍看之下似無理序

　　張清徵先生在〈南曲聯套述例〉中提到南曲曲牌究其淵源，分別其使用
上的性質大抵有三：

　　1、散板曲，專門派作套首或套末之導聲或結聲用。

　　2、有板有眼之過曲，作爲表情之主曲用。

　　3、單用性質之正曲及犯調性質之集曲，作插套用，一套中插入一、
　　　二支，完全獨立，以之調換聆賞。

> 凡聯套概以有板眼的正曲爲限，導聲之曲牌，都是獨立的。不與正
> 曲相聯。〔註24〕

可知上述的第（一）、（三）類曲牌，其性質或作導引、或作結尾、或作穿插
調換，往往獨立使用，難於聯綴串連。所謂的「散板曲」，也就是無贈板的快
板曲，如：畢魏《三報恩》第二十一出前半段作仙呂【卜算子】、【光光乍】、

〔註24〕張敬：〈南曲聯套述例〉，刊於台灣大學文學院：《台大文史哲學報》第 15 期，
　　　　1966 年 8 月，頁 348。

【青哥兒】、【光光乍】,【卜算子】是仙呂引子,吳梅《南北詞簡譜》卷六指出包含【光光乍】、【青哥兒】在內的「九曲十體,皆快板曲。不拘淨丑外末,皆可用之。惟生旦究不相宜。中如【光光乍】、【大齋郎】、【大河蟹】、【青哥兒】等,爲代引子之小曲。」〔註 25〕張大復《金剛鳳》第十出作雙調【月上海棠】、【雙勸酒】、【窣地錦襠】,《簡譜》同樣指出包含【雙勸酒】、【窣地錦襠】在內的「以上九曲,皆乾快念唱,謂雙調九快曲,與仙呂九快曲相類。中如【雁兒舞】、【普賢歌】、【字字雙】三曲,必用在淨丑花面。此外六曲,不論生旦淨丑,凡過脈衝場,皆可用之。」〔註 26〕若一出之中這類曲牌佔了大部分如上述諸例,則全出組織便傾向於零散無序,而析不出主套。

單用性質之正曲,或稱「獨立曲牌」,其性質亦傾向於輕薄短小,作爲過脈之用,如:朱佐朝《九蓮燈》第十三出作仙呂【青哥兒】、【前腔】、【一封書】;《血影石》第四出作仙呂【一封書】、【桂枝香】,吳梅《南北詞簡譜》對於【一封書】的解釋是:「此爲單用調,不入聯套內者,大抵以曲代信時用之。」〔註 27〕因此,這一類曲牌組織乍看之下似無理序、幾無重心者,實因曲牌皆爲過脈使然,上列許子漢的說明中提到「此爲早期劇本,或者在不重要的場面以粗曲應之時,可能出現之情況。」即是。但是,反過來說,這類曲子既用在穿插連貫,就不應使用過繁,若如上舉諸劇幾乎佔據全出,則恐失於鬆散凌亂,因此視之爲「雜綴型」聯套。

(二)宮調不同、彼此聯綴,或移宮換調頻仍

聯套基本上以同一宮調爲原則,明王驥德《曲律》卷三〈論曲禁第二十三〉列有四十條曲律禁忌,其中便有「宮調亂用」一則;〔註 28〕清李漁《閒情偶寄》卷一〈詞曲部上・音律第三〉亦云:

> 從來詞曲之旨,首嚴宮調,次及聲音,次及字格。九宮十三調,南曲之門戶也。小出可以不拘,其成套大曲,則分門別戶,各有依歸,非但彼此不可通融,次第亦難紊亂。〔註29〕

〔註25〕吳梅:《南北詞簡譜》(台北:學海出版社,1997 年),卷六,頁 343。

〔註26〕吳梅:《南北詞簡譜》(前揭書),卷八,頁 540。

〔註27〕吳梅:《南北詞簡譜》(前揭書),卷六,頁 335。

〔註28〕〔明〕王驥德:《曲律》,收入《中國古典戲曲論著集成》第四冊(北京:中國戲劇出版社,1959 年),卷 3,頁 131。

〔註29〕〔清〕李漁:《李漁全集》,收入《李漁全集》(浙江:浙江古籍出版社,1987 年),第十一冊,頁 28。

近代吳梅〈《曲律易知》序〉則說：

> 歌曲，特文人餘事耳。而其難且倍蓰詩古文辭者何哉？蓋不知音韻
> 則節奏乖，不知宮調則套數亂，非僅僅文字間工拙而已也。〔註30〕

可知聯套本需嚴守宮調，其緣故在於「宮調所以有一定者，緣繫乎笛之管色
高下有一定、不能凌亂故也。有時亦可相通者，緣彼此宮調，可以同用一管
色故也。」〔註31〕然而，並非同在一宮、同一管色的曲牌，即可聯貫成套；
〔註32〕也非不同宮調、不同管色的曲牌就必定不能同套，「以曲律言，排場
變動，則換宮換韻自無妨。」〔註33〕可知移宮換調的基礎與原則在於「排場」
所需。清初蘇州劇作家作品中關於宮調的使用情形將於第三節詳述，「排場
處理」與聯套規律之間的關係也將於下一章詳述，此處僅就一般聯套中、移
宮換調頻仍以致雜綴無主的情況，初步討論該聯套是否基於情節或排場所
需，而作轉調多次的處理。

　　相應於上述散板曲與獨立曲牌往往單獨使用、不聯入套內，這類曲牌的
宮調有時也就不太拘泥，可取管色相近者聯綴出現，如：陳二白《雙冠誥》
第十一出作雙調【雙勸酒】、【玉抱肚】、正宮【四邊靜】、南呂【秋夜月】、【劉
滾】、【前腔】，【雙勸酒】即是上述「雙調九快」之一；【四邊靜】是例無贈板
的粗曲，具結聲性質；【秋夜月】是過脈小曲，具導引性質；此出乍看似無理
序，其實是由數支小曲組成，真正算是正曲者僅【玉抱肚】與【劉滾】。該出
敷演學使林翹聽聞馮瑞行醫，遣人暗殺，范顏冒馮之名，故被誤殺。排場從
淨扮林翹轉至二生扮林府家將再轉至副扮范顏被殺，人物屢上屢下，故以過
脈小曲應之，排場便顯得急遽瑣碎。朱佐朝《豔雲亭》第三十出作黃鐘【滴
溜子】、南呂【一江風】、正宮【四邊靜】、【引】，【一江風】亦具導引性質，
此出四曲實僅一曲【滴溜子】作正曲用，餘者皆屬散板曲，配合此出敷演諸
葛暗與蕭鳳韶同指鮑卜明假冒事，由丑扮諸葛、副扮卜明，由淨丑分唱上述
諸曲，符於許氏所謂「在不重要的場面以粗曲應之」。諸如此類例子甚多，恕
不一一贅舉，請參看附錄八〈統計分類表〉。

　　然而，排場變動過繁、移宮換調過密，亦不足為法，許之衡便說「移宮

〔註30〕吳梅：〈《曲律易知》序〉，（前揭書），頁3。
〔註31〕許之衡：《曲律易知》（前揭書），卷上〈論北曲宮調〉，頁36。
〔註32〕許之衡：《曲律易知》（前揭書），卷上〈論南曲宮調〉，頁57。
〔註33〕許之衡：《曲律易知》（前揭書），卷下〈排場變動〉，頁133。

換韻，一折中只宜用一次，不宜用三、四次之多也。」〔註34〕然而，犯此病者比比皆是，如：李玉《永團圓》第二十六出作商調【逍遙樂】、【集賢賓】、【貓兒墜】、黃鐘【啄木鸝】、雙調【玉交枝】、越調【憶多嬌】、雙調【月上海棠】，前三曲尚稱穩定，後四曲卻頻換宮調，此出前半敷演旦扮江蘭芳看狀元名錄，見蔡文英已娶又驚又疑，自第四曲起由外扮高誼敘述其妹代嫁、文英並娶事，實無排場轉換，故王安祈先生據馮夢龍改本評爲：

> 【啄木鸝】以下爲外勸嫁，曲調甚雜，以黃鐘集曲接仙呂入雙調【玉交枝】、【月上海棠】，中間再插入越調【憶多嬌】，傳奇中未見其例，莫怪馮夢龍改爲【逍遙樂】、【集賢賓】、【鶯啼序】、【簇御林】、【梧桐葉】、【梧桐樹】、【貓兒墜】、【尾聲】。〔註35〕

馮夢龍之改，正顯示了該出移宮轉調之不恰當。值得注意的是，該出的組合似乎是李玉的偏愛，《眉山秀》第二十二出、《清忠譜》第十九出、《萬里圓》第二出都用此式：《眉》敷演眾人向小妹假扮的秦學士求詩，文娟見狀欣喜，欲同往遭拒，由旦、小旦、老旦三人交錯配搭；《清》敷演周家驚聞順昌噩耗，即刻將周女送至魏家，由眾人表現驚恐倉促；《萬》敷演黃孔昭授雲南大姚縣令，與夫人、姪兒同赴任所，以二生、二旦組成；雖則人物頗多，但皆非必要轉換排場者，故一出之中移宮換調高達四次，恐怕未盡合理。再如：朱素臣《十五貫》第八出、張大復《吉祥兆》第二十八出、《雙福壽》下本第四出等等都屢換宮調高達四次以上，恐皆難免於「千古厲端」〔註36〕之譏。

　　透過上面兩點的探討，將清初蘇州劇作家作品中總數262套「一般聯套」之「無明代熟套或無主套者」約分爲三類：單曲型、變異型與雜綴型，若按照多寡比例，則以雜綴型143套最多、單曲型79套次之、變異型40套最少。從單曲型可見出極端簡短的過場形式在劇中被安排與運作的情形；從變異型可觀察明代熟套一路演變終至不復原貌的軌跡；從雜綴型可理清宮調與排場、聯套的互動關係；而這三類當然不是涇渭分明，只是概括地梳理與分析，

〔註34〕許之衡：《曲律易知》（前揭書），卷下〈排場變動〉頁135。

〔註35〕王安祈：《李玄玉劇曲十三種研究》，第三節〈永團圓二、關目排場〉，台大中文所碩士論文，1980年6月，頁121。

〔註36〕〔明〕王驥德：《曲律》論宮調時云：「南曲無問宮調，只按之一拍足矣，故作者多孟浪其調，至混淆錯亂，不可救藥。不知南曲未嘗不可被管弦，實與北曲一律，而奈何離之？夫作法之始，定自愍宵，離之蓋自《琵琶》、《拜月》始。以兩君之才，何所不可？而猥自貰於不尋宮數調之一語，以開千古厲端，不無遺恨。」，前揭書，卷第二〈論宮調第四〉，頁104。

更重要的是，它標示著佔總套數 16.7%的這部分套式，有著琳瑯滿目各種變化的可能性。

三、集曲聯套、疊腔聯套

（一）集曲聯套

「集曲聯套」是此「無」類型中居亞軍者，總數 77 套，雖然相較於「一般聯套」之 262 套差距甚大，但從附錄七〈統計結果表〉仍可見出是「集曲聯套」三欄細目中佔最多數者，可知在清初蘇州劇作家作品中所出現的集曲聯套，有頗高的創新度，故爲本類型的討論重點，請參見附錄八〈統計分類表〉。

從附錄五〈近代各家對於南曲聯套形式說法一覽表〉中可以發現：諸家對於「集曲聯套」的「稱謂」大同小異，但分類卻頗見精粗，筆者折衷採取許子漢在《歷程》中的說法，分爲三類：「一般集曲」是指可以一般曲牌的聯套類推，既可疊腔、亦可異調相聯、亦可循環聯套，二者只是使用的曲牌不同，基本的聯套類型則相似。「大型集曲」是指集合多曲而成，本身有大量的篇幅可容納一個完整排場之演唱需要，故可單用一支集曲成套。「變套聯套」是指從原有之套式變化而來，或同套中之前後曲牌互相犯調而成一套，或各以他曲犯入原套之曲。〔註37〕

觀察附錄八〈統計分類表〉，清初蘇州劇作家作品中「集曲聯套」之「無明代熟套或無主套者」，以「大型集曲」最少，僅見於李玉《占花魁》第八出仙呂【醉歸花月渡】、《眉山秀》第六出正宮【十二紅】二例；其次是「變套集曲」，計有二十五例；最多的是「一般集曲」，計有五十例。

許子漢《歷程》中認爲「變套集曲」：

> 又多發生在『正宮』、『南呂』、『商調』、『雙調』等宮調，此正是本章第二節所指出的具有曲組聯套之宮調。由於這些宮調具有多支可以自由運用、互相聯套之曲牌，故而也就更宜於彼此互犯，變化舊套而生新套。其他宮調雖也有變套式集曲的情形，但不如此四宮調多見。（頁 220）

若據此來看此二十五例，則可發現值得玩味之處：二十五例之中，誠然以雙調出現十例、正宮出現八例居多，但商調只見一例（鄒玉卿《青虹嘯》第九

〔註37〕許子漢：《明傳奇排場三要素發展歷程之研究》（前揭書），頁 218～219。

出），餘者爲：仙呂一例（李玉《眉山秀》第十二出），不見於上述的黃鐘竟高達五例：李玉《人獸關》第十七出、《永團圓》第七出、《太平錢》第十六出、畢魏《竹葉舟》第十五出、吳偉業《秣陵春》第十九出。出現在這幾出的集曲聯套，除了原本黃鐘所習見的【黃龍醉太平】、【黃龍捧燈月】之外，更常出現的是其他明代罕用的變套集曲，如：【畫眉姐姐】、【啄木鸝】、【三段催】、【出隊滴溜】、【滴溜神仗】、【神仗出隊】等。這幾支在清初的使用率高過於明代常用的【黃龍醉太平】、【黃龍捧燈月】，可知清初對於變套集曲的使用，確實重點在於創新。

至於「一般集曲」之五十例，詳情可見附錄八。特別留意的是這些「一般集曲聯套」異於明代熟套之處，一部份是運用綜合兩宮調所組成的集曲，如：李玉《永團圓》第十八出用【黃鶯帶一封】、【貓兒出隊】，《太平錢》第十九出用【黃鶯穿羅袍】、【貓兒出隊】聯套，都是商調犯上仙呂、黃鐘；《占花魁》第二十六出、畢魏《三報恩》第二十七出用【皂袍罩黃鶯】，朱佐朝《萬壽冠》第十五出用【袍鶯兒】，張大復《讀書聲》第二十四出用【皂袍鶯】、【貓兒交枝】，尤侗《鈞天樂》第二十出用【貓兒墜玉枝】，是仙呂犯上商調、商調犯上雙調；李玉《兩鬚眉》第六出用【畫眉好姐姐】，是黃鐘犯上雙調。捨此八例之外四十餘套，便按照一般規律、或者疊腔聯綴成套。

（二）疊腔聯套

「疊腔聯套」是此「無」類型中居季軍者，共計 63 套，僅佔總套數之 4%，相較於「與明代熟套幾無二異」之疊腔聯套高居十五欄細目中的總冠軍共有359 套之多，此 63 套實「遜色」很多；然而，「疊腔聯套」乃疊用單曲即可成套，如此簡單形式仍可創造出 4%的「業績」，究竟是怎麼一回事呢？

觀察此 63 套明代罕用的疊腔聯套，〔註38〕可以發現其來源有二：

一爲由一般聯套遺落部分而來：最明顯者爲南呂第一套【梁州序】、前腔三支、【節節高】、【前腔】，前文曾經屢屢提及此套，是明代非常常用的套式，此套發展到清初，除了前述將【梁州序】改爲集曲【梁州新郎】之外，還有一種變化是遺落後半部【節節高】，僅存前半部的結果，就儼然成爲疊腔聯套了。若是疊用【梁州新郎】者，已歸入集曲聯套第一欄之「一般集曲」；此處

〔註38〕許子漢《歷程》中對於所收明代「襲用套式」的說明裡提到：「疊腔聯套」所收的是常用套式，即「使用劇例達三本或三本以上者」（頁 547），故此處並非不見於許書所列熟套的疊腔聯套即是清初創發，僅能說是明代罕用。

專就疊用【梁州序】者，計有：李玉《永團圓》第九出、《風雲會》第六出、《五高風》第二十八出；朱素臣《十五貫》第二十四出；葉稚斐《英雄概》第八出、《琥珀匙》第十五出；陳二白《稱人心》第十四出；王續古《非非想》第十三出等劇，可見其使用頻率頗高。

另有黃鐘第七套原作【降黃龍】、前腔三支、【黃龍滾】、【前腔】，結構一如前者，同樣發生了遺落後半段，僅剩疊用【降黃龍】者，如：朱佐朝《豔雲亭》第十五出等。

二為純粹疊用明代不常疊用的曲牌，其例甚多，劇例四本以上者有：正宮【雙鸂鶒】，見於畢魏《三報恩》第二十八出，張大復《快活三》第二十三出、《雙福壽》下本第九出，王續古《非非想》第二十一出，吳偉業《秣陵春》第三十七出；中呂【撲燈蛾】，見於朱素臣《未央天》第十五出、張大復《醉菩提》第十一出、《金剛鳳》第十七出，王續古《非非想》第十三出。劇例三本以上者有：黃鐘【獅子序】，見於李玉《占花魁》第二十五出、朱素臣《四大慶》第四本第五出、葉稚斐《英雄概》第十五出；雙調【字字雙】，見於李玉《五高風》第十一出、丘園《黨人碑》第十七出、尤侗《鈞天樂》第三出；其餘為劇例二本，共計五套；〔註39〕劇例一本，共計二十七套。〔註40〕

從以上統計顯示出使用劇例不多、曲牌卻很多的傾向，可以得知：清初疊腔聯套異於明代的發展，著重在於新的疊用曲牌的開發與嘗試，故呈現普及眾曲、而非集中數曲的情形。

〔註39〕此五套乃：南呂【紅衫兒】：《占花魁》二五、《四大慶》第四本第五出；【劉潑帽】：《文星現》四、《金剛鳳》二十九；【太師引】：《三報恩》十二、《讀書聲》十三；仙呂【光光乍】：《奪秋魁》八、《紫瓊瑤》七；商調【吳小四】：《一品爵》十、《幻緣箱》二十一。

〔註40〕此二十七套乃：南呂【東甌令】：《占花魁》二十五、【繡帶兒】：《麒麟閣》第二本二十一、【蠻牌令】：《文星現》二十一、【哭相思】：《蓮花筏》七、【奈子花】：《蓮花筏》九、【生薑芽】：《血影石》十三、【引駕行】：《三報恩》二十四、【香羅帶】：《釣漁船》十一。黃鐘【滴溜子】：《黨人碑》五、【賞宮花】：《釣漁船》十九、【神仗兒】：《人中龍》二十四、【畫眉序】：《鈞天樂》五。仙呂【醉扶歸】：《眉山秀》十三、【排歌】：《三報恩》三十六。雙調【惜奴嬌】前腔換頭，《血影石》二十二、【雙勸酒】：《醉菩提》十七、【月上海棠】：《雙福壽》下本三、【江頭金桂】：《稱人心》二十一、【清江引】：《五高風》十二、【黑麻序】：《聚寶盆》三一。越調【憶鶯兒】：《清忠譜》九、【綿搭絮】：《醉菩提》二十、【恁麻郎】：《醉菩提》三、【梨花兒】：《讀書聲》四。中呂【耍孩兒】：《聚寶盆》二十六、【太平令】：《快活三》十三。正宮【普天樂】：《秣陵春》三十四。

四、南北合套、循環聯套

「南北合套」與「循環聯套」之「無明代熟套或無主套者」均極少數，僅 12 套與 3 套，各不到總套數之 1%，同時也是該類型之三欄細目中最少數者，故其影響應當有限。

「南北合套」多數都可見於明代熟套，部分與明代熟套略有異同，僅少數是在清初創新的套式，如：李玉《眉山秀》第八出作北中呂【粉蝶兒】、【醉春風】、南中呂【粉孩兒】、北【迎仙客】、南【紅芍藥】、北【石榴花】、南【耍孩兒】、北【小梁州】、南【會河陽】、北【鬥鵪鶉】、南【縷縷金】、北【快活三】、北【朝天子】、南【尾聲】，結合了北【粉孩兒】套與南【粉孩兒】套，是不見於明代的新套式。

除此之外十一例，均由各不重同的南北曲夾用雜綴，屬於分析不出主套的「無主套狀態」，例如：李玉《一品爵》第十六出、朱佐朝《蓮花筏》第二十出、《奪秋魁》第十八出、丘園《黨人碑》第十五出、張大復《醉菩提》第十五出、《快活三》第十九出、《金剛鳳》第二十九出、《雙福壽》上本第十三出、鄒玉卿《雙螭璧》第五出、尤侗《鈞天樂》第二十六出……等等均是。

嚴格說來，這些劇例不算是「南北合套」，有的是北曲夾入南曲、有的是南曲雜入北曲，或者前北後南、或者前南後北，許子漢《歷程》中稱之爲「合腔」，且認爲「合腔用法大部分出於作者個人的運用，並未形成一定之用法，似乎只是作者認爲可與劇情適合、前後曲情相聯，便聯入套中。」〔註41〕這一段話證諸清初劇作家僅不到1%的劇例，可知實爲偶然狀況，絕非套式常見的用法。除非是遇到特殊排場的時候才作適當的調整，許之衡《曲律易知》卷下〈論犯調〉便清楚提到：

> 南北雜用，尤爲笑柄。除前篇所述南北合套、及武劇可以北【點絳唇】接南曲之外，決不能南北曲同在一折中也。惟閒有似雜用而實合律者，如：《浣紗》〈演舞〉折，貼唱【好姐姐】，旦唱北【二犯江兒水】，似雜用矣，不知乃是教演歌舞，旦所唱乃歌舞之曲，非與人對答。如《鈞天樂》〈入月〉折兩支【桂枝香】，中插一支北【寄生草】，又插一支北【對玉環帶清江引】，即用〈演舞〉折例。此二支北曲皆是歌舞之曲，亦非與人對答也。……故除此以外，絕無南曲

〔註41〕許子漢：《明傳奇排場三要素發展歷程之研究》（前揭書），頁 204～205。

忽插北曲、北曲忽插南曲者。〔註42〕

《鈞天樂》〈入月〉即第二十六出，乃因排場需要而插入北曲，捨此之外，恐多是不足效法的南北雜用，甚且是崑曲聯套之大忌：王守泰便說：

> 有些折子，隨著劇情的曲折，一部份用南曲曲牌，一部份用北曲曲
> 牌，這種組合不是南北合套而是南北複套。至於不顧聲律，把北曲
> 與南曲曲牌無規律地摻合起來，那就不成其為套數，這是崑劇寫作
> 中的大忌。〔註43〕

幸而這類例子僅見數出，諒小疵不掩大醇，不至以此謂清初蘇州劇作家謬舛音律也。

循環聯套之用於清初者，絕大部分襲自明代，僅有絕少部分是出於清代自創，即：李玉《牛頭山》第八出用大石調【賽觀音】、【人月圓】、【賽觀音】、【人月圓】；《清忠譜》第十六出用越調【憶多嬌】、【鬥黑麻】、【憶多嬌】、【鬥黑麻】，第二十一出用中呂【剔銀燈】、【賺】、【剔銀燈】、【賺】、【剔銀燈】、【賺】。然嚴格說來，【賺】是排場轉換過搭時所使用，明王驥德《曲律》〈論過搭第二十二〉云「古每宮調皆有【賺】，取作過度而用。」〔註44〕王季烈《螾廬曲談》卷二〈論作曲〉即謂：「賺者，各宮皆有之，亦名【不是路】，用之排場改變、移宮換羽之際，最為相宜。」〔註45〕故第三例不能算是真正的循環聯套。而其他二例都可以說是從一般聯套變化而來：大石調第三套為【賽觀音】、【前腔】、【人月圓】、【前腔】，越調第七套為【憶多嬌】、【前腔】、【鬥黑麻】、【前腔】，二者同樣都是省略前腔之後再重作一次，因此，只能說是具有循環的結構，而不能算是真正的循環聯套。這樣一來，清初崑曲之五大聯套類型中，只有循環聯套完全承襲舊制，沒有任何的發展與創新。

本節探討清初蘇州劇作家作品中，「無明代熟套或無主套者」的各種詳細情形，大抵說來，一般聯套之中的變異型、集曲聯套中的變套集曲、疊腔聯套，比較傾向於「無以明代熟套為其主套」者；「一般聯套」之中的雜綴型、集曲聯套中的一般集曲、南北合套、循環聯套，比較傾向於混雜無序、分析

〔註42〕許之衡：《曲律易知》（前揭書），頁149～150。

〔註43〕王守泰主編：《崑曲曲牌及套數範例集・南套》（上海：上海文藝出版社，1994年），上冊，頁47。

〔註44〕〔明〕王驥德：《曲律》（前揭書），頁128。

〔註45〕王季烈：《螾廬曲談》（台北：台灣商務印書館，1978年），卷二〈論作曲〉，頁33。

不出主套者。這些套數約佔總數之三成，意味著清初崑曲聯套在繼承前代之餘，有著不容忽視的發展與變化：變異型一般聯套、變套集曲與普遍可見的疊腔聯套，顯示出異於明代的創新與蛻變；單曲型、雜綴型的一般聯套、集曲，以及南北雜用的合腔，則可見出聯套規律在蛻變的同時，所造成的凌亂崩解與失序無主。

第三節　從個別作家及作品的角度分析

前面二節是先從縱剖面總和所有劇作內容，就中分別探討有、無使用主套的情形，以掌握清初聯套相對於明代或者承襲接續、或者蛻變演化之整體趨勢；以下二節將轉換立場，即從橫切面區分議題，以個別作家、個別作品以及個別套式的視角，再一次思考並探索清初聯套規律之發展與變化。本節先從個別作家及作品的角度分析：

一、從使用聯套類型來看

在附錄七〈統計結果表〉的「說明」中曾經提到，該表五大「聯套類型」欄各分三小細目，共計十五細目，其中數字最高者以粗黑體標出，以示該劇本以何種聯套形式爲最多數。現在，我們便要根據該表的粗黑體，依序討論下列各問題：

（一）末二欄比較意義

首先看到末二欄，此二欄是粗分整部作品「具有以明代熟套爲其主套者」、以及「無明代熟套或無主套者」兩大情形，從二欄數字的比較可輕易看出：除了朱佐朝《豔雲亭》、《奪秋魁》、《蓮花筏》三本是相同的以外，其餘52 本都是「具有以明代熟套爲其主套者」爲多數，且普遍而言數字都大幅領先，這一點顯示了崑曲聯套具有相當程度的穩定性與傳承性，也映證了前述清初聯套有七成繼承前代的現象；反過來說，朱佐朝這三部劇作在聯套的運用上，便呈現了較爲變異無序的傾向。

再從最末欄「無主套者」與「出現時期」欄之五小細目共計六欄之中的數字，同樣以粗黑體標示出最多數，則可發現：除了李玉《占花魁》、《五高風》、朱素臣《四大慶》第一本、朱佐朝《豔雲亭》、《奪秋魁》、《蓮花筏》、丘園《黨人碑》、張大復《吉祥兆》等八本是以「無主套者」爲多數之外，餘

者 47 本皆是「以『第一時期』就已經出現的明代聯套」為全劇中最多數的聯套，而上述八本所超過的數字又不會太大，可見得清初聯套不僅有七成繼承前代，況且此「前代」大部分還要追溯到明傳奇發展完成的第一期—明代初年。

（二）前十五欄細目代表意義

其次看到前十五欄細目，經由前面二節分析，可知循環聯套、南北合套以及集曲聯套是五大類型聯套中用得較少者，姑且不論；此十五欄細目數字多集中在「一般聯套」之三欄、「疊腔聯套」之第三欄，這四欄的數字之中，以粗黑體標示出最高者所佔本數最多者乃「疊腔聯套」之第三欄，為 26 本；其次乃「一般聯套」第三欄為 18 本；再其次為「一般聯套」第一欄為 15 本，因此，整體說來仍以一般聯套居多已見前述。

值得注意的是：這四欄的數字彼此之間是否有很大的差距？若將 55 本個別觀察，可發現：朱素臣《十五貫》、《聚寶盆》、朱佐朝《豔雲亭》、張大復《吉祥兆》四本，明顯地數字集中於某一類型，換句話說，《十》全劇以明代常見之疊腔聯套、《聚》以明代常見之一般聯套、《豔》、《吉》以無明代熟套或無主套者為全劇最多數的聯套形式；相對之下其餘 51 本則較平均使用各類型。

然而若就粗黑體分佈的情況來說，則大體說來，李玉十六本劇作中，《占花魁》、《麒麟閣》第一本、《太平錢》、《千鍾祿》、《萬里圓》五本，均有兩類型以上數字相同，而其疊腔聯套與一般聯套之粗黑體出現次數又同為八本，故知：李玉使用一般聯套及疊腔聯套的次數分配頗為平均。其他劇作家則不然：朱素臣、畢魏、王續古、吳偉業都偏愛用承自明代的疊腔聯套；朱佐朝、張大復則偏重在無明代熟套或無主套者一類；其他劇作家則無明顯傾向。這是從另一側面瞭解清初蘇州劇作家使用聯套的不同習慣與風格。

（三）作品欄代表意義

其次再看到第一欄「作品欄」中的「出數/套數」，此「出數」並非指該劇的實際出數，而是指該劇「具有套數的出數」，因此，必須扣掉副末開場以及部分內容殘缺者；「套數」則是末二欄「主套總計」與「無主套者」之總和。從這兩個數字的比較可以發現，除了李玉《麒麟閣》第二本、朱素臣《四大慶》第二本、第四本、朱佐朝《萬壽冠》、《奪秋魁》、《蓮花筏》等六本是數字相同的以外，其餘 49 本都是套數多過出數，而超過數字並不太多；換句話說，大部分清初蘇州劇作家作品一出之中可析出一套主套（無正曲及例外者

將於下文說明），一本之中有數出是兩套主套以上。

（四）「一般聯套」及「集曲聯套」之「無明代熟套或無主套者」代表意義

接著看到附錄八〈統計分類表〉，此表將附錄七「一般聯套」及「集曲聯套」中「無明代熟套或無主套者」二欄放大分析，也可以觀察出劇作家使用聯套的不同偏向。首先看到一般聯套部分：「該部總數」欄凸顯出 55 本作品中，以李玉《五高風》、朱佐朝《豔雲亭》、張大復《吉祥兆》三本所使用「無明代熟套或無主套者」爲大幅居多，分別是 11 出、16 出、15 出，大幅多出他劇的平均值 6 出，其中，《五》、《豔》以單曲型居多，《吉》則是雜綴型最多，可知此三劇相對於其他作品，呈現出較爲鬆散凌亂的特質。

除了這三部最爲明顯之外，李玉《一品爵》、朱佐朝《蓮花筏》、丘園《幻緣箱》、王續古《非非想》所使用的「單曲型」聯套均偏高；李玉《麒麟閣》第一本、朱佐朝《奪秋魁》、朱雲從《龍燈賺》、畢魏《三報恩》、葉稚斐《英雄概》、丘園《黨人碑》、張大復《醉菩提》、《快活三》、《釣漁船》、《紫瓊瑤》、陳二白《雙冠誥》、鄒玉卿《雙螭璧》、尤侗《鈞天樂》等部所使用的「雜綴型」聯套，也都大幅偏高，其中尤以張大復劇作爲甚。若結合「單曲型」與「雜綴型」，則朱佐朝、張大復二位作家所使用次數均比其他人高，呼應了上述朱佐朝、張大復偏重在無明代熟套或無主套者。

至於「集曲聯套」的部分，「大型集曲」本即少數，姑且不論。整體說來，張大復、陳二白、盛際時是較少使用集曲聯套者；「變套集曲」的使用，以李玉頻率最高，其他作家如：朱素臣、朱佐朝、葉稚斐、丘園、鄒玉卿、王續古等人，則偏向使用「一般集曲」。而李玉十六本劇作中，使用「一般集曲聯套」與「變套集曲聯套」的比例恰爲 15：15，均同樣出現十五次，可知李玉這位作家，使用各種類型的聯套頻率都頗爲平均，並不偏重何種，這點也和上述觀察李玉使用一般聯套及疊腔聯套的次數分配頗爲平均相互驗證。

二、從用曲支數與出數來看

以上附錄七、八均是利用附錄六〈聯套分析表〉後半段對於聯套類型的歸納進一步統計、分類出來的結果；接下來兩點討論是針對〈聯套分析表〉之前半段所做的分析，此處先探討用曲支數與出數之間的關係，第三點再討

論宮調的使用情形。

（一）整部劇本的出數

首先談到整部劇本的出數。清初傳奇在劇本長度上，有一明顯的特徵，即：作家有意識地縮長為短，最具代表性的清初戲曲理論家兼劇作家李漁便在《閒情偶寄》卷二〈演習部・變調第二〉中明白揭示「縮長為短」的法則。〔註46〕約當同時的蘇州劇作家們亦不約而同地奉行此條，林鶴宜在〈清初傳奇「戲劇本質」認知的移轉和「敘事程式」的變形〉一文中提到：

> 篇幅縮減是此時期劇本的第一個特徵，李漁很刻意地把這兩部戲（筆
> 者按：指《風箏誤》、《凰求鳳》）都控制在剛好三十齣；而《清忠譜》
> 和《十五貫》也都少於三十齣。這反映了明末清初劇本寫作顧慮實
> 際演出容量的自覺。〔註47〕

統計清初蘇州劇作家作品的平均劇本長度正是 28 出，〔註48〕可知清初劇作家劇本篇幅確實朝向精簡的方向發展。

（二）出數與每出用曲支數之間的關係

至於出數與每出用曲支數之間的關係，前面在談到「一般聯套」之「單曲型」時，曾經約略提及清初蘇州劇作家作品出現了以單曲成出成套、比一般的「普通過場」更為極端簡單的形式，其出現的比例達到 5%，只有三位作家沒有使用，可見其普遍性，但其意義還需配合整部作品的用曲支數才能深入探討，現在便正式探討清初蘇州劇作家作品每一出所使用的曲牌支數多寡輕重的分配問題。

附錄一〈聯套分析表〉的設計以橫向羅列每出所使用的曲牌，從欄數便可知用曲多寡，觀察各表內容，大抵各劇用曲皆長短錯落有致、繁簡穿插得宜，甚少有一連好幾出長套、或一連好幾出短套者（少數例外，見下文討論）。筆者進一步將各分析表的內容整理成附錄九〈清初蘇州劇作家作品每出用曲支數統計表〉，請參見之，從該表最終行對於五十五本劇本的用曲支數總計，

〔註46〕〔清〕李玉：《閒情偶寄》，收入《李漁全集》（前揭書），第十一冊，頁 70～72。

〔註47〕林鶴宜：〈清初傳奇「戲劇本質」認知的移轉和「敘事程式」的變形〉，收入氏著：《規律與變異：明清戲曲學辨疑》（台北：里仁書局，2003 年），頁 147。

〔註48〕此數字乃扣除朱佐朝《九蓮燈》、《蓮花筏》等六部後半部殘缺者，而以實際出數統計，詳情請參見附錄五〈用曲支數統計表〉作品欄中/之後的實際出數：1385 總出數除以 28 部劇本，所得平均 28 出。

可將數字較爲接近者歸於一等，由高至低共可分爲五等：第 5 等爲最高數 204、199、197、184 出，即用曲支數 6 支、5 支、4 支、7 支；第 4 等爲次高數 137、122 出，即用曲支數 8 支、3 支；第 3 等爲 93、91、87 出，即用曲 10 支、2 支、9 支；第 2 等爲 42、34、28 出，即用曲 11、1、12 支；第 1 等爲最少數 13 出、9 出、2 出、5 出，即用曲 13 支、14 支以及極少數的 15 支以上，茲列圖如下：

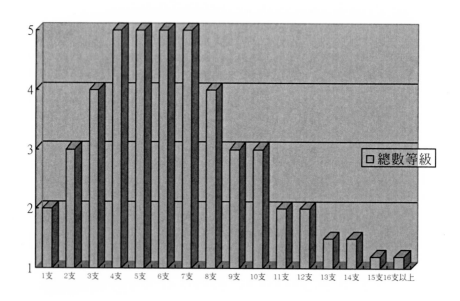

以上的分析顯示出：清初蘇州劇作家作品每出所使用的曲牌支數，呈現爲一梯形分佈圖狀：最常出現的曲牌支數爲 4 到 7 支，其中尤以 5、6 支爲冠，其次者則從兩旁依序遞減，僅用 1 支甚且零支者、以及用曲 11 支、12 支者已不超過總劇本數，13 支以上的用曲支數則明顯銳減。

若再參照出數佔總數的比例來看，請見附錄九〈用曲支數統計表〉最末行：最高第 5 等即用曲 4 到 7 支的比例各爲 13.6%、13.7%、14.1%、12.7%，總和 54.1%，已超過半數；第 4 等用曲 3 支、8 支的比例各爲 8.4%、9.5%，總和 17.9%，第 3 等用曲 2 支、9 支、10 支的比例各爲 6.3%、6.0%、6.5%，總和 18.8%，此二等相加總和爲 36.7%，已將近總數四成；第 2 等用曲 1 支或者零支、11 支、12 支的比例各爲 2.3%、2.9%、1.9%，總和 7.1%，最後銳減的第一等是用曲 13 支以上，分別佔有 0.9%、0.7%、0.1%、0.3%，總和僅 2%，

此二等相加總和爲 9.1%，還不到一成。因此，清初蘇州劇作家作品用曲支數的分佈，以第 5 等超過五成居冠，第 3、4 等將近四成居次，第 1、2 等將近一成居末。

　　這個現象若和明代相較，又有何異同呢？汪志勇《明傳奇聯套研究》第七章〈結論〉對於明代傳奇聯套的「用曲章數」與「用曲齣數」之間的比例關係有很精闢的分析，他的觀察結論是：

> 於上表明，可知傳奇聯套中，以用曲六章至十章多多，佔百分之五十三點五〇，超過半數以上，其次爲二章至五章，佔百分之三十點六三，最少者爲用曲十一章以上者，僅佔百分之十五點八六，故用曲六至十章者，實爲傳奇聯套之主流焉。〔註49〕

上述觀察明代聯套「用曲章數」的分佈和筆者角度不同，但可據此參照分析比較：

　　1、汪先生以「用曲章數」（即筆者「用曲支數」）的多寡，由用曲 2 章依序排列至 11 章以上，分爲三等：用曲 6 到 10 章第一等、2 到 5 章第二等、11 章到 29 章第三等，雖則一目了然，然此三等「劃分界線」的「依據」卻未見任何說明，恐讓人意有未愜。筆者有鑑於此，故先羅列每一種用曲支數的出現出數，再從數字最接近者劃分等級，俾能使此界線之劃分，出於實際客觀的數字統計。

　　2、雖然劃分方式不同，汪先生整理出來的數字結果顯然亦呈現近乎梯形的狀態，若據此「劃分界線」分析清初崑曲聯套，結果爲：用曲 2 至 5 章者佔 42.0%（若加上用曲 1 支以下者，則爲 44.3%）、6 至 10 章者佔 48.8%、11 章以上者佔 6.8%，此數字顯示出來的形狀，顯然已非梯形分佈，而從二種數字的差距來看，顯示出：清初崑曲聯套使用 2 至 5 支曲牌的比例多過明代（42.0%大於 30.63%）、使用 11 支以上的比例遠低於明代（6.8%小於 15.86%），可知劃分明代聯套用曲支數的標準，已不適用清初。

　　3、既然明代標準不適用清代，則清初標準何在？若依據汪先生的觀點並配合梯形分佈，可以將此圖重新劃分：用曲 1 至 3 支者佔 17.0%、用曲 4 至 7 支者佔 54.1%、用曲 8 支以上者佔 28.8%（若將用曲 13 至 16 支以上劃分出來，則各爲 26.8%、2.0%），這個數字結果便相當接近於汪先生所統計明代聯套之比例分佈（54.1%≒53.50%；30.63%≒28.8%；17.0%≒15.86%）。只因清初用曲支

〔註49〕汪志勇：《明傳奇聯套研究》（前揭書），頁 254。

數的分佈整個往前挪移，故呈現用曲少者的比例低於用曲多者的相反狀態。

4、2 章以下汪先生全然未提，恐怕是因為明代傳奇較少出現單曲成出成套的情況，此點顯然與清初略有不同。11 章以上汪先生最多收錄到 29 章，以此參照清初蘇州劇作家作品聯套情況來看，也有出現少數幾出使用特別長的長套：吳偉業《秣陵春》第三十四出用曲 18 支；張大復《快活三》第二十七出用曲 15 支、接連著第二十八出用曲 20 支為劇終團圓大場；《紫瓊瑤》更加特別，第九出為了敷演主腳燕脆漏夜審問鄒氏冤情並促使夫婦團圓，連用 24 支曲子表現整夜連續的情節，〔註50〕接連著第十出用曲 16 支。可知清初蘇州劇作家作品用曲支數最多者，亦不過 24 支，仍低於汪先生統計明傳奇聯套之 29 支。因此，不管是最低點或是最高點，清初崑曲聯套都比明代還要減少用曲支數。

總上所述，透過從各種不同的角度剖析清初與明代聯套用曲支數的異同，結果均顯示出一項結論：清初崑曲聯套的用曲支數，無論從整體比例、分佈結構乃至於個別最高點與最低點來看，都比明代用曲減少數支曲牌。換句話說，清初崑曲聯套往短小精幹的方向發展，以 4 到 7 支即可成出的中、短套為最受歡迎、最普遍使用的形式。

（三）劇作家個別寫作偏向

再從劇作家個別寫作偏向來看，附錄九〈用曲支數統計表〉以粗黑體標示每出用曲支數達最多出者，這些粗黑體多集中在用曲 4 至七支，僅少數散落在用曲 1 至 3 支或 8 支以上，和上列梯形圖吻合。若將用曲支數依梯形圖分為三區：用曲 1 至 3 支為第一區、用曲 4 至 7 支為第二區、用曲 8 支以上為第三區，並進一步計算劇作家個人於各區的用曲情形和平均值的比較，則可突顯出該作者的寫作偏向，請參見附錄九每位劇作家的最終行「使用支數比例」和全表最終行「各區所佔比例」，觀察所得可將十四位劇作家分為幾種情形：

李玉、葉稚斐、張大復、王續古是和平均值相差無幾者，表示他們的用曲情況頗為平均如上所述，並無特別的偏向；朱素臣、朱佐朝、丘園、陳二白四人是用曲支數明顯偏少，亦即用曲 1 至 4 支的比例偏高，相對地，用曲 8 支以上的比例就偏低，也就是說，他們四人的劇作偏向以中、短套成出；畢魏、盛際時、鄒玉卿、吳偉業、尤侗五人則是相反，用曲支數明顯增多，用

〔註50〕然附錄一〈聯套分析表〉礙於格式，將該出區分為二，已見該表註腳說明；此處附錄五還其原貌，以 24 支列入統計

曲 1 至 4 支的比例非常低，用曲 8 支以上的比例非常高，是以他們的劇作偏向以中、長套成出；朱雲從略顯不同，用曲支數比例高度集中在用曲 4 至七支，過長或過短者均很少見。

　　總結前述討論「單曲型」聯套時提到此種極簡形式被普遍使用、清初劇本篇幅一致地縮長爲短、平均用曲支數也明顯減少，凡此均意味著清初劇作家偏向輕簡短小、靈動自如的創作方式，不管是在聯套形式或長度方面、以及劇本體製等方面，恰恰均可互相驗證發明。

三、從宮調使用情形來看

　　上一節討論「一般聯套」中的雜綴型聯套時，已經初步提到「宮調」與「聯套」的關係，事實上，此二者之間值得研究的議題非常的多，現在再進一步針對清初蘇州劇作家作品中關於各宮調被使用的情形，進行不同層面的思考與探討。

　　張大復在編纂《寒山堂新定九宮十三攝南曲譜》時，於〈凡例〉第一條便開宗明義提到南曲常使用的十三個宮調：

> 九宮十三攝者，謂仙呂宮、正宮、中呂宮、南呂宮、黃鐘宮、道宮、
>
> 羽調、大石調、小石調、般涉調、越調、商調、雙調也。〔註51〕

　　筆者按照此十三個宮調在清初蘇州劇作家作品中被使用的次數高低排列順序，整理出附錄十〈清初蘇州劇作家作品各宮調使用次數統計表〉，請參見之。

（一）各宮調「在總數中所佔比例」及其排名

　　首先看到該表最末行各宮調「在總數中所佔比例」及其排名，並將此與汪志勇在《明傳奇聯套研究》中對於明傳奇聯套的統計結果進行比較：〔註52〕

	1	2	3	4	5	6	7	8	9	10	11	12	13
明代（汪）	雙調	南呂	中呂	仙呂	商調	越調	黃鐘	正宮	大石	道宮	小石	羽調	般涉
	21.83	18.79	13.09	11.78	8.36	8.36	8.25	7.98	1.08	0.16	0.10	0.10	0.05
清初（蘇）	雙調	南呂	中呂	仙呂	正宮	黃鐘	商調	越調	大石	小石	道宮	羽調	般涉
	23.4	16.0	15.7	12.8	9.1	7.3	6.9	6.2	1.4	0.7	0.3	0.3	0.3

〔註51〕〔清〕張大復：《寒山堂新定九宮十三攝南曲譜》，中國藝術研究院音樂研究所藏鈔本，收入《續修四庫全書》第 1750 冊（上海：上海古籍出版社，2002年），頁 635。

〔註52〕汪志勇：《明傳奇聯套研究》（前揭書），頁 253。

比較結果發現：明、清初兩代崑曲聯套對於各宮調的使用次數並無太大歧異：最常使用的前四名雙調、南呂、中呂、仙呂之排序完全不變，所佔比例雖略有增減，但均屬小幅度無傷大體。鮮少使用的宮調也同樣由道宮、小石、羽調、般涉敬陪末座，僅清初道宮相較小石調更爲罕用，四者所佔比例略微提高，但仍各不超過百分之一。中間五個宮調是明、清初變動較大者：大石調仍居第九，比例相差無幾，姑且不論；明代商調、越調比起清初較常使用，位居五、六名，比例各超過百分之八，清初則減至百分之六，故退居七、八名；清初起而代之者乃正宮、黃鐘，居於五、六名，總和比例與明代不相上下。

　　整體而言，崑曲聯套對於各宮調的使用情形，從明代演變到清初，僅有部分的變化：雙調、南呂、中呂、仙呂維持不變，仍是劇作家最爲倚重的「四大天王」，清初對於商調、越調的使用較爲減少，正宮、黃鐘的使用較爲提高，小石、道宮、羽調、般涉四者小幅提升，卻仍穩坐冷板凳。

（二）各宮調排名變化所代表的意義

　　而這樣的升沈變化又意味著什麼呢？不同的宮調自當有不同的聲情，早在元代芝菴《唱論》便已提及，然所論對象爲北曲且語焉不詳；〔註53〕近代許之衡對於南曲宮調的聲情有較爲清楚的論述，他說：

> 仙呂、南呂、仙呂入雙調，慢曲較多，宜於男女言情之作，所謂清新綿邈、宛轉悠揚，均兼而有之。正宮、黃鐘、大石，近於典雅端重，閒寓雄壯。越調、商調，多寓悲傷怨慕，商調尤宛轉。至中呂、雙調，宜用於過脈短套居多。然此但言其大較耳。〔註54〕

汪志勇先生則結合諸家說法，認爲：

> 南曲十三調中，黃鐘、正宮屬喜劇類，仙呂、中呂、大石亦近喜劇，越調多屬悲劇，商調亦近悲劇，而南呂、雙調、仙呂入雙調則可悲可喜，此其大抵類別也。〔註55〕

按：「仙呂入雙調」曲牌後多歸入雙調，許、汪二氏說法比並觀之，雖不中，

〔註53〕如：仙呂調唱，清新綿邈；南呂宮唱，感嘆傷悲；中呂宮唱，高下閃賺；黃鐘宮唱，富貴纏綿；正宮唱，惆悵雄壯；道宮唱，飄逸清幽；大石唱，風流韻藉；小石唱，旖旎嫵媚；般涉唱，拾掇坑塹；雙調唱，健捷激裊；商調唱，悽愴怨慕；越調唱，陶寫冷笑。見〔元〕芝菴：《唱論》，收入《中國古典戲曲論著集成》第一冊（前揭書），頁160～161。

〔註54〕許之衡：《曲律易知》（前揭書），卷上〈論過曲節奏〉，頁86～87。

〔註55〕汪志勇：《明傳奇聯套研究》（前揭書），頁19。

亦不遠矣！若據此分析清初蘇州劇作家作品各宮調被使用的情形，不啻是觀察劇作風格與聯套應用之間關係的另一切入點。汪先生對於上表明代聯套統計的分析結論是：

> 於上表內，以雙調與南呂之套數最多，中呂、仙呂次之，四宮調之套數佔百分之六十五點四九，幾佔三分之二，其餘九宮調僅佔三分之一強，而大石以下四宮調僅佔一點四九，所佔比例甚微，可謂聊備一格而已矣。南曲宮調之中，黃鐘、正宮屬喜劇類，仙呂、中呂、大石亦近喜劇，越調多屬悲劇，商調亦近悲劇，而南呂及雙調則可悲可喜，若依上表，則喜劇佔十六點二三，近喜劇佔二十五點八五，悲劇佔八點三六，近悲劇佔八點三六，而可悲可喜者佔三十九點六二。由是觀之，傳奇之喜多於悲，非僅結局大團圓而已，即於全本傳奇中，亦喜齣多於悲齣。又由可悲可喜者所佔比例之大及劇情變化而影響曲牌之悲喜言之，傳奇之悲喜劇場面必盡曲折之能事，故其代元劇而主曲壇數百年者，皆因內容、形式及聲情之曲折引人，皆非元劇所能望其項背所致也。〔註56〕

據此觀察清初的情形，喜劇類佔 16.4%，近喜劇類佔 28.5%，悲劇類佔 6.2%，近悲劇類佔 6.9%，可悲可喜者佔 39.4%，相較於明代，則喜劇類略升、悲劇類稍降，正符合於名次中正宮、黃鐘上升，商調、越調下降的情形，換句話說，清初整體是朝向「喜多於悲」的方向發展；又謂「由可悲可喜者所佔比例之大及劇情變化而影響曲牌之悲喜言之，傳奇之悲喜劇場面必盡曲折之能事」，則清初雙調、南呂的使用率依舊最高，同樣表現了傳奇曲折變化之能事。

（三）個別劇作家的使用偏向

　　若就個別劇作家的使用偏向來看，則請參見附錄十每位劇作家末行灰底顯示之「各宮調所得比例」，一般說來，劇作家的使用情形可分三種：

　　一為和平均值相差無幾者，如：李玉、朱素臣、朱佐朝、畢魏、張大復、鄒玉卿等人，無論比例數字或者排名順序，都和整體趨勢相近。

　　二為部分宮調互有得失增減，但大致維持平衡者，如：朱雲從《龍燈賺》使用中呂、仙呂偏多，但黃鐘、正宮就略少，商調多、越調就少；葉稚斐所用黃鐘、中呂較多，正宮、仙呂、南呂就偏少，越調多、商調就少；陳二白

〔註56〕汪志勇：《明傳奇聯套研究》（前揭書），頁253。

所用黃鐘少、越調多，同時南呂又大幅偏多；王續古所用中呂、正宮稍多，就完全沒使用越調。

三爲部分宮調明顯偏多，甚且影響到順序排名者，如：丘園使用偏向喜劇者多，以中呂、仙呂、黃鐘、正宮爲前四名；吳偉業《秣陵春》使用商調、越調較多，以南呂、雙調、中呂、商調、越調、仙呂、正宮、黃鐘爲序，可見全劇偏向悲戚；尤侗《鈞天樂》使用各宮調顯得均勻，雙調、中呂同居第一，但竟不超過 20%，商調、仙呂、黃鐘也同居第三，已將各宮調比例分配開來。反觀上述三例的劇作內容，確實符合從宮調使用比例所得的結果：丘園《幻緣箱》以一箱爲線索，安排誤會、衝突、巧合、離奇等情節牽合一男二女的姻緣；吳偉業《秣陵春》本假借南唐後主姪女黃展娘的離合姻緣，寄託故國之思、亡國之慨，故滿紙悲歌、盡是血淚；尤侗《鈞天樂》上本寫沈白懷才不遇，牢騷滿腹蒼涼悲痛，下本寫沈高中天榜，宦遊仙界大展抱負，自當歡欣愉悅、清新舒暢。

（四）插用北套或純用北曲

至於插用北套或純用北曲者，前文第一節曾經提及：「南北合套」聯套僅佔全部聯套的一成稍多，其中更以「南套與北套合用、穿插遞進者」居大多數，「純用北套」者僅居 4.8%左右，且變化空間不大，至多是使用曲數的多寡變化與選用曲段略有不同，故影響有限。雖說如此，筆者仍另表繪製〈北曲部分〉附於附錄六南曲表之後，請參見之。

從此表中可見每位劇作家都使用了北套，五十五本劇本中，只有六本沒有出現，平均每本使用一至二次（90 次除以 49 本所得 1.8 次），最多爲 4 次，計有：朱素臣《聚寶盆》、葉稚斐《英雄概》、張大復《醉菩提》三劇，最常使用的宮調是北仙呂，其次爲北正宮、北中呂、北越調，北黃鐘、北南呂、北雙調、北般涉、北商調…等的使用便屈指可數了。可知北套爲點綴穿插使用，使用率雖低，也集中在較常使用的幾個熟套而已，卻是普遍「必備」的變化聲情的方式之一，許之衡《曲律易知》卷上〈論體例〉即云：

> 北曲獨唱之法，既拙若是，而仍不能廢，且爲曲家所必習者何也？
> 蓋南曲柔曼，只宜於寫情及閒逸優游之境，若遇英雄豪俠、慷慨悲
> 歌之際，則南曲牌名，多不適用。縱有一二套可用，亦因其有贈板
> 之故，柔緩不合劇情，不若北曲之伉爽。是以傳奇全部，仍多有數

　　　折用北曲者。而崑山樂子，不能不兼習北曲者，職是故也。〔註57〕
可知北套在傳奇中實有不可或缺的份量與作用。

　　綜合觀察清初崑曲聯套對於十三宮調的使用偏向來說，可謂延續明代的
整體趨勢並無太大的歧異；其中部分的變化顯示出清初傳奇更朝向「喜多於
悲」的方向發展。至於個別作家的使用情形，無疑地為瞭解劇作風格提供另
一種詮釋的空間。

第四節　從個別套式存廢變化的角度分析

　　以套式本身為出發點，對其自明至清的發展與演變作歷史性的追蹤與探
索，是觀察清初崑曲聯套規律的另一視角，本節便據此展開論述。前輩學者
們對於明代熟套的歸納與整理已做出豐碩成果，如：許之衡《曲律易知》、王
季烈《螾廬曲談》、汪經昌《曲學例釋》、張敬〈南曲聯套述例〉、汪志勇《明
傳奇聯套研究》等等，然最完整全面者當推最晚出的許子漢《明傳奇排場三
要素發展歷程之研究》中〈研究資料彙編・丙編襲用套式〉。筆者不揣簡陋，
嘗試在前賢的研究基礎上，繼續「追蹤」《歷程》所列每一套明代熟套到了清
初，是否被蘇州劇作家們沿用到作品中，「存用」者多、「廢棄」者少？抑或
發展變化者少？大抵不變者眾……等存廢變化的情形，並兼及存廢套式首見
於明代何時等等其他相關問題。

一、自明至清套式存廢的比例

（一）從存廢比例來看

　　首先整體鳥瞰明代熟套到了清初蘇州劇作家作品中，或者存續沿用、或
者廢置不錄的多寡情形。請參見附錄十一〈明代各宮調套式延至清初存廢演
變一覽表〉第一個表，最末二欄「總計」中的「存廢」比例，總計《歷程》
所收十個南曲常用的宮調（道宮、羽調、般涉調極少用，故不錄）、共計 239
套（143+96）明代熟套（不包含：循環聯套、北套，已見附錄「說明」之中，
存續沿用於清初蘇州劇作家作品中的有 143 套，恰為 60%；不復見用者有 96
套，即佔 40%。若將這個數字，參照前文第一節第二點所述清初蘇州劇作家
作品中，有七成以上的組成部分是沿用明代熟套，可知崑山腔基本上趨向於

〔註57〕　許之衡：《曲律易知》（前揭書），卷上〈論體例〉，頁 30。

規律穩定的特質,是不悖的原則。

(二)從聯套類型來看

其次從聯套類型來看,除了循環聯套、純用北套因形式特殊,獨立於後面討論之外,末二欄分列的四行顯示出四種聯套形式之中,南北合套、集曲聯套被沿用的套式少於被廢置者,此點結合第一節對於各聯套類型的使用探討,可知清初蘇州劇作家作品中對於南北套合用者僅佔一成稍多,平均每部作品使用一至二套,雖則普遍,多卻無益,故需求量不大,也因此,被沿用下來的套式也就集中在較受歡迎的那幾套了,故廢棄者多。至於「集曲」是晚明以來創發新曲牌的流行手法之一,到了清初的發展重點仍在於創新,因此,「集曲聯套」被大量照舊沿用的意義不大,同樣也是存用者少於廢置者。「存用者」多過於「廢置者」爲「一般聯套」和「疊腔聯套」,此兩種聯套形式本是構成崑曲聯套的主體,故其大幅沿用是理所當然的現象,值得注意的是:「一般聯套」存用得多,廢置的也不少;「疊腔聯套」則存續延用了九成以上的明代熟套,可見「一般聯套」重在「去蕪存菁」,「疊腔聯套」則偏向「全盤接收」。

(三)從所屬宮調來看

再其次從宮調來看,南曲最常使用的十個宮調之中,存廢比例差不多的只有黃鐘、南呂,大多數是存用者多,計有:仙呂、中呂、大石、小石、越調、商調以及雙調,正宮是唯一存用者較廢棄者還少的宮調。黃鐘常被使用的類型是一般聯套,集曲聯套全不被沿用,換句話說,清初所見黃鐘集曲聯套,幾乎是出於創新。南呂恰與之相反,《歷程》所收一般聯套數量甚多,但被沿用到清初者僅佔三分之一,清初較常使用的是疊腔聯套與集曲聯套。正宮的一般聯套恰好存、廢各半,南北合套、集曲聯套也用得較少,整體看來,正宮被沿用到清代的比重實在不多。仙呂宮以一般聯套和疊腔聯套爲使用主力,存續明代熟套者也多,南北合套則甚爲少見。中呂在《歷程》中所收熟套也很多,但存用者僅超過半數而已,疊腔聯套才是全部存續明代,其南北合套、集曲聯套同樣是清初少用的。大石、小石調本屬少用宮調,故只見於一般聯套,疊腔聯套僅見大石調一例。越調本來明代熟套就不多,清初沿用者恰爲半數,且集中在一般聯套和疊腔聯套。商調和雙調都是曲組聯套,《歷程》所分一般聯套的類型甚多,在清初的沿用率也都在半數以上,疊腔聯套更是全部沿用,南北合套僅見於雙調使用,集曲聯套則均有沿用,無所偏重。

　　整體看來，雖則明代熟套有六成延續到清初，但各宮調的擇選刪汰仍各有倚重；相對上來說，不同類型的聯套對於眾宮調的採納也互見短長：一般聯套大致選取商調、中呂、仙呂較多，對於南呂則多刪汰；疊腔聯套則以南呂、雙調最為常見，廢置者均少；南北合套以雙調、中呂最為常見，其他宮調或僅存一式、或全軍覆沒；集曲聯套大致選取南呂及商調，但整體看來已屬少數，使用率和廢置者相差無幾。

　　以上為《歷程》所收一般聯套、疊腔聯套、南北合套以及集曲聯套之明代熟套到了清初興衰存亡的整體趨勢。除此之外，接著討論循環聯套和北套。

（四）從循環聯套來看

　　「循環聯套」在《歷程》〈丙編襲用套式〉（頁 607～613）中，分為三種形式：一為一般曲牌三支循環、二為一般曲牌兩支循環、三為集曲循環，據許子漢資料前面「說明」指出：「循環聯套」是收所有使用之例（頁 547），可見不僅限於熟套。此三類共計 80 式（4+47+29＝80），令人訝異地是，此 80式到了清初被沿用者居然微乎其微，僅見五式，且全部集中在一般曲牌之兩支循環者，分別是：第 2 式【山坡羊】、【水紅花】，見於李玉《兩鬚眉》、朱素臣《聚寶盆》；第 6 式【六么令】、【風入松】，見於張大復《雙福壽》；第 17式【水紅花】、【梧葉兒】，見於李玉《一品爵》；第 20 式【白練序】、【醉太平】，見於李玉《眉山秀》、吳偉業《秣陵春》、尤侗《鈞天樂》；第 27 式【風入松】、【急三鎗】，見於李玉《一捧雪》等共計 36 例，可以說五式之中其他四式僅是偶然，清初所見循環聯套幾乎清一色是【風入松】、【急三鎗】。

　　再配合前文第一、二節以及附錄七〈清初蘇州劇作家作品之聯套分析統計結果表〉的分析：「循環聯套」總計在清初出現 46 套，其中 43 套便是此處所見五式，另外 3 套是清代首創者，但是由一般聯套以及【賺】曲變化而來，不能算是嚴謹的循環聯套。如此看來，清初循環聯套不僅全無創新、完全承自明代，甚且大多數明代曾經使用過的循環聯套僅是「曇花一現」，被延續存用到清代者僅【風入松】、【急三鎗】一式而已。

　　反過來觀察比對循環聯套本身在明代的表現，則【白練序】、【醉太平】一式本是使用劇例最多者為三十五例，其次才是【風入松】、【急三鎗】的二十九例，此二式才是真正被廣泛使用的循環聯套，其他 78 式確實都只是驚鴻一瞥；然而，【風入松】、【急三鎗】一式畢竟氣勢如虹，到了清初便後來居上，全面席捲循環聯套的地盤，【白練序】、【醉太平】顯得強弩之末，後繼無力之

下只見於寥寥三劇。

（五）從北套來看

觀察「北套」請見附錄十〈清初蘇州劇作家作品各宮調使用次數統計表〉之「北曲部分」，總計清初對於北套的插用，各宮調使用次數多寡依序是北仙呂、正宮、中呂等已如上述，參照前文第一節對於「南北合套」類型的分析，可知雖然清初平均一劇使用一、二套北套，但仍屬於穿插點綴之幾個常用的曲段或者熟套而已，變化空間不大，例如：

使用率最高的北仙呂，大部分沿用的都是：【點絳唇】、【混江龍】、【油葫蘆】、【天下樂】、【鵲踏枝】、【寄生草】、【煞尾】此熟套，頂多增減一、二支曲牌，如：李玉《一捧雪》第五出、《占花魁》第四出、《牛頭山》第三出、《太平錢》第六出、《五高風》第四出、《兩鬚眉》第十三出、朱素臣《十五貫》第十五出、朱佐朝《奪秋魁》第十六出、畢魏《竹葉舟》第三出、丘園《黨人碑》等等均是，少數插用其他曲段如：李玉《風雲會》第十出、葉稚斐《英雄概》第三十出、畢魏《三報恩》第九出。

排名第二的北正宮通常使用【端正好】、【滾繡球】、【叨叨令】、【倘秀才】、【脫布衫】、【小梁州】此熟套，再去增減曲牌，如：李玉《一捧雪》第二十一出、《清忠譜》第六出、盛際時《人中龍》第二十四出、張大復《金剛鳳》第二十出、《醉菩提》第十三出、丘園《黨人碑》第七出、朱素臣《四大慶》第四本第十出等等，只有李玉《牛頭山》第十六出插用【白鶴子】，張大復《快活三》第三出用【端正好】、【滾繡球】、【叨叨令】、【滾繡球】，朱佐朝《血影石》第五出雜用【端正好】、【倘秀才】二支，朱素臣《聚寶盆》第三出僅用【端正好】、【脫布衫】、【小梁州】三支。

以上可見到了清初崑曲聯套對於北套的插用，不僅比例低、次數少，且存用段落已擇選刪汰到高度集中於少數熟套了。

二、自明至清發展變化之套式

（一）大抵不變者居多

在全面綜覽了明代熟套延至清初的興廢存亡之後，緊接著，要探討的是存續者的發展變化。筆者將附錄十一〈明代各宮調套式延至清初存廢演變一覽表〉中第一個表「存」欄內的套式詳情析出列爲第二個表，以進一步探求清初蘇州

劇作家沿用此式的情形。整體觀察這些套式，可概括分為兩種沿用情形：一為與明代原套幾無二異、大抵不變者，歸於表中「ˇ」欄，二為與明代原套不同有所變化，但又不致構成另一套式者，歸於表中「＊」欄，這兩種情形，在附錄六〈清初蘇州劇作家作品之聯套分析表〉中分別註記為「ˇ」、「ˇ＊」。

　　以下要討論的，便是這兩種情形在各宮調、各聯套類型中所佔多寡情形，請參見附錄十一第二個表各聯套類型之最末行「總計」。從行中每二欄數字的高低不同，可輕易發現：一般聯套中的「越調」、集曲聯套中的「正宮」是二者相差無幾者，「一般聯套」中的「商調、雙調」以及南北合套中的「雙調」是「發展變化」多過「大抵不變」者，除此之外，大多數都是大抵不變者居多。

　　再從各宮調各欄以粗黑體標示出來的最高數，除了一般聯套之南呂第 2 套、越調第 2 套、商調第 4 套、雙調第 7 套、「南北合套」之雙調第 4 套是落在「發展變化」欄內的之外，其餘最多數均落在「大抵不變」欄。

　　再縮小到從各套的二欄差距來看，數目小者姑且不論，二欄相差無幾者僅一般聯套之仙呂第 5 套、12 套，南呂第 1 套，越調第 1 套，商調第 8 套、第 18 套，雙調第 6 套；相差較大者，也是以「大抵不變」高於「發展變化」者居多，「發展變化」居多者僅：一般聯套之黃鐘第 4 套、正宮第 2 套、中呂第 9 套、南呂第 2 套、越調第 2 套、商調第 4 套、雙調第 3 套、第 7 套；以及南北合套之雙調第 4 套。

　　這個結果又再次呼應了前述崑山腔基本上規律穩定的特質，以下便先討論這類較少數的情形。

（二）發展變化者舉隅

　　為一清眉目且便於討論，茲將上述「發展變化」居多之各套式內容羅列如下：

一般聯套

黃鐘第 4 套：【畫眉序】、【前腔】三支、【滴溜子】、【鮑老催】、【滴滴金】、【鮑老催】、【雙聲子】

正宮第 2 套：【玉芙蓉】、【前腔】二支、【雁來紅】、【前腔】、【朱奴兒】、【前腔】

中呂第 9 套：【山花子】、【前腔】三支、【大和佛】、【舞霓裳】、【紅繡鞋】

南呂第 2 套：【香遍滿】、【懶畫眉】、【梧桐樹】、【浣溪沙】、【劉潑帽】、【秋

夜月】、【東甌令】、【金蓮子】

越調第 2 套：【小桃紅】、【下山虎】、【山麻楷】、【五韻美】、【蠻牌令】、【五般宜】、【江頭送別】、【江神子】

商調第 4 套：【集賢賓】、【前腔】、【黃鶯兒】、【前腔】、【琥珀貓兒墜】、【前腔】

雙調第 3 套：【夜行船序】、【前腔】、【惜奴嬌】、【前腔】、【黑麻序】、【前腔】、【錦衣香】、【漿水令】

第 7 套：【步步嬌】、【忒忒令】、【沈醉東風】、【園林好】、【江兒水】、【五供養】、【玉抱肚】、【玉交枝】、【川撥棹】

南北合套

雙調第 4 套：北【新水令】、南【步步嬌】、北【折桂令】、南【江兒水】、北【雁兒落帶得勝令】、南【園林好】、北【收江南】、南【僥僥令】、北【沽美酒帶太平令】

以上各套出現在清初蘇州劇作家作品時，明顯地與明代原套有著不同變化，所謂的不同變化在前文第一節第三點就已經舉例說明了，大抵是：非曲組聯套者，變化空間在於曲牌的形式變動、支數增減，如：黃鐘第 4 套、中呂第 9 套；曲組聯套則因組成曲牌、順序可「任人搭配」，故其變化在於集中、偏向於某部分，如：正宮第 2 套、南呂第 2 套以及雙調第 7 套，還有綜合各種情況者如越調第 2 套已如前述。那麼其他幾套的發展變化情況如何呢？

（三）發展變化者舉例

以下逐一舉例說明其他幾種發展變化者之特殊情形：

商調第 4 套爲曲組聯套，許子漢《歷程》共分出 13 式，事實上是由【二郎神】、【集賢賓】、【囀林鶯】、【鶯啼序】、【黃鶯兒】、【簇御林】、【琥珀貓兒墜】等曲爲主，再偶而夾雜其他曲牌而成，這麼多支曲牌兩、三支或三、四支任意組合聯綴，即可成爲變化眾多的套式，何止於《歷程》所列 13 式呢？觀察清初蘇州劇作家作品中的使用，大抵平均分配於《歷程》第 2～4 式、8～11 式，即是這種擷取各式之曲、再組新曲的變化方式，其例甚多，恕不再舉。

雙調第 3 套，李玉《眉山秀》第十四出作【六么令】、【曉行序】、【黑麻序換頭】、【好姐姐】、【五供養】、【錦衣香】、【漿水令】，張大復《醉菩提》第九出作【夜行船序】、【前腔換頭】、【黑麻序】、【錦衣香】、【漿水令】，《金剛

鳳》第十九出作【惜奴嬌】、【月上海棠】、【曉行序】、【前腔】、【黑麻序】、【錦衣香】、【漿水令】，均是部分曲牌形式轉變且增減其他曲牌，尤侗《鈞天樂》第六出甚且變化為【夜行船序】、【黑麻序】、【前腔】。南北合套之雙調第 4 套，《歷程》引作範式者排序如上，但觀驗諸部分劇作，包含明傳奇及清初者，卻頗多作北【雁兒落帶得勝令】、南【僥僥令】、北【沽美酒帶太平令】、南【園林好】、北【收江南】此種排序，除此變化之外，前文第一節第四點也已經舉例說明，此套變化方式有將過曲變成集曲、或者帶過曲截為單曲者。

（四）二欄相差無幾者

至於二欄相差無幾之諸套：商調第 8 套、雙調第 6 套也是曲組聯套，其變化已見上述；南呂第 1 套即前文第一節屢屢提及的【梁州序】、【前腔】、【節節高】、【前腔】，其變化在於前腔換頭或者改為集曲【梁州新郎】。商調第 18 套【山坡羊】、【水紅花】，在前文第一節第三點提過，是少數非「曲組聯套」、曲牌前後卻次序略異者。

仙呂第 12 套，李玉《永團圓》第二十八出作【八聲甘州】、【前腔換頭】、【不是路】、【解三酲】，《千鍾祿》第二十四出作【八聲甘州】、【前腔】、【不是路】、【解三酲】，張大復《釣漁船》第十二出作【八聲甘州】、【前腔】、【不是路】、【解三酲】、【光光乍】，都是用賺曲【不是路】隔開【八聲甘州】和【解三酲】，諒此二曲接連的關係較為鬆散，故可插入賺曲以作變化調適。

越調第 1 套，朱素臣等《四大慶》第二本第二出作【小桃紅】、【下山虎】、【山麻楷】、【蠻牌令】，張大復《釣漁船》第二十一出作【小桃紅】、仙呂【一封書】、【下山虎】、【蠻牌令】，吳偉業《秣陵春》第十七出作【小桃紅】、【前腔】、【下山虎】、【前腔】、【山麻楷】、【前腔】，均是插用或者替換一、二支曲牌，【一封書】為單用調，不入聯套內，故可插用。這些變化在清初和維持原貌者比例接近，變化之處也無傷大雅，想是為配合劇情以宛轉變化聲情所致。

凡此種種，族繁不及備載，均可見出明代套式延至清初的發展變化之跡，然百變不離其宗，其變化方式均不出本文研究所得諸如：變換曲牌形式、支數、順序、偶而插用別曲等等。

三、自明至清大抵不變之套式

除了上述諸套以及劇例甚少姑且不論者外，附錄十一所錄其他套式，都

是「大抵不變」欄多過於「發展變化」欄者。茲再將這些套式擇其要者，羅列於後：

（一）大抵不變者擇要舉隅

一般聯套

黃鐘第 1 套：【啄木兒】、【前腔】、【三段子】、【歸朝歡】

黃鐘第 7 套：【降黃龍】、【前腔】三支、【黃龍衮】、【前腔】

仙呂第 3 套：【桂枝香】、【不是路】、【長拍】、【短拍】

仙呂第 8 套：【不是路】、【皂角兒】

仙呂第 9 套：【賺】、【皂角兒】

正宮第 5 套：【錦纏道】、【普天樂】、【古輪臺】

中呂第 1 套：【粉孩兒】、【福馬郎】、【紅芍藥】、【耍孩兒】、【會河陽】、【縷縷金】、【越恁好】、【紅繡鞋】

中呂第 3 套：【漁家傲】、【剔銀燈】、【攤破地錦花】、【麻婆子】

中呂第 5 套：【泣顏回】、【前腔】、【千秋歲】、【前腔】、【越恁好】、【紅繡鞋】

大石調第 3 套：【賽觀音】、【前腔】、【人月圓】、【前腔】

小石調第 1 套：【漁燈兒】、【漁家燈】、【錦漁燈】、【錦上花】、【錦中拍】、【錦後拍】

越調第 7 套：【憶多嬌】、【前腔】、【鬥黑麻】、【前腔】

商調第 10 套：【黃鶯兒】、【前腔】、【琥珀貓兒墜】、【前腔】

雙調第 4 套：【錦衣香】、【漿水令】

雙調第 11 套：【步步嬌】、【醉扶歸】、【皂羅袍】、【好姐姐】、【香柳娘】

疊腔聯套

黃鐘第 1 套：【出隊子】

仙呂第 5 套：【皂羅袍】、第 6 套：【桂枝香】、第 7 套：【解三酲】

正宮第 1 套：【玉芙蓉】、第 2 套：【四邊靜】

中呂第 2 套：【縷縷金】、第 4 套：【駐雲飛】、第 5 套：【駐馬聽】、第 6 套：【尾犯序】、第 7 套：【剔銀燈】

南呂第 3 套：【一江風】、第 5 套：【香柳娘】、第 6 套：【懶畫眉】、第 12 套：【紅衲襖】

　　越調第 3 套：<u>【水底魚兒】</u>

　　商調第 1 套：<u>【山坡羊】</u>

　　雙調第 2 套：<u>【六么令】</u>、第 3 套：**【瑣南枝】**、*第 9 套：【玉抱肚】*

南北合套

　　黃鐘第 1 套：北**【醉花陰】**、南**【畫眉序】**、北**【喜遷鶯】**、南**【畫眉序】**、
　　　　北**【出隊子】**、南**【滴溜子】**、北**【四門子】**、南**【鮑老催】**、北**【水
　　　　仙子】**、南**【雙聲子】**、北**【尾】**

　　正宮第 5 套：北**【醉太平】**、南**【普天樂】**、北**【朝天子】**、南**【普天樂】**、
　　　　北**【朝天子】**、南**【普天樂】**、北**【朝天子】**、南**【普天樂】**

　　中呂第 1 套：北**【粉蝶兒】**、南**【泣顏回】**、北**【石榴花】**、南**【泣顏回】**、
　　　　北**【鬥鵪鶉】**、南**【撲燈娥】**、北**【上小樓】**、南**【撲燈娥】**、北**【尾】**

集曲聯套

　　仙呂第 2 套：**【甘州歌】**、**【前腔】**三支

　　<u>仙呂第 3 套：【九迴腸】</u>

　　<u>南呂第 5 套：**【繡太平】**、**【三解醒】**、**【大節高】**、**【東甌蓮】**</u>

　　<u>商調第 5 套：【十二紅】</u>

　　<u>雙調第 1 套：【二犯江兒水】</u>

以上共計 43 套套式，用「底線」標出「發展變化」欄爲「零」、即清初幾乎
完全沿用明代原貌者，共計 23 套；用「粗黑體」標出者爲該宮調該類型套式
中之「最多數」者，共計 21 套；兩者均是者共計 10 套，亦非少數，可知清
初蘇州劇作家沿用明代熟套時，誠以大抵不變、維持原貌者佔大多數。

（二）從聯套類型來看

　　若從聯套類型來看，又以疊腔聯套爲甚，附錄七所列全部疊腔聯套中，
只有仙呂第 7 套、中呂第 2 套、第 5 套、第 6 套、羽調第 1 套【排歌】、雙調
第 1 套【風入松】、3 套、4 套【朝元令】各出現一次的變化——【前腔換頭】，
捨此之外，完全沿用明代的疊腔形式。可知崑曲聯套一路發展下來，在眾多
聯套形式中，當屬疊腔聯套本身的變化空間最爲有限。

　　那麼，疊腔聯套的發展之處何在？且回顧前文第二節第三點對於「無明
代熟套或無主套者」之「疊腔聯套」所作的分析結果爲：清初使用劇例不多、
新曲牌卻很多的傾向，恰與此處前後照應驗證，顯示著清初疊腔聯套異於明

代的發展，不在於既有曲牌的疊用形式變化，乃在於可疊用曲牌的新開發與新嘗試，故爾呈現普及眾曲、而非集中數曲的情形。

其次為集曲聯套，前文第一節第四點也提過：集曲聯套的重點在於創發新調，故照例沿用明代熟套者不多，本身的變化也就相對地有限，此處五套之中，有四套式完全承襲舊制，仙呂第 2 套的變化也僅在於前腔換頭，如李玉《眉山秀》第二十六出者。

一般聯套之中，除了仙呂第 8 套、第 9 套、正宮第 5 套、中呂第 3 套、大石調第 3 套、商調第 10 套等套之外，其餘諸套仍有些微變化：

黃鐘第 7 套、中呂第 5 套已見前文第一節第三點舉例說明；黃鐘第 1 套第朱素臣《未央天》二十七出前面增加【出隊子】、【前腔】，葉稚斐《琥珀匙》第四出進一步作【出隊子】、【三段子】、【歸朝歡】，張大復《吉祥兆》第二十四出卻又作【啄木兒】、【三段子】、【滴溜子】；仙呂第 3 套偶然遺落【不是路】或【短拍】，如張大復《雙福壽》下本第五出、李玉《麒麟閣》第二本第二十五出；中呂第 1 套最常遺落【福馬郎】或【紅繡鞋】兩支，前者如：丘園《黨人碑》第三十四出、朱雲從《龍燈賺》第三十出、朱佐朝《血影石》第二十一出、《蓮花筏》第十三出，後者如：鄒玉卿《雙螭璧》第十五出，兩者皆缺者甚且有李玉《占花魁》第二十三出、《一品爵》第八出等；越調第 7 套除了前述《清忠譜》偶見循環兩曲之外，其餘多是省略前腔的變化，如：朱佐朝《豔雲亭》第八出、《血影石》第十四出、張大復《快活三》第二十八出；雙調第 4 套這兩支曲牌，常與別的雜曲聯綴，如：李玉《太平錢》第二十七出、朱素臣《翡翠園》第二十六出、鄒玉卿《雙螭璧》第十一出。雖說略有變化，但都只是少數曲牌的刪減、改換，實無傷大雅，故謂此類維持明代原貌、大抵不變。

南北合套的變化情況，也見於前文第一節第四點的分析，大多發生在南北曲牌的順序前後易位，如：黃鐘第 1 套；其他較少見的情況是部分曲牌的減省，如：正宮第 5 套朱素臣《秦樓月》第十七出減省了【醉太平】，中呂第 1 套《四大慶》第八出作減省了【撲燈娥】，張大復《吉祥兆》第十四出綜合上述變化，變作北【粉蝶兒】、南【泣顏回】、北【上小樓】、南【撲燈娥】、北【下小樓】。

按以上諸例，從套式本身自明至清的發展，再次觀察崑曲聯套的變化，則可發現所得和前文不僅毫無衝突矛盾，甚且可以相互驗證參照、發揮證明。經過此縱、橫交錯往返的論述之後，清初蘇州地區崑曲聯套規律之態勢，庶幾眉目清晰、躍乎紙上矣！

四、存廢套式首見時期之分佈

行文已近尾聲，還預留餘韻供作探討的，是分析自明至清存、廢套式於明代傳奇發展史上，最早出現於何種時期；再將觀照角度迴旋到作品本身，統計清初蘇州劇作家所使用的主套，最早已見於何種時期，兩者一來一往穿梭探索，兩相比對疊合之下，冀能揭櫫崑腔發展諸歷程延續到清初，呈現出如何的時代價值與意義。

（一）自明至清存廢套式首見時期之分佈

許子漢《歷程》將整個明代由南戲發展至傳奇的漫長歷程區分為五個時期：第一期為明代初年及以前；第二期為成化、弘治、正德至嘉靖中葉《浣紗記》創作以前；第三期為《浣紗記》創作完成至萬曆中葉《紫釵記》創作以前；第四期為《紫釵記》完成以後至天啓、崇禎之際；第五期為啓禎之際直到崇禎十七年明代滅亡，〔註58〕並在〈附錄・本文引用劇本一覽〉中將全書所論二百零七部明代傳奇分別歸入各期，如此一來，明代各期出現哪些作品、哪部劇作完成於何時，便可瞭若指掌。

筆者在此基礎之上，將〈研究資料彙編・丙編襲用套式〉所列明代熟套最早使用於何部劇作、歸於第幾時期，整理出每一套熟套在明代最早出現的時間點，在附錄一各表最末欄予以標記，在附錄六「出現時期」欄進一步分類統計，請各見該表〈說明〉。茲再如法炮製，將附錄十一〈明代各宮調套式延至清初存廢演變一覽表〉所有套式的出現時期加以整理如下，惟循環聯套與北套因形式特殊，仍另行討論不列入表：

	第一期		第二期		第三期		第四期		第五期		總　計	
	存	廢	存	廢	存	廢	存	廢	存	廢	存	廢
一般聯套	33	19	19	14	9	7	10	10		3	73	53
疊腔聯套	30	2	13	1	3	0	1	0	0	0	47	3
南北合套	1	2	0	0	3	3	3	5	0	6	7	16
集曲聯套	5	5	4	1	1	3	4	10	2	5	16	24
總計（套）	69	28	36	16	16	13	18	25	4	14	143	96

此表橫軸首列分期、次別存廢，縱軸按聯套類型依序分屬，表內數字代

〔註58〕參見許子漢：《歷程》前言及結論，頁234～239。

表屬於該類套式的數目，例如：明代「一般聯套」之熟套存續沿用到清初者，早在明代第一時期即已出現者有 33 套、在第二時期即已出現者有 19 套……依此類推，末欄及末行分別作最終統計，末欄總計數字當同於附錄七。

先從聯套類型來看：一般聯套主要是「去蕪存菁」的工作，存用得多，廢置的也不少，而其比例恰隨著明代五大時期套式的生成而增減：第一期總共產生 52 套套式，其中被存續沿用到清初者有 33 套，約佔五分之三；第二期總共產生 33 套，被沿用者有 19 套，約佔三分之二；第三、四、五期之後套數的生成頓時銳減，存廢比例也就降至半成。可知一般聯套的生長早在第一、二時期即已成熟，爲日後的發展奠下基礎，這些「資深套式」大多禁得起時間的考驗，超過半數能存續沿用到清初；相反的，三、四期以後新生的套式反而不敵前輩，半數上下慘遭汰換。與此類同，甚且更爲極端的是疊腔聯套，絕大多數的疊腔聯套產生於第一、二期，三期以後屈指可數，而這些套式的生命力更強，第一期沿用者有 30 套、廢棄者僅 2 套，第二期沿用者 13 套、廢棄者 1 套；三期以後僅生成 4 套，全部得以沿用。換句話說，疊腔聯套在明代的發展，是銳生於前期，停產於中後期，因此，清初所見明代疊腔聯套，幾乎都是「資深長者」。

南北合套與集曲聯套恰與上述相反，愈往後期創生的套式越多，[註 59]但存續沿用的套式卻未必相對增多：南北合套存用的七套當中，6 套出現於第三、四期，可知第一、二期南北合套未見成熟難以沿用，第五期新生套式又不受清初青睞；集曲聯套在第一、二期創生的資深套式沿用率超過半數，第三期以後反而降低，原因恐在於清初作家多半喜歡自創新式。至於循環聯套，本節第一點所述明代 80 式僅 5 式被延至清初，其中：【水紅花】、【風入松】者創自第一期，【山坡羊】、【六么令】者創自第二期，【白練序】者創自第三期；其餘未被沿用者多創自第三期以後，尤以「集曲循環」爲甚。[註 60]這

〔註 59〕 集曲聯套情況稍微特殊，單從表中數字來看，第五期共產生七套套式，應屬少數，其實非也。許子漢《歷程》〈研究資料彙編丙編‧襲用套式‧第六章集曲聯套〉的「說明」解釋該編收錄的原則爲：「本章收集曲聯套之劇例，先按套式首曲之宮調排列，再依集曲之類型排列，先一般集曲、次大型集曲，再其次爲變套集曲。」（頁 626）變套集曲部分，往往有因「並無較常用之套式，故集合列之」（頁 628）的情況，礙於表格體例，筆者總計爲一，實際上這類新生套式當不止一套，如：黃鐘有 18 套、正宮有十三套……等等，此類多見於第四、五期，故云。

〔註 60〕 查此不被沿用的 75 式之中，僅下列少數套式創生於前期：第一期者爲：【畫

種現象，可以說是類同於南北合套、集曲聯套而又變本加厲者。北套使用率最高的仙呂宮，首見於第三期；排名第二以後的正宮、中呂、越調、黃鐘、南呂、雙調，首見時期恰好呈現第一、第二期反覆循環，可知：明代第三期才開始出現於傳奇的北仙呂套，反而成爲清初地位最爲重要的北套，其他則平均見於第一、二期。

再從五大分期來看：請見上表最末行「存」、「廢」二欄的多寡變化，恰呈現風水輪流轉的有趣現象，第一、二期各聯套被沿用到清初者均大幅多於被廢置者，高達七成上下；第三期變成存用者險勝 3 套，儼然風光不再；第四、五期果然存用者地位不保，廢置者後來居上且氣勢凌人，第四期已將近六成、第五期更將近八成。由此看來，明代崑曲聯套一路生成的**趨勢**發展到清初，有著很耐人尋味的現象：明代早期創生的套式可說是崑曲聯套的奠基，通過時代考驗、一路沿用者，顯然成爲崑腔的基本班底，有著顛撲不破的穩定性與相當程度的曝光率；中、後期創生者少數得已延續，延續者構成清初崑腔變化、發展的組成部分，多數則遭汰除，反映了新生套式難於被普遍接受、廣泛應用的低使用率。

（二）清初蘇州劇作家所使用主套之首見時期分佈

上述現象，是否能和從作品本身出發，統計清初蘇州劇作家所使用的主套，最早已見於何種時期相互驗證、發明呢？請從附錄七〈統計結果表〉中「出現時期」欄來看，清初蘇州劇作家所使用的明代熟套，多數是早在第一期即已出現，約佔總數的 46.2%，已將近五成；其次是第二期，約佔總數的16.7%，已不到二成；再其次者則依序爲第三、四、五期，總數將近一成。五期總和約佔總套數的 73.4%，另有將近三成的套數，是不見於明代任何時期熟套，有可能是雜綴曲牌或者新型套式，然而，此類型套數多過出現於第二期套數者。由此看來，清初蘇州劇作家作品中，有近半數聯套是在傳奇的發育期即已出現。

綜合上述一往一返、穿梭疊合的觀察之後，再來比對明代崑曲聯套之發展歷程及各時期的意義，許子漢《歷程》的結論可供參照：

眉序】、【滴溜子】、【神仗兒】，【下山虎】、【亭前柳】，【宜春令】、【梧桐樹】，【綿搭絮】、【憶多嬌】；第二期者爲：【水底魚兒】、【清江引】，【東甌令】、【浣溪沙】，【香羅帶】、【山歌】，【綿搭絮】、【香羅帶】，【賞宮花】、【滴溜子】，【皀羅袍】、【甘州歌】。

從各期之觀點來看，則套式發展較重要的時期應爲一、三、五等期。第一期時間甚長，期間曲牌性質分化確立，南曲基本聯套及集曲聯套之一般聯套都已大量發展……另外北套與南北合套的應用都已出現，不過並未定型。第二期則爲一、三期的過渡與承接。一方面接續基本聯套與一般式集曲聯套的發展，同時北套的使用成爲普遍之情形，但使用之宮調尚未完全出現。第三期則爲整個套式發展的關鍵樞紐時期，南曲的基本聯套、一般式集曲聯套的熟套於此大抵完全發展完成，北套應用的宮調完全出現，南北合套的熟套亦完全出現，且成爲劇本配套必用的一部份。以上發展的結果，正是傳奇聯套骨幹的完成；另一方面，本期亦開啓了傳奇聯套新變之端，此一求新求變的發展則是到了第五期才完成。……第四期爲第三期之延續，就套式之發展而言其地位並不重要。……第五期則爲傳奇套式新變的重要時期，除了延續前面提及的變化之外，有兩項重大的發展。一爲南北合套創生了許多新套式，且使用比例較前面各期都高。二爲變套式集曲於第五期大量發展後，本期乃成爲劇作必用的一種聯套方式，形成了新的傳奇聯套的傳統。

以聯套型態來看，則純用南曲的聯套於第一期即已發展至相當程度，於第三期可謂完成，以後便無多發展了。至於北曲的聯套，則可分兩階段，在第三期初步完成了北套與合套的第一階段發展，以後又發展出不合規律的北套及新的合套套式，至第五期可謂另一個高峰。集曲亦可分兩階段，舊型態之集曲聯套，亦開始於第一期，至第三期可謂完成。新型態之集曲，即大型集曲與變套集曲，則始於第三期，而於第五期最爲興盛。明代傳奇聯套發展之要點大致如上所述。

無論是從聯套本身自明至清的發展、從清初作品的使用情形，或者從五大歷史分期或者聯套類型來看，上述諸項結果的交錯疊合，正揭櫫了崑曲聯套自明至清的發展與演變：

疊合處者一般聯套、疊腔聯套爲崑腔主體，在明代早期即崑腔發育期便大體完成、底定，集曲聯套之一般型也在此時成立，一路延續至清，構成清初聯套五、六成左右的固定班底；南北合套於明代第三期發展完成，清初續用者即以此期爲主。新型態的南北合套、循環聯套乃至變套集曲的集曲聯套，是明中、晚期以後崑腔求新求變的重頭戲，各式變化紛紛湧現，琳瑯滿目，

精彩紛呈；然而，大部分卻如曇花一現，在明清交替的命脈中缺席，交錯廢置了！能存續沿用到清初者僅佔少數，這部分的失落缺空處，事實上便是由清初劇作家自己創發的新調、即本文所述「不見於明代熟套」者來建構完成。

小結——清初蘇州崑曲聯套規律之規矩與變異

近代曲學巨擘許之衡在《曲律易知》卷上〈概論〉中說：

> 北曲元人至工，概無不合律之曲。我按舊曲填詞，自然無誤。南曲則元明以來，當其最盛時，其間不合曲律者已居十之三四，清初人作曲，合律者居十之五六，至乾隆間，則合律者僅十之一二，至道光以後，間有作者，合律之曲，幾如鳳毛麟角矣。〔註61〕

又張清徽先生在〈南曲聯套述例〉中亦提到：

> 對於韻部、格律、組套種種，自明初至明末的傳奇作家，是由不規矩而走上守規矩。清代的作家，自康熙、乾隆，而同治、光緒，是由規矩而走向散漫不拘，甚至從俗而背棄格律。〔註62〕

此遠、近二大家不約而同地用敏銳的眼光，對於明清崑曲的遞嬗演變，做出了精湛的歷史評價：站在曲律發展成熟的角度去評斷前代作品時，明代合曲律之六、七成，事實上便是構成整個崑曲系統的規矩體製，不合律之三、四成，即是那不規矩處；沿至清代，崑腔曲律在走向高峰的同時，也漸漸地朝悖離規矩的方向駛去，康熙、乾隆等初期，規矩處乃合律之五、六成，不合律之四、五成乃走向散漫不拘，所謂的「從俗」便是有意識地創發新調、不承明套。乾、道以後，背棄格律者多，謹守舊制者幾如鳳毛麟角。

如此興衰交替、變化升沈的現象，正好和本章根據清初蘇州劇作家傳奇作品觀察崑曲聯套規律所得知的結論不謀而合，本章首先從縱剖面總和五十一部劇作、共計1572套聯套，就中分析有、無使用主套的情形，以掌握清初崑曲聯套規律之整體趨勢；其次再就有主套者分析其中沿用明代、繼承前代熟套者所佔比例及其情形；無主套者又呈現如何複雜紛亂、蛻變歧異的樣態；再其次從橫切面區分獨立議題，從個別作家、個別作品以及個別套式的角度，探討其所呈現的個別面向。觀察結果正如前輩名家所言：清初崑曲聯套規律縱然有其嚴

〔註61〕許之衡：《曲律易知》（前揭書），卷上〈概論〉，頁19～20。
〔註62〕張敬：〈南曲聯套述例〉（前揭文），頁105。

謹規範，但絕非一成不變、刻板制式者，而是生發消長、變化不拘的有機體：

一、謹守規矩者超過六成

清初蘇州劇作家所使用的聯套之中，有超過六成的比例是沿用明代熟套爲其主套者，其中以「一般聯套」爲最基本的聯套方式，然因最爲常用，稍事變異處也就相對較大；「疊腔聯套」、「南北合套」的發展性有限，穩定性也相對提高；「循環聯套」到了清初成爲普遍現象，但並未朝開拓新套的道路發展。

而這些套式大部分是生成於明代哪一時期呢？一般聯套、疊腔聯套既爲崑曲主體，在明代早期亦即崑曲發育期，便已大體完成、底定；集曲聯套之一般型也在此時成立，一路延續至清，構成清初聯套五、六成左右的固定班底。南北合套於明代第三期發展完成，清初續用者即以此期爲主；新型態的南北合套、循環聯套乃至變套集曲的集曲聯套，是明中、晚期以後崑曲求新求變的重頭戲，各式變化紛紛湧現，琳瑯滿目，精彩紛呈；然而，大部分卻如曇花一現，在明清交替的命脈中缺席，交錯廢置了！能存續沿用到清初者僅佔少數。換句話說，構成崑曲主體的部分不僅早在明代崑曲孕育期即以大抵完成，還相當程度地被沿用傳續到清初，成爲清初謹守前代規矩的區塊，佔有六成以上的比例。

那麼，在明清變化升沈、交替遞嬗的期間產生失落缺空的部分，又由什麼來彌補填合呢？事實上便是由清初劇作家自己創發變異的新調、即本章所述「不見於明代熟套」者來建構完成。

二、漸趨變異者亦近四成

綜觀清初蘇州劇作家作品中「無明代熟套或無主套者」的各種詳細情形，大抵說來，一般聯套之中的變異型、集曲聯套中的變套集曲、疊腔聯套，比較傾向於「無以明代熟套爲其主套」者；「一般聯套」之中的雜綴型、集曲聯套中的一般集曲、南北合套、循環聯套，比較傾向於混雜無序、分析不出主套者。這些套數約佔總數將近四成，意味著清初崑曲聯套在繼承前代之餘，有著不容忽視的發展與變化：變異型一般聯套、變套集曲與普遍可見的疊腔聯套，顯示出異於明代的創新與變異；單曲型、雜綴型的一般聯套、集曲，以及南北雜用的合腔，則可見出聯套規律在蛻變的同時，所造成的凌亂崩解與失序無主。

　　至於清初整體創作的趨勢，也有著不同以往的發展：從用曲支數與出數來看，「單曲型」聯套這種極簡形式被普遍使用，清初劇本篇幅一致地縮長爲短，平均用曲支數相較明傳奇也明顯減少，凡此均意味著清初劇作家偏向輕簡短小、靈動自如的創作方式。從宮調的使用情形來看，雖然雙調、南呂、中呂、仙呂維持不變，仍是劇作家最爲倚重的宮調，然而，清初對於商調、越調的使用較爲減少，正宮、黃鐘的使用較爲提高，顯示出清初傳奇更朝向「喜多於悲」的方向發展，而「可悲可喜」之雙調、南呂的使用率依舊最高，顯示出清初傳奇仍維持著曲盡劇情變化之能事。

　　總上所述，無論從何種角度切入剖析、觀察檢視，都得到相近的結論：清初崑腔曲律在繼承前代的舊習與成規之中，尚有著相當程度的變動與發展，此有機變化處，代表著崑曲異於案頭文章、廟堂文學的生命力，而這生命力當展現於戲曲的舞台之上，故論崑曲聯套規律不能不談到排場搬演，緊接著下一章便延續此題再作開展。

第伍章 清初蘇州劇作家傳奇作品之聯套規律與排場處理

小 引

　　何謂「排場」？元人以此詞泛指各種表演場合或情形，明中葉以後專指戲劇演出，清人始運用於戲曲創作與批評；〔註1〕近代曲家許之衡、王季烈、吳梅相繼從劇情、套數、腳色等方面提出開創性的論見，尤其對於特殊排場相對固定使用的熟套加以歸納整理，極具標竿性的參考價值；當代前輩學者張清徽先生、曾師永義、徐扶明等進一步作深入探討並全面開展，至此排場的定義與觀念臻於周備詳盡，學界普遍獲得共識；之後游宗蓉、許子漢針對元雜劇、明傳奇之排場運用，進行專門且全面的研究，許子漢《明傳奇排場三要素發展歷程之研究》甚且釐析排場的組成要素與各種類型，並據此論述明傳奇近三百年的發展歷程。

　　筆者在此基礎之上，擬以學界認同的排場定義、組成要素，以及前賢對於特殊排場所用套數的研究成果為理論根據，針對有別於以往的文本對象─清初蘇州劇作家之傳奇作品，從觀察清初崑腔曲律發展變化的角度切入，進行另一層面的探索與思考。

　　首先關於「排場」的定義，即以永義師的一段話為代表：

　　　所謂『排場』是指中國戲劇的腳色在『場上』所表演的一個段落，

〔註1〕 參見游宗蓉：《元雜劇排場研究》（台北：文史哲出版社，1998年），上編〈緒論・第三節歷來排場理論綜述〉，頁7～16。

它是以關目情節的輕重爲基礎，再調配適當的腳色、安排相稱的套
式、穿戴合適的穿關，通過演員的唱念做打而展現出來。〔註2〕

從這段話可知「排場」的組成要素實指舞台場上所見所聽的一切內容，包含：
腳色、舞台（場上）、關目、套式（唱）、穿關、賓白（念）、科諢（做打）等
七項，然中國傳統戲曲舞台一向不設布景，僅有的一桌二椅爲象徵性空間，
必須憑藉演員的表演始具體落實，〔註3〕演員的表演同時又包含穿關、賓白、
科諢，其整體的意義需依歸於其所扮飾的腳色，因此，可以說排場的組成要
素，實以腳色、關目、套式爲核心，其他則爲輔助條件。〔註4〕

　　如此看來，則套式爲構成排場的要素之一，彼此爲補足與含攝的依存關
係；套式與另二要素——腳色與關目則爲平等地位，彼此又有牽連影響的交互
作用，若據此思考聯套規律與排場處理，首先必須探討聯套規律與腳色、與
關目之間的問題，以瞭解排場三要素的互動情形；其次再探聯套規律與特殊
排場之間的問題，根據前賢對於特殊排場所用熟套的研究成果，觀察蘇州劇
作家作品中的沿用情形，藉此掌握清初崑曲聯套規律之發展與變化。然而，
在進入聯套與排場處理之前，又必須先返照聯套本身的結構問題，聯套爲一
支以上的曲牌彼此聯綴串連，其聯綴結構的方式又須視曲牌的性質而定，因
此，曲牌性質對於聯套規律的影響，又是本章首當其衝的探討重點。

　　總上所述，可知本章的思考脈絡與探索過程，乃從聯套規律與曲牌性質
爲起點，繼而延伸至聯套規律與腳色、與關目之間的關係，最後開展爲聯套
規律與排場處理之全面觀照，冀能藉此點、線、面的循序論述，達到環環相
扣、層層遞進的效果，但盼對於清初蘇州崑腔曲律的研究，能夠提供多種視
角的研究空間。

第一節　聯套規律與曲牌性質

　　王季烈曾於《螾廬曲談》卷二〈論作曲〉中提到：「欲作南曲，宜先辨別

〔註2〕　曾師永義：〈說排場〉，收入《詩歌與戲曲》（台北：聯經出版事業公司，1988
　　　　年），頁396。
〔註3〕　參見王安祈：《明代傳奇之劇場及其藝術》（台北：學生書局，1986年），〈前
　　　　言〉，頁3。
〔註4〕　參見許子漢：《明傳奇排場三要素發展歷程之研究》（台北：國立台灣大學出
　　　　版委員會，1999年），第一章〈緒論〉，頁17～19。

曲牌之性質。」〔註5〕張清徽先生亦於〈南曲聯套述例〉中說：「南套的手法，重在因牌制宜，必須明審各牌調的性質，始能斟酌爲用的。」〔註6〕可見得曲牌性質對於聯套規律有著首屈一指的重要性。然而，曲牌的性質包含哪些呢？請再看到諸家說法：

王季烈《螾廬曲談》卷二〈論作曲〉又說：

> 南曲套數之體式，至無一定，大都以引子起，以尾聲終，而亦有不用引子、或不用尾聲者。至於過曲，有宜疊用數支者，有不宜疊用者，有宜於丑淨唱者，有宜於生旦唱者，有必須列於前者、有必須列於後者，有可前可後者，均視曲牌之性質而各不同……（頁17）

> 在南曲則惟引子必用之於出場時，尾聲必用之於歸結處，至中間各曲，孰前孰後，頗難一定，然並非無定也。蓋南曲有慢曲急曲之別，慢曲必在前，急曲必在後，欲聯南曲成套數，先當辨別何者爲慢曲、何者爲急曲，何者爲可慢可急之曲，而後體式可無誤也。（頁14）

許之衡《曲律易知》卷上〈論體例〉云：

> 若作劇則不然。無論曲之纏綿文靜者，鄙俚噍殺者，與夫一行一動，或獨或眾，無不有一定性質之曲牌。〔註7〕

卷上〈論過曲節奏〉亦云：

> 南曲最重要者，在知節奏之緩急，緩者有贈板，急者無贈板。有贈板之曲當在前，無贈板之曲當在後，此爲南曲之金科玉律，第一關鍵者也。（頁65）

卷上〈論粗細曲〉則云：

> 作曲合律之難者何？非徒難於明宮調、諳節奏也。宮調、節奏，猶可玩索舊譜，潛心而考得之。所難者同宮之曲，紛然雜陳，若不知別擇，以爲同宮調即可任意聯貫，則或以生旦唱【醉扶歸】之後，接唱【光光乍】，唱【園林好】之後接唱【普賢歌】，如是之類，於宮調節奏毫無不合，而實屬笑柄者，則以不知性質故也。……性質之別甚繁，今就簡明立論，可分爲三類括之：一曰細曲，亦名套數曲。謂宜於長套

〔註5〕　王季烈：《螾廬曲談》（前揭書），頁17。

〔註6〕　張敬：〈南曲聯套述例〉，刊於《台大文史哲學報》第十五期，1966年8月，頁349。

〔註7〕　許之衡：《曲律易知》，民國壬戌（十一年，1922年）飲流齋刊本，現藏於台灣大學總圖書館善本書室，卷上〈論過曲節奏〉，頁27。

所用，即前所謂纏綿文靜之類也。一曰粗曲，亦名非套數曲。謂宜於短劇過場等所用，即前所謂鄙俚嬌殺之類也。二者各別部居，不相聯屬，非排場必要時，決無同在一處之理，誤用則成笑柄。又有可粗可細之曲，以便隨人運用，以此三類，可括曲之一切性質。明乎此則握管填詞，成竹在胸，自無支支節節、雜亂無章之弊矣。（頁89～90）

分析這些前賢對於曲牌性質的描述話語，可將曲牌性質歸爲兩個方面：

一爲引子、尾聲：分別用作導引與結聲，自屬一類，與聯套的主體不同。

二爲過曲：又稱正曲，爲聯套之主體，依其使用方式可細分爲：（一）按其疊用與否：可分或獨或眾、宜於疊用與不宜疊用者。（二）按其任唱腳色：可分宜於生旦唱、纏綿文靜者，或者宜於丑淨唱、鄙俚噍殺者，所謂「生旦有生旦之曲，淨丑有淨丑之腔」。（三）按其節奏緩急：可分慢曲與急曲，緩者有贈板、常用於前；急者則無、常用於後。（四）按其入套與否：可分套數曲與非套數曲，前者又名細曲，宜於長套；後者又名粗曲，宜於短劇過場。以上四類又各有中間不拘的曲牌，如：可前可後、可慢可急、可粗可細者。

其中引、尾獨立於聯套之外，另作討論；四種過曲分類，其實只是不同的說法，絕非涇渭分明，事實上意義相近，甚且是相互貫通牽連的，如：生旦之曲常用於訴情，往往用贈板以顯文靜纏綿，亦即細曲之謂；反之亦然。換句話說，後三者的曲牌性質，多和任唱腳色有關，而引子的選用也往往需視出場的腳色而定。然而，因不同的學者對於諸多南曲曲牌的細微差異，有著不同的審視重點、予以不同的分門別類。

爲避免冗雜繁瑣，以下本節的討論，以曲牌性質的其他面向爲主軸、涉及腳色者僅作附帶、輔助說明，而直接關係任唱腳色之重要問題，則歸於下節敘述。此處先就上述其他幾項，根據前賢分析歸於此類的曲牌舉其具代表性、而不矛盾衝突者，檢視其在蘇州劇作家作品中的使用情形，以探討曲牌性質到了清初，是否有移轉變化的趨勢。爲簡省讀者翻檢搜索之勞，筆者將本文所論十四位劇作家、五十五本劇作品的每出出目、劇情簡介、每支曲牌之任唱腳色、演唱方式、排場類型等詳情，彙錄爲〈清初蘇州劇作家作品聯套方式與排場處理分析表〉共計五十五份，然亦因卷帙繁多，爲節省篇幅以求精簡，僅列出李玉《一捧雪》、《清忠譜》二齣代表名劇者以供參考，請參見附錄十二〈清初蘇州劇作家作品聯套方式與排場處理分析表——以李玉《一捧雪》、《清忠譜》爲例〉。

一、南曲引子

　　前文第三章在討論李玉《北詞廣正譜》所見北曲「煞尾」情形時，曾經提到其形式之繁複紛雜，南曲則恰好相反。蔣菁《中國戲曲音樂》中就說：

　　　　北套與南套相比，引、尾的情況正相反。南曲是引繁尾簡，北曲則引簡尾繁。〔註8〕

前文第一章論及張大復《寒山堂曲譜》〈凡例〉對於引、尾的概念時，已經提及張大復對於引子簡單故全刪去的作法是有問題的，但他說「尾聲定格，本是三句、二十一字、十二拍，不分宮調，皆是如此」〔註9〕則大抵不差，早在明代王驥德《曲律》卷第一〈論調名第三〉便說道：

　　　　煞曲曰「尾聲」，或曰「餘文」，或曰「意不盡」，或曰「十二時」（以凡尾聲皆十二板，故名），其實一也。爲格句字，稍有不同，當各隨上用宮調。〔註10〕

故此處僅就南曲引子詳論其事。吳梅《曲學通論》云：

　　　　引子，此獨傳奇中有之，若作散套則不必用。蓋一人出場，不能即說出劇中情節，於是假眼中景物，或意中情緒，略作籠蓋詞語，故謂之「引」，言引起下文許多話頭也。北詞中開首數曲，皆用散板，直至三、四曲後，方用節拍，故不用「引」。南調則每曲有一定板式，而每色登場，勢不能即唱曲詞，乃用此法，則起迄有端，言之成章矣。〔註11〕

張清徽先生亦云：

　　　　引子是獨立的，它不與套內正曲相聯，僅與劇情相呼應，每一齣劇情發展的過程，曲家稱爲「場面」，這是包括曲詞、說白、表情動作而言，場面一有改換，用引也須選擇，而不是隨便配用的。〔註12〕

可見南曲引子必須因應不同腳色登場、排場改換所需而調適變化，絕非如張

〔註8〕　蔣菁：《中國戲曲音樂》（北京：人民音樂出版社，1995年），頁96。
〔註9〕　〔清〕張大復：《寒山堂新定九宮十三攝南曲譜》，中國藝術研究院音樂研究所藏鈔本，收入《續修四庫全書》第1750冊（上海：上海古籍出版社，2002年），頁637。
〔註10〕　〔明〕王驥德：《曲律》，收入《中國古典戲曲論著集成》（北京：中國戲劇出版社，1959年），第四冊，頁60～61。
〔註11〕　吳梅：《曲學通論》（又稱《詞餘講義》），收入《吳梅全集》（石家莊市：河北教育出版社，2002年），《理論卷》上冊，頁217。
〔註12〕　張敬：〈南曲聯套述例〉（前揭文），頁349。

大復所言簡單輕忽。大抵說來，南曲引子有下列幾種類別：〔註13〕

（一）純引子及慢詞例作引子用者

汪志勇謂：

> 傳奇分正場、副場與過場，故所用引子不同，大抵言之，正場用正
> 引子，副場爲副引子，過場用引曲或不用引。〔註14〕

所謂「正引子」往往就是純引子或慢詞例作引子者，若是主要腳色所用，則需用長引，必須全塡，如：

【戀芳春】是純引子，常用於第一出主腳首次上場，李玉《太平錢》第二出（其開場列入第一出，以下皆同）用於張老、朱素臣《秦樓月》第二折用於呂貫、朱佐朝《血影石》第二折用於建文帝朱允炆在眾宮女簇擁下登場。然又稍見變化：李玉《一捧雪》第二出將此長引分爲前、中、後三段，分別由莫昊、懷古、湯勤、方毅庵眾人出場，其行當包含小生、生、副淨、外；第二十九出雖無分段，仍由戚繼光、懷古夫婦三人分唱，包含外、生、旦三腳。《眉山秀》第九出用於蘇洵被黜歸家，女婿秦觀、洵、妻、女兒小妹、子東坡先後上場分唱此引，行當亦包含生、外、老旦、旦、小生。張大復《金剛鳳》第十一出則用於李鳳娘二次出場，奉勸其父彥雄發兵，第十五出又用於鳳娘出場號令眾將。

【東風第一枝】即詩餘格，往往用在開首沖場的長引，如：《長生殿》第二出〈定情〉用於唐明皇出場可視爲典範，〔註15〕清初蘇州劇作家則略顯變化：李玉《太平錢》用於第十一出韋諫議一家登場爲固餞行，將長引拆爲諫議、韋夫人、固、文姑，由外、老旦、小生、旦四腳分唱；《兩鬚眉》第十二出用於黃妻鄧氏第五度登場率眾築城營寨。吳偉業《秣陵春》更用於劇末第四十出黃濟夫婦登場，由外、老旦分唱。

〔註13〕此南曲引子分類方式，參考諸位前輩學者的分類方法，如：汪經昌：《曲學例釋》（台北：台灣中華書局，1962 年）、張清徽：〈南曲聯套述例〉、陳萬鼐：《元明清劇曲史》（臺北：中國學術著作獎助委員會，1966 年）、汪志勇：《明傳奇聯套研究》（台北：嘉新水泥公司文化基金會，1976 年）等書，惟此處爲化繁爲簡，分法略異，僅此說明；至於某曲牌屬於某類別，均尊前賢，恕不再註。

〔註14〕汪志勇：《明傳奇聯套研究》（前揭書），頁33。

〔註15〕參見吳梅：《南北詞簡譜》（台北：學海出版社，1997 年），卷八【東風第一枝】條云：「凡長引必用在開首沖場，此爲《長生殿》弁冕之詞，與雙調【瑞鶴仙】、南呂【戀芳春】同式，實即詩餘格。」，頁 500。

【臨江仙】常用於正場主腳，如：李玉《眉山秀》第十五出用於文娟登場將與少游相見；朱佐朝《九蓮燈》第五出用於戚輕霞；畢魏《三報恩》第三出用於梁潤甫之女窈窕，第二十四出又用於劉吉擬計害蒯；《竹葉舟》第六出用於綠珠。然又稍見變化：李玉《占花魁》第二十五出寫王美娘商請劉四媽爲自己贖身，王雖爲主腳，但劉說客的份量亦不輕，故此引拆爲前後，分別用於兩人登場；朱素臣《未央天》第二十七出寫米新圖在驛站與子世修相逢，世修並向義父殷銘新引見，此場照理仍以新圖爲主腳，但因新圖父子已在場上，便將此引用於後來登場之殷宰；畢魏《三報恩》第三十六出用於鮮于同夫婦百歲壽筵，由二人及義子蒯悟分扮生、老旦、貼分唱此引。

（二）過曲兼作引子者

此種大部分用在副場即副引子或者過場衝曲，如：

【蠟梅花】普通可用，惟「丑淨仍不宜用」（許之衡，頁63），則李玉《牛頭山》第十七出用於皇后、岳夫人分唱，張大復《醉菩提》第二十九出用於濟公坐化之前，吳偉業《秣陵春》第四十一出用於徐適、展娘、裊煙三人同唱，均非重要關目所在的副場，且非生行即旦行。

【窣地錦襠】在本論文第肆章第二節第一點中曾經引用吳梅《南北詞簡譜》的話來介紹所謂「雙調九快曲」，即包含【窣地錦襠】在內的六曲「不論生旦淨丑，凡過脈衝場，皆可用之。」〔註16〕則：李玉《一品爵》第十五出用於金萃容母女遇流寇來襲逃往陝西，朱素臣《秦樓月》第二十出用於家僕許秀假扮醫人揭榜往賊營救主，《未央天》第十八出用於秣陵縣官褚無良與劊子手等人行赴法場；朱佐朝《豔雲亭》第十七出用於李元昊軍馬追殺洪繪、蕭鳳韶，《蓮花筏》第二十一出用於番將哈赤率眾入關，卻誤中美人計；張大復《快活三》第二十五出用於蔣癡連夜趕路往尋妻子鶯兒，《紫瓊瑤》第十七出用於瓊瑤與眾家兵打獵追趕狐兔。以上諸例行當遍及老旦、旦、末、丑、眾、外、小生、副淨、生、小生等等，幾乎包羅了所有行當，正可驗證吳氏之說。

有些曲牌則適宜行路過場之用，如：【一江風】，李玉《一捧雪》第二十六出用於方昊高中，與同年往四處拜謁座師；《人獸關》第十出寫尤滑稽行路雪中，遇桂薪解救回家；《麒麟閣》第二本第七出寫王婉兒聞知羅成將被亂箭射死，急赴郊壇，第二十一出寫柴紹妻李氏起兵出營；《風雲會》第六出寫趙信一路進香

〔註16〕吳梅：《南北詞簡譜》（前揭書），卷八，頁540。

北嶽;《五高風》第十三出寫文洪先鋒周敞見敵軍壓境，率眾降寇等等。

再如【六么令】作正曲用時常與【玉交枝】、【江兒水】、【川撥棹】等曲聯入套中，但也可用於劇中人物行路過場的引子，如：《一捧雪》第九出、《人獸關》第二十五出均用於走報人，《永團圓》第九出用於蔡文英急往衙門擊鼓鳴冤，《占花魁》第十一出用於沈仰橋帶走帶訪妻子，《麒麟閣》第二本第四出用於羅藝引領眾人上場、操練兵馬方回，《太平錢》第四出用於末、淨、付三腳共扮韋府家人，一路往張老家中尋驢；朱素臣等《四大慶》第二本第三出用於伍景帶軍經過廬山；朱佐朝《血影石》第二十六出用於豆腐販將到京中獻出血影石，於途中尋客店歇宿；朱雲從《龍燈賺》第六出用於王府老僕張恩抱錯嬰孩，急往江邊尋覓；畢魏《竹葉舟》第五出用於龍太子誤投漁網獲釋，驚魂未定速歸龍宮等等。

（三）特殊曲牌作引子用

汪志勇《明傳奇聯套研究》另列一類爲特殊曲牌作引子用者，如：山歌、吳歌、楚歌、佛曲、集曲犯調、北曲、生僻曲牌、只填半闋不標牌名只標「引」等等，使用南北合套或者北套者自然使用北曲首曲爲引，筆者以爲無須再議；至於其他幾種情況也大多持續見於清初作品：

民歌者，如李玉《眉山秀》第十六出丑扮船家、張大復《金剛鳳》第十出副扮船戶、《快活三》第十七出淨扮船老大、朱素臣《秦樓月》第二十四出丑扮小山賊張燈敲梆，均以【山歌】爲引。

佛曲者如：張大復《醉菩提》第二十七出淨扮韋馱護法，上場即唱【誦子】。

集曲者如：李玉《人獸關》第七出施勤奉員外命送米桂家用【月雲高】、第十六出施還母子、畢魏《三報恩》第十五出鮮于母子均分唱用【女臨江】、《太平錢》第十三出文姑出嫁之前用【臨江梅】，《千鍾祿》第十七出史仲彬往尋建文、朱佐朝《血影石》第十出黃荌母、妻等均用【榴花泣】爲引。

生僻引子如：《永團圓》第二十二出蔡文英、王晉分別用【三疊引】、【接雲鶴】，《占花魁》第二十四出美娘、秦種，朱素臣《未央天》第四出米新圖也用【三疊引】；《占花魁》第二十出王九媽用【珍珠簾】；朱素臣《秦樓月》第二十一出呂貫上場用【入破】，乃因全出用越調大曲【入破】、【破第二】、【衰第三】、【歇拍】、【中衰第五】、【煞尾】、【出破】全套，第二十五出呂貫又用【賣相思】，《聚寶盆》第二十四出副丑合唱用【孤飛雁】，朱佐朝《萬壽冠》

第十四出毛大爺用【風振牙】等罕見曲牌爲引。

　　至於李玉《麒麟閣》、《風雲會》、朱素臣《十五貫》、《文星現》、《翡翠園》等、朱佐朝《萬壽冠》、葉稚斐《琥珀匙》、丘園《黨人碑》、《幻緣箱》、張大復《吉祥兆》、《快活三》、《釣漁船》、《雙福壽》等、陳二白《雙冠誥》、《稱人心》、盛際時《人中龍》、鄒玉卿《雙螭璧》等眾多劇作，均簡注作【引】而不標全名，可知這些作品用引都較爲減省。

　　以上所列僅是略舉一二，事實上還有很多劇例，以其無太大變化，爲免冗雜累贅，恕不再舉。

　　由此看來，南曲引子的性質到了清初並沒有太大的歧異或突變，大抵說來長引用於正場或者主腳、短引則用於副場、過場等次要腳色，某引適合行動或趕路時用、某引適宜表現焦急慌忙情緒，均一仍舊制，是不能夠隨心所欲、胡來一氣的。至於部分改變，如：長引拆作多人分唱、只填半引不錄牌名，從上所述可知是因應排場的變化而作一些適度的調整，以使曲牌的運用更爲靈活豐富。

二、宜於疊用與不宜疊用

　　此即本論文上一章所謂「疊腔聯套」，在汪志勇《明傳奇聯套研究》中則稱爲「疊用聯套」，他總結明傳奇的使用情形爲：

> 凡一套數用一支曲牌重複疊用以合成者，謂之「疊用聯套」。大抵可分兩類：（一）純疊用聯套：即完全由一支曲牌所構成者；（二）加引、尾之疊用聯套：即於純疊用聯套之前加引子，或於收束處加尾聲，或引、尾皆具。因引、尾皆屬散板曲，故過曲疊用成套者，皆類於此。〔註17〕

可知疊腔聯套本身的變化不大，幾乎只是連用引、尾與否的問題，清初使用亦然，汪先生已剖析甚明，此處的討論重點便不在續貂，而在曲牌疊用與否的轉移變化。前面第肆章第二節〈無主套者之變化趨勢〉第三點探討「疊腔聯套」時，曾經舉出有63套疊腔聯套是出現於清初蘇州劇作家作品、卻極少見於明人使用者，可見清初疊腔聯套的發展方向在於新的疊用曲牌的開發與嘗試，此處便將檢驗這些新的曲牌在名家總結裡是否宜於疊用。

〔註17〕汪志勇：《明傳奇聯套研究》（前揭書），頁114。

（一）宜於疊用者

先看到宜於疊用者，黃鐘【神仗兒】在數百部明傳奇中，僅《西樓記》第三十九出〈遊街〉、《霞箋記》第二十出〈麗容習禮〉二例疊用二章，故許子漢《歷程》不歸入襲用套式，清初則僅見於盛際時《人中龍》第二十四出，寫劉鄩混入僧眾同赴齋延，伺機刺殺奸宦仇士良，疊用此曲二章先後由生、淨腳與眾雜腳色合唱。【畫眉序】在許之衡視爲宜疊用者，清初則只見於尤侗《鈞天樂》第五出疊用三章，首曲用於魏母與女寒簧合唱盼望放榜，後二曲寒簧獨唱抒發哥哥無知買官高中、夫婿沈白懷才落榜的幽怨感慨，以其疊用愈見深長宛轉。雙調【清江引】明代亦僅《灌園記》第二十二出〈牧童拾簪〉、《曇花記》第四出〈仙伯降凡〉二例疊用二章，清初則李玉《五高風》第十二出用於淨扮海寇與文洪交鋒，全出僅用一【引】、疊用此曲二章即成，爲武戲過場，吳梅《北詞簡譜》云此曲本屬北曲，然「又輒去一幾兩腔作南詞歌者……蓋此曲止用在饒戲中，大套內輒不聯入。試觀明曲，常有淨丑登場，歌此曲一二支後，方唱大套者…。」〔註 18〕所謂「饒戲」，即丑淨過脈戲，〔註 19〕觀李玉用法仍符於此說，似無不妥。至於南呂【梁州序】、黃鐘【降黃龍】，在一般聯套中本即疊用數曲，凡此數例均可見曲牌本身性質無太大變化。

（二）變化疊用情形

然而，有部分曲牌的疊用情形有了新的變化：中呂【撲燈娥】本宜疊用，吳梅《南北詞簡譜》則說「此曲宜施淨丑口吻，而《幽閨》用作生旦合唱，實非格也。……蓋傳奇中，以此曲作乾板唱者，其無文情可知，作者勿施生旦可矣。」（頁 373）然而，清初的用法卻多樣化，例如：朱素臣《未央天》第十五出，用於末扮義僕馬義殺妻於公堂獻出首級，卻被生扮米新圖誤會爲坐實其冤憤而怒罵，兩人情緒激動高張；張大復《醉菩提》第十一出用於外扮老僧藉由吃齋點醒生扮道濟，第一曲由外、生分唱，疊用一曲由末、老、丑、副扮眾僧合唱上場，再由外分唱後半段；《金剛鳳》第十七出寫錢婆巧遇失散多年的姊姊與姊夫，第一曲用於姊姊不但不肯相認，還反唇相譏，疊用一曲由錢婆留表示激憤、姊夫力勸圓場，分別由小旦、生及小生任唱；王績

〔註18〕 吳梅：《南北詞簡譜》（前揭書），卷三，頁 136。
〔註19〕 吳梅《曲學通論》：「南曲套數，至無一定，然自梁伯龍《江東白苧》詞後，其聯絡貫串處，又似有一定不可更改之處。大抵小出可以不拘（所謂小出者，爲丑淨過脈戲，俗謂之饒戲）」，前揭書，頁 197。

古《非非想》第十三出寫鄭恆帶領眾人衝進項府，瑤枝假扮佘重以釋眾人之疑，疊用二曲便是由外、生、副所扮眾人，與淨扮鄭恆、且扮瑤枝同唱或分唱。可知清初對於【撲燈娥】一曲，若用於聯章疊腔，則不只可用於淨丑，還遍及生、小生、且、小旦、末、外、淨、丑、副等等，也可獨唱、分唱、同唱、合唱，應用靈活、變化甚多。

（三）不宜疊用而疊用

另有一種情形，是一向被視為不宜疊用者，在清初卻見疊用之例，屬此類者有：黃鐘【獅子序】，李玉《占花魁》第二十五出用於老旦扮劉四娘為美娘贖身事向王九媽勸說，九媽一開始不能接受，四娘連唱二曲巧言說服；朱素臣等《四大慶》第四本第五場用於末扮趙廣陵思及家事，悲從中來，向伍景敘說因由，由末與大淨分唱；葉稚斐《英雄概》第十五出寫李克用之妻劉氏與愛子存信擬計騙娶鄧女，各由丑與老旦任唱，吳梅說明此曲「音節頗沈鬱悲涼」。（頁 252）【賞宮花】吳梅認為常接在【獅子序】或者【太平歌】之後（頁 253），但在張大復《釣漁船》第十九出中卻疊用二章即成全出，連其他曲牌、引、尾都不須要了，用於寫尉遲敬德、秦叔寶看守宮殿後門、魏徵看守前門，讓淨扮龍王敖順冤魂不得侵入，只得在門外徬徨失措、怨怒憤恨。中呂【耍孩兒】見於朱素臣《聚寶盆》第二十六出，寫張尤兒賺得寶盆，貪心試用，卻反遭鬼擊，吳梅說「此曲亦應俚俗。今作者復用雅詞，實不合格。舊譜中所引，如《幽閨》之『我有一言說不盡』，《如是觀》之『棄去此身全忠義』，皆用白描，方合此曲體裁。」（頁 378）這裡恰用丑扮，正合本格；而疊用三章，愈見尤兒貪婪醜態。這些劇例除了【耍孩兒】之外，於皆僅疊用二章，或者強調敘述、或者抒發心情、或者加深形象，總之是為了劇情發展、排場所需而作的調適，因此，由原來的不宜疊用偶而略施小技疊用二章。

除了以上數曲，前面第肆章所舉 63 套新見於清初作品的疊腔聯套，都是以往研究者並無特別說明疊用可否的曲牌，換句話說，這些曲牌大多數是可疊可不疊。照這樣看來，從疊用與否的角度來檢驗清初曲牌性質的變化，可以發現大部分曲牌並無太大的突變或逆轉：多數疊否均可者在排場的需要下偶然疊用一、二次，實無礙大局；部分不宜疊用者也僅偶然嘗試，亦無可厚非；少數宜疊用者有新的用法，更可見出清初劇作家調適劇情、變化排場之靈活運用。

三、贈板慢曲與無贈板急曲

許之衡《曲律易知》卷上〈概論〉云：

> 散套之律，較寬於傳奇；北曲之律，較寬於南曲，何以故？則以有
> 無贈板之故也。贈板者，專施之南曲，蓋南曲板式，各有一定，某
> 曲應若干板，某處應下板，皆有定程，不可移易。如此曲爲十六板，
> 歌者欲其和緩美聽，則可加贈板式，增爲三十二板。蓋贈者增也，
> 但只許增一倍，不許增過於倍，或不及倍也。有贈板之曲，例應在
> 前；無贈板之曲，例應在後。此爲南曲第一關鍵。蓋歌者初唱時，
> 第一、二、三支曲，宜取和緩，必有贈板；入後則漸緊促，概無贈
> 板矣。此爲傳奇每折一定之例，散套亦然。（頁 18～19）

王季烈《螾廬曲談》卷二〈論作曲〉亦云：

> 過曲聯絡之次序，總須慢曲在前，中曲次之，急曲在後。慢曲即細
> 曲，皆有贈板；中曲則無贈板，而一板用三眼，急曲則一板一眼，
> 或流水板，但同一曲牌疊用四支者，往往第一、二支有贈板，第三
> 支一板三眼、第四支一板一眼。（頁 18）

上引前賢諸語，可歸納爲兩個重點：曲牌之贈板有無以及排序先後，前者可
分爲有贈板之慢曲、無贈板之急曲、贈板可有可無之中曲；後者與之相應：
慢曲在前、急曲在後，中曲則可前可後。因此，以下的討論也分此兩項敘述：

（一）贈板之有無

首先是曲牌贈板之有無，有些曲牌宜用贈板以加深柔緩婉轉之聲情，如：
越調本即悲傷怨慕，其中【祝英台】往往贈板疊用，李玉《一捧雪》第十七
出寫懷古孤身出塞，將侍妾雪娘托與戚繼光夫婦照看，此曲用於雪娘憂心哀
傷、戚夫人柔聲勸慰；朱雲從《龍燈賺》第二十六出寫王碧義女即將出閣，
妻謝氏告知其非親生的實情，由旦、貼分唱，宜於娓娓訴說。商調【字字錦】，
吳梅《南北詞簡譜》舉張大復《雙福壽》上本第六出爲例，云此曲「通體聲
情嬌軟，宜施生旦之口，作時須多俊語，勿負此調腔格也。」（頁 604）該出
敷演漢大臣周勃之子周勝與長公主新婚燕爾，賞梅行樂，正適合用此贈板慢
曲傾訴繾綣柔情。南呂【香遍滿】，往往用在首支贈板慢唱，如李玉《眉山秀》
第二十七出用於文娟盼望少游來訪，朱素臣《文星現》第二十出用於唐寅、
秋香相偕私遁，《未央天》第三出用於米新國臨終之前與妻陶琰娘最後話別，

吳偉業《秣陵春》第九出寫黃展娘香閨自憐、閒玩玉杯，沈吟之際卻見杯中
倩影，愈添幽懷。

　　若無贈板者，如：仙呂【長拍】，常與【短拍】聯成一套，吳梅謂「此曲
雖無贈板，而氣韻沖澹，頗宜慢歌。」【短拍】條則云「此曲必與【長拍】相
聯，從無單獨用者，氣韻與【長拍】同。」（頁 329）李玉《一捧雪》第三出
用於懷古將行、家人送別，以旦扮莫夫人與眾人合唱，恰合淡淡離愁；《太平
錢》第二出寫張老雪夜訪友羅氏夫婦，二曲用在三人高樓賞雪、把酒暢談，
正是氣韻沖澹；《兩鬚眉》第三出用在黃禹金妻鄧氏教誨子侄為人之道，胡姬
侍妾在旁縫綴伴讀，青燈子夜、月色娟娟、刀尺連連、書聲琅琅，一派溫馨
清朗；畢魏《竹葉舟》第二出寫漁夫石崇、樵夫王質路遇，各述心志、契闊
談讌，好一幅「紅蓼灘頭、白蘋岸側，青笠綠簑、秋風蕭索」（【長拍】曲文）
的瀟灑景致。

　　另有一種情形，曲牌若不加贈，則為快板曲以表熱鬧，如：雙調【錦衣
香】例不加贈，吳梅謂此曲「用於熱鬧排場、或以嗩吶協之。」（頁 534）此
曲常與【漿水令】相聯，李玉《風雲會》第三出寫趙普將從戎，妹京娘、父
母一家送行，由小生、旦、老旦、末合唱二曲，途中路過竹里，又製龍竹為
笛，一路吹奏佳音、以顯吉兆；朱素臣《翡翠園》第二十六出結局末出，寫
舒芬與翡英、翠兒三人成親，岳丈麻長史落魄登門、懇求原諒，舒家恕之，
於是一家團圓、歡喜圓滿；《四大慶》第三本第十出寫牛氏夫婦實乃天仙遊戲
人間，適逢八十華誕，八仙同往祝壽，眾仙齊聚，自是熱鬧非常。

（二）排序之先後

　　再看到曲牌排序先後，大抵贈板慢曲在前、無贈急曲在後，一些組合相
對穩定的套式多有這樣的性質，如：

　　南呂【梁州序】套，為傳奇頗常使用的套式，往往疊用【梁州序】四支
之後接用【節節高】二支，前者有贈，聲調美婉，宜用於排場安靜處，或者
替換為【梁州新郎】；後者無贈，為快板曲，勢必用於排場由靜轉鬧、情緒由
慢轉快處，畢魏《三報恩》第十五出寫鮮于同高中，好友梁潤甫親送女兒與
其子俊完婚，至【節節高】處眾人登場，熱鬧喜慶；《竹葉舟》第十四出寫金
谷園成，石崇大宴眾官，後聖旨駕到轉為【節節高】曲，劉琨奉旨轉赴王愷
宴，但此去凶多吉少，石崇心有未安，急忙卸下蟒衣，速備快馬，星夜往救；
尤侗《鈞天樂》第十九出寫玉帝賜宴沈白、楊雲，蘇軾陪席，用【梁州新郎】

四支並奏鈞天之樂，至【節節高】二支處又增天女散花、仙人騎鶴之舞，益添熱鬧繽紛、意興風發。

再如黃鐘【啄木兒】、【三段子】、【歸朝歡】套，前文第肆章第四節第三點曾經將此式歸於「自明至清大抵不變」者，此套亦是先慢後快，首曲有贈、後二曲無贈，李玉《清忠譜》第一出寫周順昌以雪自比清高孤傲，後門生吳縣陳老爺來訪，此三曲用於周、陳論及魏黨亂政，周愈說愈憤，誓言彈劾逆賊；葉稚斐《英雄概》第三出寫黃巢貌醜遭皇上當面羞辱剝去狀元衣冠，三曲用於田令孜和陳景思二臣爲用黃與否激烈爭辯；丘園《幻緣箱》第三十一出寫皇上親審冤案，真相大白，前二曲由奸臣楊戩辯解、皇上反駁，【三段子】則加入楊戩與劉天爵、徐禎對質，雙方爭辯、自是激烈，末曲則寫皇上定案、楊戩伏法，大快人心；鄒玉卿《青虹嘯》第十六出寫董圓夫婦逃往桂嶺，於山間巧遇高文長姑姑，蒙獲收留董夫人，圓續前往，【啄木兒】用於董圓夫婦自敘冤屈身世，【三段子】用於姑姑同仇敵愾，【歸朝歡】用於夫婦生離死別。

尤有更甚者，是套式首曲已屬快曲，接連數曲越後面越快，如中呂【粉孩兒】套，吳梅《簡譜》云：

> 此（【粉孩兒】）爲贈板快曲，唱時止作一眼一板，亦宜於情節緊迫時用之。……凡用【粉孩兒】、【紅芍藥】、【耍孩兒】、【會河陽】、【縷縷金】、【越恁好】、【紅繡鞋】、【尾聲】套者，自【紅芍藥】起使用快唱，至【越恁好】、【紅繡鞋】二支，改用撞板。所謂撞板者，有板無眼，快之至也。（頁 377）

此套在前面第肆章第四節第三點亦歸入自明至清大抵不變的套式，清初沿用甚多，套式穩定，頂多有微幅變化爲【粉孩兒】、【紅芍藥】中間加入【福馬郎】，此套節奏如此快速，多半用在劇情急遽處，許之衡《曲律易知》歸於「行動類」，並註明「宜動作紛繁之劇」（頁 110），其應用甚爲廣泛：

或者在生死交關時，如：李玉《麒麟閣》第二本第八出寫羅成因陣前倒旗，被父綁赴郊壇即將亂箭射死，王婉兒趕往相認，其母亦至，相擁泣別，臨刑千鈞一髮之際，沙陀公主靖飛璇趕到救之；《千鍾祿》第十三出寫燕王追兵將至，吳成學、牛景先假扮建文、程濟，讓二人免脫，兵至，吳、牛自刎，眾兵割首離去，建、成暗上，撫屍痛哭。

或者在正邪爭鬥處，如：《清忠譜》第八出寫周順昌鋤奸念切，夢見彈劾魏賊，【粉孩兒】即用於夢境開始，後數曲寫周面聖力陳魏賊罪狀，【縷縷金】

寫魏賊急奔上場狡辯，【越恁好】寫順昌擲笏痛擊，【紅繡鞋】寫太監奔上制止周、押解魏赴市曹，暢快淋漓、大快人心；丘園《幻緣箱》第二十出寫劉天爵與叛賊王慶廡殺奮戰，兵臨城下、苦無良策，適方瑞生與徐禎援兵至，方獻計終至破賊大勝。

　　或者在情緒激動時，如：朱素臣《十五貫》第二十六出末出寫熊氏兄弟與蘇戌娟、侯三姑誤信況鍾、過于執從中牽線，答應婚配，婚禮上四人互覷又驚又疑、又惱又懼，況鍾力勸寬解，四人始盡釋前嫌、欣然成婚，拜謝恩人。《翡翠園》第二十五出也寫舒家沈冤得反，舒芬母子與王饅頭、盧大誥欣然聚首，芬卻怒拒翡英婚事，經眾人力勸解釋，芬、英始放下舊日恩仇，以直報怨，答應成親。

　　另外還有用在倉促離別之際，例如：朱佐朝《血影石》第十六出寫黃觀獲罪抄家，子芰逃出；《蓮花筏》第十三出寫姚蒼流與妹關關泣別，偕齊玉符暗夜私奔；丘園《黨人碑》第五出寫劉逵被捕、麗娟逃生等等，其例甚多，不再贅舉。

四、入套細曲與非套數粗曲

　　上引許之衡論曲牌粗細時已提及宜於聯入長套使用，乃文靜纏綿之細曲；不入套式、宜於短劇過場者，即鄙俚嘄殺之粗曲，前者多可贈板、後者常不加板，已約略述及。另外還有可粗可細之中曲，以便隨人彈性運用，這一類的例曲上文沒有加以說明，此處便專就這一類型為主，輔以入套細曲或非套數粗曲，一來避免敘述重複，二來便於照應比對。

（一）單支曲牌之運用

　　首先看到單支曲牌的運用情形，例如：中呂【駐雲飛】，吳梅《南北詞簡譜》稱此曲「單用曲，不入聯套內。又可多用數支，作一饒戲者，如：《南柯》之〈就徵〉，《長生殿》之〈看襪〉，皆用此。」（頁371）許之衡《曲律易知》則稱此曲「贈板可有可無，為短劇慣用之曲。」（頁117）

　　查清初對此曲牌的用法，或者單用一支，於套首、套末，如：《蓮花筏》第二十一出、《三報恩》第二十七出；或者疊用多支，如：尤侗《鈞天樂》第三出用於算命師、相士為沈白、楊雲、賈斯文、程不識、魏無知等人批命、看相，由外、末、生、小生、淨、副淨、丑等人分扮，曲中穿插眾人的夾白。

最爲普遍的用法是疊用兩支，可用於主腳，如：朱佐朝《豔雲亭》第二十八出寫生扮洪繪與外扮蕭鳳韶流落許州，路遇同行；張大復《金剛鳳》第十四出用於生扮錢婆留拜別眾弟兄，往尋家姐以解身世之謎；《讀書聲》第二十二出用於外扮海門縣尹耶律烏梨鐵木兒邀請生扮宋儒擔任參謀共同剿匪。也可用於副腳，如：鄒玉卿《青虹嘯》第十一出用於貼扮丫鬟雲英與丑扮佞僕慶童私通事；王續古《非非想》第十四出用於淨扮鄭恆再向副扮縣官建議搜府。還可以用在極不重要的配角，如：朱素臣《秦樓月》第十八出寫丑扮幫閒陶吃子將陳素素下落報與老旦扮老鴇錢媽；張大復《紫瓊瑤》第三出寫主腳燕脆勤政愛民，下鄉勸農，得到百姓愛戴，首曲由眾扮百姓謳歌，前腔則以淨、丑滑稽鬧場；吳偉業《秣陵春》第二十九出用於丑扮太監張見與末扮朝臣蔡游爲了徐適疑盜琵琶事面奏聖上……等等。

劇例甚多，以上所舉已足見【駐雲飛】常用於饒戲的單用曲性質，可充任劇情彌補、連續、銜接之過脈處，故許之衡《曲律易知》歸於「過場短劇類」（頁 117）；而其任唱腳色包羅萬象，舉凡主腳、副腳、配角，正經嚴肅、滑稽笑鬧均可任用，實因此曲可粗可細，故不拘生旦淨丑、文細詼諧。

（二）與其他曲牌之配搭

再看到可粗可細之曲若和其他曲牌配搭，則可因應其他曲牌的性質而彈性運用，如：

南呂【秋夜月】，當過曲用時是可粗可細之中曲，然亦間有作引子單用者，如：《占花魁》第十五出用於卜喬上場、《牛頭山》第七出用於奸臣汪伯彥、黃潛善，朱素臣《聚寶盆》第十一出用於沈萬三家童招興、財旺上場同唱，朱佐朝《九蓮燈》第五出用於戚女叔父，丘園《黨人碑》第二十一出用於內官常侍、奸臣蔡京分唱，張大復《金剛鳳》第十二出用於平陽驛驛丞，陳二白《雙冠誥》第十一出用於范顏，王續古《非非想》第三出用於花花公子鄭學恆，以上腳色非丑即淨、副淨，稍有變化者爲：朱佐朝《豔雲亭》第二十一出用於諸葛暗與蕭惜芬，諸葛爲丑、惜芬爲旦，實因惜芬當時裝瘋賣傻，故可與丑任唱同曲；張大復《釣漁船》第六出用於李淳風家童與魏徵先後上場，分扮老旦、外，以魏徵身份唱此曲似乎較爲少見，可見此曲畢竟可粗可細。

當它作過曲用時，常與【梧桐樹】、【浣溪沙】、【劉潑帽】、【東甌令】、【金蓮子】等曲聯入套中形成曲段，許之衡《曲律易知》卷下列爲「訴情類」套式，並註云：

凡南呂曲均宜於訴情也。……凡屬細曲，均宜於訴情。以上所列，
皆細膩纏綿之曲也。近悲情者宜用商調，近喜情者宜用正宮，餘皆
可悲可喜者。（頁 113～115）

如：李玉《眉山秀》第二十七出用於秦觀親接文娟，文娟卻誤認爲假，後小
妹差人往迎卻認爲眞的喜鬧情節；朱素臣《文星現》第二十出用於唐寅、秋
香相偕私遁，《秦樓月》第四出用於呂貫初見陳素素題詩，傾慕不已；朱佐朝
《萬壽冠》第九出用於元慶出奔宮外找傅詞中，傅指點奔往褚天表之處；《蓮
花筏》第十七出用於姚蒼流、齊玉符返船不見姚父、齊母，姚便往邊疆尋妹；
陳二白《雙冠誥》第四出用於馮瑞罹患重病，妻妾自誓守節，惟三娘碧蓮答
以可去可留。總上各劇，可悲可喜、或團聚或離別，生旦主副皆可自由運用。

（三）組成套式之應用

其次看到若某一套式的組成曲牌多爲中曲，則其應用情形爲何，先以中
呂【漁家傲】、【剔銀燈】、【攤破地錦花】、【麻婆子】此套爲例：

除了【漁家傲】應爲贈板細曲之外，餘三曲爲可粗可細之曲，則其運用
可以發現非常廣泛靈活，如：李玉《永團圓》第六出用於江納遣人至蔡家邀
宴，生、老旦分扮文英母子，對其目的憂疑揣測；《風雲會》第十三出寫山賊
打劫強搶進香的趙信夫婦、女兒京娘，由副、丑、眾扮山賊，末、老旦、旦
扮趙姓一家；朱佐朝《奪秋魁》第四出寫岳母爲子飛背上刺字，以示忠義報
國，由老旦、生分扮母子；葉稚斐《英雄概》第二十五出寫末扮鄧萬戶往軍
營尋找生扮女婿李存孝，告知女兒被騙事，存孝掛冠而去；陳二白《稱人心》
第十八出寫老生扮徐景韓與眾經官批閱試卷圈選狀元；盛際時《人中龍》第
二十七出寫李德裕與妻、子於途中重逢，得知仇賊敗事，由外、老旦、小生
分飾。此套清初用者甚多，不復再舉，然光從上列數例就可見出該套運用範
圍之廣，劇情可悲可喜、可疑可驚、可文靜溫馨、可激動不平；任唱腳色遍
及生、小生、老生、末、外、旦、老旦、副、丑、眾；演唱方式有獨唱、分
唱、合唱、同唱等諸多變化，許之衡謂「此套屬普通，先緩後急者亦可用。」
（頁 125）即爲此意。

另有一種情形，是某一套式雖具有相對固定的用法，卻又可因應劇情所
需而營造出完全不同的人物情緒與環境氛圍，如：

大石調【賽觀音】、【人月圓】，二調均是可粗可細之中曲，可各疊一次又
聯用成套，是大石調很常用的套式，一般用在分述兩方人物，然各劇用法差

異頗大，或爲從容行路、叮囑話別，如：李玉《一捧雪》第四出寫戚繼光移鎮薊州，行路中遇莫懷古赴京遠行，二隊人馬分批上下，寒暄話別；畢魏《三報恩》第三十出寫鮮于俊將赴京會試，舉家叮囑爲之餞行。或爲倉促罹難、驚慌奔逃，如：《占花魁》第十三出寫秦良解兵陷身北國，乘隙逃回南方，途中躲避官兵捉拿；《牛頭山》第八出寫金兵突至，黃爺與黃潛善、皇后娘娘與宮人劉翠華驚慌失散，兩方各自逃生；張大復《讀書聲》第十一出寫流寇興兵攻城，耶律與妻、女茂賺在家人護送下倉皇逃出；鄒玉卿《青虹嘯》第二十七出同樣寫兵臨京城，但稍有不同的是司馬師以正義之姿與高公、飛瓊雙方會合，殺除佞賊，把守宮門、奪回正統。其他還有幾種不同的變化，如：李玉《兩鬚眉》第十二出寫黃禹金妻鄧氏率眾此處開河、彼處築城，群策群力、團結勞動；吳偉業《秣陵春》第四十出寫徐適、展娘歡喜成婚，送入洞房，後兩曲卻寫黃濟、夫人送落單的裊煙另往偏房睡下，同一套曲、兩樣心情。由上可知，【賽觀音】、【人月圓】這套曲有基本的風格，適用於兩方人物行進，但因其組成曲牌可粗可細，所以搭配劇情或者緊張倉皇、或者從容不迫，或獨唱、或群唱，生、旦、外（戚繼光）、丑（黃潛善）無所不宜，甚至歡喜寧馨、焦慮失措等均可以多方表現。

總上所述，可以發現無論從哪一個角度來看，南曲曲牌性質延至清初，大抵而言是沒有太大的歧異與突變，但其運用卻可在不影響基本性質的前提之下，有不同的調適與多樣的變化，其變化多出於排場所需。以下便接著探討排場的其他兩項組成要素。

第二節　聯套規律與腳色

前面第一節雖是主要探討曲牌性質與聯套規律之間的問題，但在論述過程中不免勾連到腳色、劇情等方面，可見排場三要素—套式、腳色、關目之間環環相扣、牽一絲而動全網的緊密關係，而上文所述，也可視爲從側面瞭解崑曲聯套與腳色、與關目之間的互動。爲避免因循重複，以下二節將轉換角度，擬以腳色、關目本身爲出發點，針對二者與聯套發展最直接切身的地方切入探討，以俾不同面向之開展與探索：於腳色而言則是任唱的配置，於關目而言則是劇情之架構，請依序論述如下。

首先談到腳色名目。自明代發展至清初，因表演技藝的精進、表現內容

的複雜，腳色的分化日益細密專精，據許子漢《明傳奇排場三要素發展歷程
之研究》統計至明末爲止，出現過的腳色名目高達三、四十種之多。〔註20〕
除去罕見者，明傳奇常用的腳色分爲五綱十二門：「生綱」：正生、小生；「旦
綱」：正旦、小旦、貼、老旦；「淨綱」：淨、副淨、中淨；「末綱」：末、外；
「丑綱」：丑，以上俱見於清代沿用且亦爲主要名目。至於南曲的唱法，明王
驥德《曲律》卷三〈雜論第三十九上〉云：

> 南戲曲，從來每人各唱一隻。自《拜月》以兩三人合唱，而詞隱諸
> 戲遂多用此格。畢竟是變體，偶一爲之可耳。〔註21〕

可知早期南戲時代，南曲受北曲影響偏向於一人獨唱一曲；《拜月亭》以後變化
漸多，到了崑山水磨調宣告成立的傳奇時代，沈璟等劇作家便以此爲常，王驥
德以保守眼光視之爲「變體」而不可多用，事實上，南曲革除了北曲一人獨唱
到底的缺點，而發展出繁複多樣的唱法，正代表著曲體與劇體發展成熟並日趨
豐滿。近代多位學者對於南曲活潑多變的唱法已歸納出一些心得，〔註22〕茲先
引述前賢說法以便探討：

一般說來，傳奇唱法有五：（一）獨唱：一人唱畢一曲。（二）接唱：或
謂分唱，二人分唱一曲，後唱者接唱前唱者未竟之曲。（三）同唱：二人或二
人以上同聲唱一曲。（四）合唱：一曲之上幾句甲唱，下幾句則甲乙合唱，復
由乙唱同腔異詞之上幾句，又由甲乙合唱其下幾句，三人以上合唱法亦如之。
（五）半合唱：或謂接合唱，一人先唱前幾句，後數句爲合唱。事實上，半
合唱可視爲合唱的延伸變化，爲求簡明，筆者將諸家說法歸納爲獨唱、分唱、
合唱、同唱四大類。以上可見，無論是腳色的分化或者唱法的翻新，崑曲藝
術發展至明末清初是朝著豐富多樣的道路前進，結合二者並思考其與聯套規

〔註20〕可見該書第三章〈論腳色〉所附〈腳色名目統計表〉，計有：「生行」：生、小
　　　　生、外、小外、貼生、老外、老生、副外、中外；「旦行」：旦、老旦、小旦、
　　　　外旦、貼、小貼、夫、淨旦、老貼、雜旦、夫旦、正旦、中旦；「末行」：末、
　　　　副末、小末、中末；「淨行」：淨、副淨、中淨、小淨、貼淨、女淨、副丑；「丑
　　　　行」：丑、小丑、貼丑、二丑、女丑、中丑；其他：眾、雜、內、夫。見該書
　　　　頁81～95。

〔註21〕〔明〕王驥德：《曲律》（前揭書），頁150。

〔註22〕（日）青木正兒著、王吉廬譯：《中國近世戲曲史》（台北：台灣商務印書館，
　　　　1982年），第一篇〈南戲北劇之由來〉第三章〈南北曲之分歧〉，頁54～57；
　　　　何爲：〈論南曲的「合唱」〉，刊於《戲曲研究》第一輯（北京：中國戲劇出版
　　　　社，1980年），頁262～295；汪志勇：《明傳奇聯套研究》（前揭書），頁15
　　　　～16；曾師永義：〈宋元南曲戲文之體製、規律與唱法〉（未刊稿），頁25～28。

律、排場處理之間的關係，便是本節的探討重點。筆者將本論文所述五十五本清初蘇州劇作家傳奇作品中每一支曲牌的任唱腳色及其演唱方式整理爲表，即前述附錄十二〈清初蘇州劇作家作品聯套方式與排場處理分析表〉中間數欄，請參見之。

以下便按四種演唱方式，配合任唱腳色的配置情形，依序探討如下：

一、獨唱者之腳色分配

無庸置疑地，「獨唱」是展現任唱腳色技藝、抒發劇中人物情緒最主要的演唱方式，王驥德曾說：「一人唱則意可舒展，而有才者得盡其春容之致」，〔註23〕此語雖然原指北劇，但亦可視爲「獨唱」此種唱法的特點。既然是突出任唱者的特點，則其與曲牌性質與排場聯套的關係更不言而喻，張清徽先生曾說：

> 一主腳所唱之曲牌，即等於套式與劇情之吻合，在腳色分場時，所用套式不可不加注意。〔註24〕

汪志勇也說：

> 傳奇除劇情與組場外，以腳色最爲重要，劇情之展開，組場之文武粗細，皆以每齣之腳色而定……傳奇組套時，以每齣之主要腳色爲主，而每齣之主要腳色或爲一綱、或爲兩綱，而其餘副角所唱之曲，則以主腳所唱之曲爲依歸。……故聯套端視主腳而定。〔註25〕

爲此重要性，筆者根據附錄十二，進一步統計彙整作品中擔任獨唱的腳色分配及其出現次數爲附錄十三〈清初蘇州劇作家作品各門腳色擔任獨唱之次數統計表〉。從這個表的統計結果顯示：清初蘇州劇作家在選取腳色以擔綱獨唱時，有了大異以往的趨勢。

（一）各門腳色擔任獨唱之名次升降

以往明代傳奇眾所皆知是以生旦爲重頭戲，尤其到了中、晚期以後，進一步發展出「雙生雙旦」的雙線式結構，即以「生、小生」搭配「旦、小旦」爲四大主腳，其他腳色爲配角，許子漢《歷程》便說：

> 就腳色之地位與相互關係而言，各腳色在各期之間基本上並無太大的變動。以行當而論，生、旦二行爲最主要腳色，扮飾劇中主

〔註23〕〔明〕王驥德：《曲律》（前揭書），卷三〈論劇戲第三十〉，頁137。
〔註24〕張敬：〈南曲聯套述例〉（前揭文），頁374。
〔註25〕汪志勇：《明傳奇聯套研究》（前揭書），頁63。

要的人物，主演大部分的場次。而生行較旦行更爲重要，旦行爲
生行的「對稱」行當，多與生行於劇中配對，而重要性則略次於
生，旦次於生，小旦次於小生，老旦次於外。生、旦二行各脚色
之地位亦依方才之次序遞減。末、淨、丑三行爲次要脚色，以扮
飾次要人物爲主，在場面中之任演份量以副場爲最多，但主場也
有一定比例。其中淨行又略較其他二行地位稍高，以其又兼爲反
派人物之主要扮飾行當之故。雜行則地位最低，只扮次要人物，
極少主場。〔註26〕

「雜行」爲雜、眾，自無擔綱獨唱的機會，故〈統計表〉無須列出。除此之
外，若據許書觀察明代的說法，則擔綱獨唱者亦應任演份量較重、劇中地位
較高，依序爲生、旦、小生、小旦或者生、小生、旦、小旦，總之「四大天
王」應非生旦莫屬。然而，清初蘇州劇作家作品所呈現出來的情況卻非如此：

請見附錄十三〈統計表〉最末行，按各門脚色在劇中擔任獨唱的次數高
低排序，則其名次依序是生、外、淨、旦：

「生」仍然穩居第一，且其次數 1102 次遠高於排名第二的 545 次，可知
這是傳奇根本性的特質，尚不容顛覆突破。「外」在許書中被歸爲「生行」，
從上段引文可知許子漢將它視爲與「老旦」「對稱」的行當，可見明代「外」
的地位還遠在「小生」之後；然而，到了清初「外」卻異軍突起，高居第二，
雖然本表依照張清徽先生的作法將它列爲「末行」，仍不影響此處觀察「外」
在清初的晉升情形。「淨」緊追在「外」之後排名第三，更是特別的情形，許
子漢所云「淨」的地位略比末、丑爲高，但畢竟爲次要人物；清初卻起而重
用之，擔綱獨唱的次數位居第三，其受重視的程度可見一斑。原居鰲首的「旦」
落居第四，雖仍擠進前四強門檻，卻已遙望第二、三名，而僅險勝第五名的
「小生」，其由原本與「生」「對稱」、亦步亦趨的后座落後至此，岌岌可危，
可見「旦」在清初已然失寵。

「小生」、「小旦」原本是隨侍「生旦」之側，到了清初，「小生」勉強維
持「生行」的尊嚴位居第五，「小旦」卻已被打入冷宮、敬陪末座。「末」、「副
淨」、「丑」維持次要脚色的地位，居於第六、七、八名，可見其調劑劇情冷
熱、變化排場雅俗的作用與功能，大致上沒有太大的變化。「老旦」、「貼」本
即次要脚色，位居九、十，而「貼」的地位又略有提升，甚且還大幅領先「小

〔註26〕許子漢：《歷程》（前揭書），頁 171～172。

旦」，可見「貼」在清初較諸「小旦」更有發揮空間。

整體而言，「生行」依然居於領先地位，但其中的「外」表現突出、搶盡風采，原先的男配腳「小生」反被擠落四名之外；「旦行」變化最大，除了女主腳「旦」勉強撐起門面之外，餘者皆坐倒數數名的冷板凳。「淨」在「淨丑行」中最爲爭氣，在清初是除了「外」以外備受青睞的另一匹黑馬。

（二）從單部劇作觀察獨唱腳色之多寡

從名次排行來看，清初各門腳色擔任獨唱的多寡情形如此，反映了各行當在劇中地位的升降變化。若從單部劇作來看，情況又是如何呢？請見〈統計表〉中以粗黑體標示出該劇擔綱獨唱次數最多的腳色。可以發現：

「生」同樣高居冠軍，以三十三本劇作獲得壓倒性的勝利，其中有些劇作明顯可見「生」有非常吃重的戲份，如：畢魏《竹葉舟》、《三報恩》、張大復《醉菩提》、《快活三》、《金剛鳳》、陳二白《雙冠誥》、吳偉業《秣陵春》、尤侗《鈞天樂》等。至於維持「生旦」領銜、主演並主唱大多數場次的劇作，則有：李玉《占花魁》、《兩鬚眉》、朱素臣《文星現》、《秦樓月》、朱佐朝《蓮花筏》、葉稚斐《琥珀匙》、張大復《讀書聲》、鄒玉卿《雙螭璧》、王續古《非非想》、吳偉業《秣陵春》、尤侗《鈞天樂》等，這些都是較爲接近許書所謂明代傳統模式者。

其他方面，清初則有不同的轉變：「小生」和「淨」同居單部劇作擔綱獨唱次數之第二高位，皆爲五本；餘者依序爲「末」之四本、「旦」之三本、「外」之二本。「小生」、「外」的情況與上述名次大異，「末」與「旦」也稍有不同，何以如此呢？鄙意以爲這是反映了某行當在某部劇作中有特別突出的表現，比如說：

「小生」雖非第一主腳，整體表現僅居第五，但在某部劇作中卻能擔任靈魂人物，而有畫龍點睛之妙，如：李玉《牛頭山》的岳雲，虎將之子少年得志，單槍匹馬上山解圍；《太平錢》的韋固，有遊仙山、歷桃源的奇遇；張大復《鈞漁船》中的唐太宗，既掌人間又遊地府；王續古《非非想》的余千里更與「生」扮張獻翼平分秋色，其多次假扮、冒認、誤闖，錯綜離合、眞假難辨，與主腳張獻翼的風流瀟灑不遑多讓。

「淨」腳在元雜劇或南戲文中，多半是扮滑稽詼諧的市井小民或幫閒雜人，但自明中葉以後愈形重要，逐漸成爲反派人物的主腳，更重要的是，許

多性格豪邁或勇猛剛毅的正面英雄人物，也漸漸歸入淨行，〔註27〕這些現象在清初都見到傳承之跡，前者如：李玉《人獸關》的桂薪、朱佐朝《奪秋魁》的楊么、張大復《吉祥兆》的賈似道、鄒玉卿《青虹嘯》的曹操，後者如：李玉《風雲會》的趙匡胤、朱佐朝《奪秋魁》的牛皋。這幾部劇作的淨腳形象都非常鮮明，甚至超越主腳，如：桂薪遠比大善人施濟、趙匡胤比起鄭恩都要來得亮眼突出，因此在劇中的發揮空間也大，擔任獨唱的次數也多。

「末」在清初諸劇中常扮演老僕，如：朱佐朝《九蓮燈》富奴勇闖陰界、朱雲從《龍燈賺》張恩代斬贖罪，都有特別凸顯的戲份，故獨唱也多；朱素臣《聚寶盆》則以末扮演明太祖，較為例外。

「旦」在清初本即積弱不振，相較於其他腳色的多變，其發展空間相形有限，甚至於在李玉《太平錢》、朱素臣《未央天》、《四大慶》二本等劇中連獨唱的機會也沒有，僅有李玉《眉山秀》扮蘇小妹、朱佐朝《豔雲亭》扮蕭惜芬有較亮麗的表現，蕭惜芬的〈癡訴〉、〈點香〉尤其精彩，至今仍常盛演於崑曲舞台上。

「外」雖然整體表現位居第二，卻在單部劇作中少有全劇居冠者，僅李玉《一捧雪》之戚繼光、《十五貫》之況鍾頭角崢嶸，此二部的「外」腳均在主腳危難時挺身而出、適時解圍，況鍾〈夢警〉、〈夜訊〉、〈乞命〉、〈踏勘〉、〈廉訪〉等出更是重頭戲，也是至今膾炙人口的〈見都〉、〈訪鼠〉等折子戲的原本，除此之外卻無特別突出者，可知「外」腳除了少數人物得以因應劇情需要而嶄露頭角之外，一般說來不易特別發揮。究其原因，蓋為「外」多扮演年長持重之官員或長者，往往是劇中不可或缺、協調居中的人物，故平均起來擔任獨唱的次數仍是高居第二，然其「中間人」的性質也使其形象難得鮮明強烈。

其他如：「貼」在朱素臣《聚寶盆》中扮演蚌精及沈萬三妾張麗娘、「副淨」在張大復《雙福壽》下本扮演東方朔，雖均非主腳，卻有特別吃重的戲份，故擔綱獨唱的次數也比較多。

二、獨唱者之套式選用

上述以獨唱次數之多寡來看各門腳色於劇中的地位與份量，初步得知到了清初各行當有升沈變化的趨勢，而此趨勢對於崑腔曲律的發展，又揭示著

〔註27〕參見王安祈：《明代傳奇之劇場及其藝術》（前揭書），頁231～232。

什麼樣的意義？以下便接著探討。

首先以許子漢《歷程》的一段話來看明代的情形：

> 就表演技藝而言，生、旦二行以唱工為主，是始終不變的。在後期旦行又宜演出歌舞，次要腳色又可兼有諢鬧的演出。末行以賦體唸白及科介的演出為主，後期唱工表現增多，而諢鬧的演出減少。淨、丑則以諧趣的特殊唸白，如賦體或數唸、相聲、評話等，及各種科介演出為主，而正淨的唱工表現後期有增加的情形。雜則是以科介演出為主的，至第五期在唱工上略有增加。〔註28〕

照此看來，清初各門腳色獨唱多寡的變化升沈是與其表演技藝的發展相輔相成的：「生行」始終穩坐第一把交椅，其唱工必須維持一定的水準且有穩定的發展空間；「旦行」雖重唱工，但在清初不復以往受寵，轉往歌舞或諢鬧方向發揮；「淨末行」由早期偏重在唸白科介，漸漸增加唱工部分，持續反映在清初，尤其是淨、外，甚且有超越主腳、表現亮眼突出的地方。那麼，這些行當憑藉著什麼樣的套式來增加演唱的機會、發揮獨唱的能力呢？

（一）北套的常態運用，為淨丑末外行增加獨唱機會

筆者鄙意以為，若結合明代至清初各聯套類型的使用情況來看，便可以發現：北套的常態運用，恰為淨、外等生旦以外的腳色增加獨唱的機會，成為清初值得注意的發展趨勢。北曲本即一人獨唱，所以傳奇作品中若一整出的曲牌大部分都是由一人獨唱者，則多是插用北套。而北套在清初的運用，已在上文第肆章第四節第一點「自明至清套式存廢的比例」中談到：蘇州劇作家雖然使用北套的比例不能算高，僅佔 4.8%，卻是幾乎每一位作家都會使用，平均每本使用一至二次，成為普遍甚至必備的常態性質。這些北套多由何種腳色擔綱演唱呢？最早期多由淨丑、末外行。許子漢觀察明傳奇中北套的運用時發現淨丑、末行本不以唱工為主，但：

> 自第三期始，末、淨在唱工上有新的發展，此與北套的運用有關。……則自第三期起，末、淨等原不重唱工之腳色，由於南曲家對北套（含南北合套）的大量引用，而發展了新的適於粗口演唱的曲套。多數作家也就都在劇中安排適於粗口演唱之專齣，讓末、淨腳色一展其唱工之特色。……外腳其實亦多有運用北套表現其粗口唱工之例。

〔註28〕許子漢：《明傳奇排場三要素發展歷程之研究》（前揭書），頁 171。

〔註29〕

此現象延續到清初，可以發現：清初蘇州劇作家作品中獨唱次數高居第二、三的外、淨腳，往往是藉由北套而得到淋漓盡致的發揮，如：「外」在朱素臣《十五貫》第十五出演清官況鍾監斬、畢魏《竹葉舟》第三出演高僧支遁畫牆，均是獨唱北仙呂【點絳唇】套；在李玉《一捧雪》第二十一出則演戚繼光率眾往雪豔墳上哭祭，獨唱北正宮【端正好】套；《風雲會》第十出演陳摶爲鄭恩、趙匡胤看相預示吉凶，唱北仙呂【後庭花】套；《太平錢》第六出演月老爲韋固預說姻緣，唱北仙呂【點絳唇】套；《千鍾祿》第八出演明成祖命方孝儒草詔，方寧死不屈，唱北南呂【一枝花】套；吳偉業《秣陵春》第四一出則演曹善才彈琵琶訴說興亡，獨唱唱北商調【集賢賓】套等等。「末」的方面則有朱素臣《秦樓月》第十九出演忠僕許秀往劉將軍處乞求援救素素，獨唱北黃鐘【醉花陰】套；《蓮花筏》第十五出演僧人慧照收留本欲自盡的齊玉符，張大復《釣漁船》第六出演李淳風指點漁夫呂全返家避難，均是演唱北仙呂【點絳唇】套。

「淨丑行」方面，則「淨」的部分有李玉《牛頭山》第三出演兀朮病重，乍聞岳飛遭讒豁然而起，朱素臣《未央天》第二十出演閔朗赴烏臺斷案，神眼一開、眞相儼然，朱佐朝《奪秋魁》第十六出演楊么起兵攻打宋朝，均由淨腳獨唱北仙呂【點絳唇】套；李玉《風雲會》第二十四出演趙匡胤黃袍加身，唱北南呂【一枝花】套；朱佐朝《九蓮燈》〈火判〉演火判入義僕富奴夢，指引其往蓮花山取燈救主，則唱北黃鐘【醉花陰】套。「副淨」和「丑」則仍然唱工比重較少，前者有李玉《牛頭山》第十六出演牛皋往岳家報訊則唱北正宮【端正好】套；後者僅有丘園《黨人碑》第二十三出演官兵將至，劉鐵嘴以軍師之姿爲山賊田虎獻計禦敵，獨唱北仙呂【點絳唇】套。

由此看來，北套的沿用到了清初不僅持續提供給淨丑、末外行等腳色發揮唱工的機會，且稍有不同者，清初「外」的表現高於明代的「末、淨」，相同者則「副淨、丑」相較之下仍然不重唱工。

（二）生旦行諸腳也加入北套行列

然而，值得玩味的是，清初擔任北套獨唱者，除了上述諸例之外，還有不少的例子，是不見於明代、許書沒有提到的其他腳色之上，即是：生、旦

〔註29〕許子漢：《明傳奇排場三要素發展歷程之研究》（前揭書），頁112～113。

行諸腳也開始大唱北套。

「生」獨唱北套在清初是頗爲顯眼的現象，如：李玉《清忠譜》第六出寫周順昌大罵魏賊生祠，丘園《黨人碑》第七出寫謝瓊仙醉打黨人碑，張大復《醉菩提》第十三出寫濟顛在飛來峰石洞裡降伏猛虎，均是「生」獨唱北正宮【端正好】套；《醉菩提》第二十五演濟顛天寒外出，典衣當酒，改唱北越調【鬥鵪鶉】套；王續古《非非想》第三十一出寫張獻翼主審驪花和瑤枝比試才學以斷其婚配，則唱北仙呂【點絳唇】套。「小生」本被擠落至第五名，其擔綱獨唱者僅有李玉《一捧雪》第二十七出演莫昊上表彈劾嚴嵩父子罪行，畢魏《竹葉舟》第二十四出演劉琨哭訴朝廷乞代石崇死罪，均用北中呂【粉蝶兒】套；李玉《占花魁》第四出寫康王泥馬渡江，獨唱北仙呂【點絳唇】套。

「旦」在清初雖然退居第四，但其獨唱北套者卻頗亮眼突出，如：李玉《一捧雪》第五出以旦扮飾書生東郭先生演出戲中戲《中山狼》、《兩鬚眉》第十三出演黃禹金夫人鄧氏在眾人擁戴下成爲寨主，均唱北仙呂【點絳唇】套；《人獸關》第一出演觀音現身說明因果報應，唱北雙調【新水令】套；朱素臣《秦樓月》第三出演陳素素淚弔貞娘，唱北正宮【端正好】套；朱佐朝《豔雲亭》第二十出演蕭惜芬爲避仇家耳目，喬裝乞丐、裝瘋賣傻，則唱北越調【鬥鵪鶉】，即今歌場有名之〈癡訴〉一折。「老旦」方面，李玉《占花魁》第九出〈勸妝〉至今仍是頗負盛名的折子戲，其用北越調【鬥鵪鶉】套，被吳梅譽爲「神來之筆」；〔註30〕吳偉業《秣陵春》第八出演耿仙人與眾仙人飲酒，唱北仙呂【點絳唇】套。「貼」方面，則有朱素臣《聚寶盆》第十八出寫張尤兒之妹麗娘向劉伯溫求救夫婿沈萬三，葉稚斐《英雄概》第十八出演皇妹鸞英哄騙朱溫歸順，均是演唱北正宮【端正好】套。

爲避免繁瑣冗長，上引諸例只是形象較爲鮮明者，而非全部劇作，但已可見洋洋灑灑、蔚爲大觀，可見清初獨唱北套之盛況，往往在劇中情節衝突緊湊、人物情緒高張飽滿之時插用一、二，便能收震撼、渲染之效。從腳色行當的角度來看，清初北套一方面延續明代以淨丑、末外行擔綱之例，以提升該行獨唱的比率，且「外」表現優異於淨、末；一方面又廣開方便法門，讓生、旦行「大家一起來」加入行列，使得清初獨唱北套者丰姿各異、樣貌紛繁。

〔註30〕 吳梅：《顧曲麈談》，收入《吳梅全集》（石家莊市：河北教育出版社，2002年），第四章〈談曲〉，其云：「《占花魁》一劇，爲玄玉得意之作，〈勸妝〉北詞，更爲神來之筆。」，頁154。

若再從崑腔曲律的角度來看，則由上引諸例即可發現：北套的插用並未限定何宮何調宜施何腳之口，就清初最常使用的北仙呂（請見第肆章第四節第一點）而言，就廣泛運用於生、小生、外、末、淨、丑、旦、老旦等腳，幾乎無所不包、生旦雅俗通吃；北正宮亦毫不遜色，施於生、旦、貼、外、副等多腳；其他宮調也多由二、三腳以上不固定演唱。這樣的現象無疑地是和上述相輔相成：清初各門腳色均廣泛演唱北套之下，也使得北套的運用不限定何人何腳、何場何景，無論是悲傷哀痛處（如：《秦樓月》〈淚弔〉、《豔雲亭》〈癡訴〉）、慷慨激昂時（如：《清忠譜》〈罵像〉、《千鍾祿》〈草詔〉）、緊張焦急處（如：《秦樓月》〈乞援〉、《占花魁》〈渡江〉）、滔滔折辯時（如：《占花魁》〈勸妝〉、《英雄概》鶯英勸降），均可適時點綴、巧妙穿插。

這樣的情形顯示清初曲律的運用及發展，無疑地相較明代是更趨於爐火純青的境地了。

三、分唱、合唱、同唱之腳色配搭

以上是針對獨唱所作的討論，因為獨唱最能凸顯任唱者的腳色行當特質、劇中人物形象；然一劇之中獨唱畢竟僅佔部分，接下來要討論的便是其他幾種演唱方式：「分唱」與「合唱」多依劇情所需以變化聲情、活潑曲意，「同唱」則可收渲染、誇張、壯大的戲劇效果。

（一）各門腳色單一使用某種唱法

主要探討的是其與任唱腳色之間的關係。上引王驥德說自從沈璟以二、三人合唱、分唱一曲成為常態之後，南曲演唱方式就不復純樸單調，事實上不只是因為劇作家的求巧炫技，也因為曲體本身不斷地進步、發展，敘事的技巧、抒情的方式也愈益繁複，若再加上任唱腳色的名目分化、表演技藝的日趨精細，則多種演唱方式與各門腳色相互配搭，便可以衍生出千變萬化以應各種排場所需。為求簡明清楚，以下先以清初蘇州劇作家之中成就最高者─李玉的代表作之一《一捧雪》為例，從單一種演唱方式開始，逐一檢視其與各門腳色之配搭情形：〔註31〕

在「分唱」方面：相同行當分唱一曲者有：（3）旦小旦【桂枝香】；（16）

〔註31〕此段敘述盡量以正曲為例，多人分唱一引以及尾聲、具導引結聲性質的過脈小曲均不列入。並為文字簡潔扼要，以（　）中的數字代表該曲所在的出數。

淨副淨【江水入撥棹】；（19）副淨丑【四邊靜】。不同行當分唱一曲者有：（1）旦生【劉潑帽】；（7）生副淨【海棠醉春風】、生末【撥棹入江水】；（9）生副淨【琥珀貓兒墜】；（11）生末【步步嬌】、淨生【風入松】、末小旦生【風入松】；（13）丑外【越恁好】；（14）外生【下山虎】；（18）外末【梁州新郎】、小旦副淨末【前腔】、副淨小旦【前腔】、小旦副淨【前腔】；（26）小生末丑【一江風】。

在「合唱」方面：相同行當合唱一曲者有：（12）淨副淨【奈子落鎖窗】【奈子宜春】、雜副淨【催拍】、副淨丑【一撮棹】；（17）小旦老旦【祝英台】前腔換頭。不同行當合唱一曲者有：（2）生眾【賀新郎】、小生外【瑣窗繡】；（3）生小生末【薄媚賺】、旦眾【長拍】；（7）生小旦【五枝供】；（14）生小旦【小桃紅】、【山麻楷】；（15）丑外【泣顏回】、小旦眾【越恁好】；（16）淨眾【園林見姐姐】、【姐姐插嬌枝】；（17）外小旦【憶多嬌】、老旦外小旦【鬥黑麻】；（18）副淨外小旦【節節高】、末副淨外小旦【前腔】；（20）副淨眾【滴滴金】；（22）旦小生老旦丑【九迴腸】、旦小生【一封羅】、旦外小生【皂角兒】；（25）外小生【醉扶歸】；（28）生旦【普天樂】、【古輪臺】；（29）生旦外【繡衣郎】、【大勝樂】；（30）小生外【玉交枝】。

在「同唱」方面：相同行當同唱一曲者有：（16）二旦【嬌枝帶供養】。不同行當同唱一曲者有：（3）眾【短拍】（4）外雜【賽觀音】、生副淨小旦雜【前腔】；（13）生小旦末雜【粉孩兒】、丑眾【會河陽】；（14）生小旦外末【哭相思】、外生小旦【蠻牌令】；（15）小旦眾【千秋歲】、雜【紅繡鞋】；（19）副淨眾【皂羅袍】、眾【前腔】；（20）副淨丑雜【出隊子】、眾【永團圓犯】；（24）旦老旦丑【攤破金字令】、【夜雨打梧桐】；（26）末丑小生【一江風】；（27）小生外【清江引】；（28）旦老旦丑【顏子樂】；（30）小生眾【二犯江兒水】、外眾【嘉慶子】、小生生旦【豆葉黃】、小生外【六么令】、外生小生【江兒水】、外小生【川撥棹】。

以上是《一捧雪》中剔除獨唱以及多種混合唱法、僅以各門腳色就三種唱法之單一使用情形來作歸納，就已如此繁複錯雜，與元雜劇之一人獨唱到底不啻是天壤之別。從括弧中的數字來看，大致說來李玉對該劇唱法的配搭，是將分唱配置在前、中半部較多；合唱、同唱置於中、後半部較多；分唱較平均穿插在各出之中，合唱、同唱較常出現連續使用。從任唱腳色來看，無論何種唱法，同一行當數人分唱、合唱、同唱的情形都是少數，大多數是由

不同行當的腳色視劇情所需配對組合共同完成一曲，如此一來，任唱者無勞逸不均的問題，觀聽者能享變化無窮之妙。

（二）各門腳色多種唱法的調適配搭

而不同行當之間，腳色性質「落差」甚大者亦多有之，該如何調配布置呢？以第十八出〈勘首〉為例，從上面羅列者即可看出此折所用腳色門類甚多：末扮錦衣衛都指揮陸炳，在副淨扮湯勤陪同下，審問外扮戚繼光及小旦扮雪豔娘，並由丑扮戚家家將。全出用南呂【梁州新郎】套，此套是明清傳奇常用套式，《琵琶記》〈賞荷〉純粹以生旦組場，被許之衡《曲律易知》視為經典範例，並歸於「歡樂類」首要套式（頁98），吳梅《南北詞簡譜》亦謂「此調聲極美婉，宜用在排場安靜處。」（頁 424）然而在此處，卻用於分屬三行、不同類型的四門腳色，且看李玉的安排：

> 【梁州新郎】【梁州序】（外唱）睢陽忠矢，淮陰功奏，怎作誆楚陳平欺謬。（末問）〔註32〕（副淨對丑介問介）（丑答）（外白）（唱）況你睜睜監視，丹書親判囊頭。（副淨白）（指頭介）（外白）（唱）總是捕風捉影，噴血含沙，羅織排機彀。（副淨白）（外唱）你只為弓蛇杯影也強追求，怎得載鬼張弧把法浪揶。（末白）【賀新郎】（唱）研死骨，證生口，把真情供出休迤逗，三尺法肯輕宥。
>
> 【前腔】（小旦唱）（指丑介）（唱）（副淨問）（小旦答）（抱頭哭介）（唱）（副淨唱）（末唱）
>
> （雜扮校尉上）（末跪介，雜白）（末謝恩，起介）（雜應介末對丑介）（丑答）（末同丑、雜下）（雜白）（副淨白）（外同雜下）（小旦哭介，副淨看小旦、作模擬介）
>
> 【前腔換頭】（副淨唱）（作四顧、對小旦白介）（小旦不應介，副淨問）（小旦答）（副淨唱）（小旦答）（副淨白）（小旦唱）（副淨白）（小旦問）（副淨低唱介）
>
> 【前腔】（小旦背唱介）（副淨白）（小旦唱）（副淨白）（小旦唱）（副淨白）（小旦唱）（副淨跳躍介）（小旦白）（副淨對天跪介）（唱）
>
> （末上，丑、雜隨上）（雜帶外上）（末問）（丑答）（末問）（外答）

〔註32〕因篇幅所限，此套僅騰錄曲文，不載賓白，且疊用前腔之處亦不復錄曲文。

（末白）（副淨白）

【節節高】（副淨唱）眞情仔細搜，費蹣躇。或者是筋收骨斂皆非舊。
（外唱）疑關透，城府休，沈冤剖。（小旦唱）生前死後無差謬，望
弘開法網恩波懋。（合）明鏡高懸照蛩幽，春回化雨沾枯朽。

（末白）（寫介）

【前腔】（末唱）（合）

（末白）（外白）

【尾聲】（末唱）（外唱）（合）

這場人頭眞假難辨、湯賊舌底輕翻的勘首羅生門案，波濤翻瀾迭盪、精彩萬
分，用聲情美婉的南呂【梁州序】套卻無扞格不入、尷尬掣肘之感，究其原
因，鄙意以爲有三：

1. 善用集曲銜接處變化腳色任唱：李玉改用集曲【梁州新郎】代替，此
   曲由本格【梁州序】加上【賀新郎】而成，從上述可見在換接【賀新
   郎】處即是改換任唱腳色之處：首曲由外改爲末、次曲由小旦改爲末、
   三四曲皆由小旦改爲副淨，自然妥貼順暢。

2. 適當搭配演唱方式：前四曲音律協婉，如何以性質落差甚大的不同腳
   色任唱？李玉即用「分唱」的方式，使得任唱者轉換接唱的同時也聲
   情移轉；末三曲疊用【節節高】，此曲爲快板曲，便用「合唱」的方式
   來表現劇中人心意已決、冤案已明的強烈情緒，可說是搭配得宜、戲
   劇性甚佳。

3. 靈活穿插賓白科介：這場羅生門表面上各持己見，但事實上眞假已明，
   端看湯勤翻雲覆雨手，要不要縱放雪豔娘、戚繼光這些天羅地網人，
   因此，過程中往返折辯、探問虛實、假意周旋，李玉的生花妙筆在這
   詭譎氣氛中安排了極多的賓白穿插在曲文之中，營造出劇中人鬥智拉
   拒的張力；又設計了生動的科介動作，使人物靈活靈現，曲文自然也
   就肖似口吻、機趣橫生了。

從這一出經典之作便可以看出李玉嫻熟音律又深諳舞台，能在曲律變化處適當
調劑場面、鋪設劇情，使得全出緊湊精彩卻不見斧鑿痕，然而細析觀察，其善
用多種演唱方式與各門腳色相互配搭，且利用套式的聲情特點來發揮劇情，自
然成爲膾炙人口的佳作了。此劇至今崑、京舞台還經常盛演，洵非偶然。

四、複合式唱法與聯套之間的關係

以上三點均是就單一唱法所做的討論，獨唱以一人一腳任唱全出北曲最具代表性，分唱、合唱、同唱則至少二人以上，便涉及一支曲牌中不同任唱腳色的配搭，僅僅如此，便已如上述林林總總、五花八門；然而，還有一種情況，是一支曲牌有兩種以上的演唱方式，即附錄十二〈清初蘇州劇作家作品聯套方式與排場處理分析表〉中以「＊」標示者，筆者姑且稱之為「複合式唱法」，以下便將討論這一類與聯套之間的情形。

先仍以《一捧雪》為例，則第四出寫戚繼光移鎮薊州，巧遇莫懷古攜眷赴京，二方人馬輪番上、下場後會合，用大石調【賽觀音】、【人月圓】套組場已見前述，其中【人月圓】首曲如是安排：

> 【人月圓】（外雜復上，合唱介）司閽外，即漸龍城杳，白羽風生驚鳥鳥。（生、副淨上）行行遠岫銜殘照，驀忽地油幢來樹杪。（外作看生介，外白）前面來的可是越中莫爺？（生）敢是總府戚爺麼？
> （各下馬相見介，合）呀！萍踪巧，恰相逢數年夢寐蘭交。

由上可見此曲分為三段：第一段由外與雜眾同唱，第二段由生與副淨同唱，第三段雙方會合後合唱至終，總共運用了合唱與同唱兩種方式。除此之外，第十一出第七支曲【風入松】由淨扮嚴世蕃、雜扮家將同唱前半段，後半段再由雜唱完，故是同唱與分唱同用；第十三出第二支曲牌【紅芍藥】由丑、雜同唱前半，雜分唱後半段，第三支曲牌【福馬郎】由生、小旦、末、雜同唱前半段，生分唱後半段，第四支曲牌【耍孩兒】由丑雜同唱前半、生等眾人同唱中段、丑分唱後半段，三曲均是同唱、分唱並用。

這類複合式唱法多半運用在較為複雜的劇情、場景或人物情緒，以供盡情敘述、鋪設及渲染。其與任唱腳色及使用曲牌、套式之間的關係，值得注意的有二：

（一）單種或者複合式唱法需視曲牌性質而定

清李漁《閒情偶寄》卷二〈詞曲部下〉「曲嚴分合」條云：「同場之曲，定宜同場；獨唱之曲，還須獨唱，詞意分明，不可犯也。」〔註33〕意指有些曲牌是適合多腳同唱，有些適合單人獨唱，不可混淆亂用。非獨唱曲由多人共同承擔演唱，往往彼此行當不同，因此，適用的曲牌經常是可粗可細之中

〔註33〕〔清〕李漁：《閒情偶寄》（前揭書），頁95。

曲，例如：

商調【水紅花】，此曲贈板可有可無、宜於眾唱，〔註34〕李玉《永團圓》第十八出用於第四曲，寫蘭芳女伴男裝，與救命恩人劉義夫婦酬香還願途中，遇山賊任金剛搶劫，由旦、末、小旦、副淨四腳分飾，此曲前半段由旦、末、小旦同唱表示遭劫時的痛哭，後半段由旦分唱至末，表示她一人被押至寨中。朱素臣《文星現》第十出用於倒數第二曲，寫淮揚巡撫盧重派人往接甥女何韻仙到揚州任所，由旦、老旦、丑三腳扮盧府使女，三人登場先同唱此曲前半，後半段由老旦分唱完畢。

再如雙調【二犯江兒水】，也是宜施眾人之口的中曲，如：《一捧雪》第三十出用於小生扮莫昊奉旨率眾巡視九邊，朱素臣《聚寶盆》第一出用於貼、旦扮月娥風姨等遭孽龍追殺於岸，陳二白《雙冠誥》第七出用於淨扮瓦剌也先擬騷擾中原，王續古《非非想》第八出用於項瑤枝將生扮張獻翼灌醉，在眾人攙扶之下抬上花轎；而在朱佐朝《血影石》第十七出用於倒數第二曲，寫老旦扮番邦八百媳婦國天主娘娘，率眾操練兵馬，前半段由老旦與眾人同唱，後半段則老旦分唱至終；張大復《醉菩提》第二十九出用於第二支曲，寫老旦扮太后往寺拈香，由老旦、小生扮宮女、太監等眾人同唱前半段，後半段則由末扮老僧德輝分唱至終；葉稚斐《英雄概》第十出寫副扮朱溫、丑扮孟捷海先後往投淨扮黃巢，並聚眾起兵圖反，此爲最終曲，用於眾人擁戴黃巢爲帥，先由淨、副淨、丑、眾同唱一、二句，再由淨分唱第三至五句、丑副同唱第六句、淨分唱第七句，最後再跟眾合唱八句至終。故知一曲分配眾人，分分合合，或獨或同，饒富興味。

李漁於上引引文最終處說：「戲場之曲，雖屬一人而可以同唱者，惟行路、出師等劇，不問詞理異同，皆可使眾聲合一。」〔註35〕此處所列二支曲牌的十餘則劇例，也具有行路或出師的性質，由此可知這類曲牌可以一人獨用，也適於眾人使用複合式唱法，鄙意以爲原因即在於其曲牌性質可粗可細，故可彈性運用。

（二）同一套式因應劇情所需，作適當的調適變化

李漁上段引文，還舉《琵琶記》〈賞月〉一折爲例說明，他認爲劇中人物應該獨唱、分唱、合唱或者同唱，必須靠「作者深心」安排適宜劇情所需的

〔註34〕見許之衡：《曲律易知》，頁79、頁104。
〔註35〕同前註。

方式以收烘托、渲染之效，即該折「之妙，全在，全在共對月光，各談心事。曲既分唱，身段即可分做，是清淡之內原有波瀾；若混作同場，則無所見其情，亦無可施之態矣。」〔註36〕吳梅也有類似的說法，他在《曲學通論》中說：「南詞則一套之中，唱者多人，意境勢難合一，不獨生旦同場，必須分清口角，即同是一生，同是一旦，措辭亦須各有分寸，名為一套，實則一曲一意。」〔註37〕所謂「措辭各有分寸」，其深意不止在於符合腳色本身的行當特質，也可以用來解釋因應劇中人物的心情、立場而作適當的調配與變化。以下舉越調【小桃紅】套作具體的說明：

越調【小桃紅】、【下山虎】、【山麻楷】、【五韻美】、【蠻牌令】、【五般宜】、【江頭送別】、【江神子】、【尾聲】等曲，許之衡《曲律易知》卷下歸為「悲哀類」排場套式，並註云：

> 【小桃紅】一套，凡悲劇照例用之，或長或短，任人配搭。（頁103
> ～104）

本套屬中、長套，前數曲有贈、後多無贈，不限何腳任唱，凡悲哀場面皆可「照例」使用，因此可以衍生出多種不同的唱法配搭：

1、由二、三腳獨唱各曲

如：李玉《清忠譜》第十七出用於小生扮周茂蘭改裝入監探父，卻眼見生扮父親周順昌被囊首身亡，用該套八支：首曲寫初時身受重刑的順昌一息殘喘，乍聞兒子前來倏地驚唱；次至四曲寫父子相見，捶胸哭跳、哀嚎不止，先後痛訴死別前的叮囑；後獄卒上場，一大段動作描寫強將順昌囊首，茂蘭眼睜睜見父親身亡，滾地跌哭第五支曲；後獄卒護送茂蘭出監，留下茂蘭悲唱第六曲；第七曲寫義士朱完天路過扶持茂蘭；末曲由茂蘭痛陳「囊首活殺了」父親的經過，留下哀哀低鳴迴盪於黑夜。

2、由二、三腳或獨、或分、或合唱各曲

如：張大復《金剛鳳》第八出寫生扮錢婆留借宿淨扮金剛女家，與女大戰後敗，同樣用該套八支，首二曲由金剛女與老旦扮母親各自獨唱家常絮語，三曲母女分唱後老旦下場，四曲由金剛獨唱表喝酒時卻聽聞男聲大驚，五曲由生、淨分唱互罵開打，六曲生、淨廝殺一陣後淨贏生敗，故先是生淨合唱

〔註36〕同前註。

〔註37〕見《吳梅全集》（前揭書），頁189。吳梅此段本意雖指賓白的重要性，但若用來解釋因應劇情所需而「分清口角」，使措辭各有分寸，亦無不可。

後、淨分唱至終，七、八曲爲老旦、淨獨唱，爲老旦勸解、淨終接受。

3、單種唱法、複合式唱法均有，即一套唱法多變

如：李玉《千鍾祿》第六出用套七支，寫燕兵攻城，末扮吳成學、外扮史仲彬、小生扮程濟等群臣尋至生扮建文帝，協助建文出奔，首曲由丑扮太監奔上急告宮殿失火，與眾臣商議對策，故丑、小生、眾先後加入合唱；次曲由生獨唱自盡前的一番痛哭；三曲寫群臣勸慰建文留得青山在，猶有中興日，故爲眾人同唱；四曲寫建文無計可施、群臣紛紛獻計，前半由生獨唱，後半由眾人同唱；五、六曲寫眾人尋得先帝遺篋，協助建文改扮大師模樣，均先由眾人同唱，後由生獨唱，再由眾人同唱至終；七曲寫眾臣護送建文下船逃脫，由眾人同唱前半，生獨唱後半。

再如朱素臣《翡翠園》第七出，同樣用套七支，寫丑扮王饅頭爲了報恩放走生、小生所扮舒德溥父子，並由貼扮翠兒看顧老旦扮舒母，一開始德溥先向妻、子訴說觸怒麻府經過，妻、子憂心，故首曲由生、老旦、小生分唱以各表意見；後翠兒急上，告知公差將至，德溥還兀自悠哉，妻、子卻心急如焚，故次曲由貼、生分唱前半，老旦復和小生同唱接續後半段；後饅頭至，與恩人德溥相認，三曲便由丑、生分唱；接著，眾人七嘴八舌焦急討論，先是舒家即將離別，故痛哭一番，第四曲三人合唱後再由生獨唱；後由饅頭挺身而出、私放人犯，丑獨唱第五曲表示決心報恩並擔待一切後果；後翠兒跟進，主動表示看顧舒母，舒家拜謝二人，故第六曲先由貼、丑分唱，後小生、老旦、生加入合唱，最後生獨唱兩句至終以示悲憤。末曲爲眾人分離前的同唱悲歌。

以上數例僅舉一隅，事實上越調【小桃紅】套頗爲常見，用法亦多，但爲求筆墨精簡恕不再贅，相信由上引諸例便可見一斑。

南曲唱法一改北曲之弊，一支曲牌從一人獨唱衍生出數人分唱、合唱、同唱，再進一步配搭組合爲多種唱法同時進行，再加上任唱腳色，則其變化多端、滋衍無數，不言可喻。然其變化之道，不外乎劇作家對於曲律的嫻熟以及排場的掌握，從上引數例可見，【小桃紅】套聲情悲切嗚咽，既可用於一人慷慨痛陳，也可用於眾人同聲一哭，還可以參差錯落、先後訴表，端視劇中人物的心緒、情境作適度的調配與安排，如此一來，聲情與曲情絲絲扣合，自然感發人心、盛傳歌場了。本節從排場三要素之一——腳色去思考其與聯套之間的關係，並將焦點鎖定在與曲律切身相關的演唱方法，就是希望從另一角度觀察清初崑腔曲律的發展景況，而透過以上的探討，可以發現清初劇作家作品猶如百花競放，

變化既多、丰姿各具，無疑地宣告著清初曲律已臻爐火純青之境。

第三節　聯套規律與關目

　　明末東山釣史在〈《九宮譜定》總論〉中「用曲合情論」條云：

> 凡聲情既以宮分，而一宮又有悲歡、文武、緩急等，各異其致。如
> 燕飲、陳訴、道路、車馬、酸淒、調笑，往往有專曲，約略分記第
> 一過曲之下，然通徹曲義，勿以爲拘也。〔註38〕

可知劇作家對於經常出現的情節「往往有專曲」，亦即「關目」和「套式」之
間存在著某程度的對應關係。本論文既在考察清初崑曲聯套規律的變化，便
須探究清初蘇州劇作品中聯套與關目之間的運用情形。所謂「關目」，李惠綿
在《戲曲批評概念史考論》中有很清楚深入的說明：

> 包含兩種意義：其一等同「情節」之義，其二「關鍵情節」之義；
> 後者可從兩方面考釋。首先從語詞結構形式分析，「關」是關鍵，「目」
> 是眼睛，爲人類五官之靈魂，最爲重要。兩個字都是名詞，合爲一
> 詞成爲聯合式合義複詞，意指「關鍵重要的情節」。〔註39〕

該文從戲曲批評美學的角度來追溯該詞的運用，則知早在元代就已用指情
節，並據以爲重要的評劇原則；明清以後逐步建立理論體系，並延伸至章法、
結構乃至於排場等觀念，如明末孫鑛論南劇「十要」，將「關目好」與「搬出
來好」等條件比並觀之；〔註40〕民國以來，許之衡、王季烈等位曲論家每每
論及「劇情」與排場之間的關係，而劇情取決於關目，可視爲遙承清人說法
而將「關目」的觀念進一步拓展；當代前輩學者張清徽先生、曾師永義正式
將「關目」納入排場要素之一，至此，「關目」一詞所涵涉的意義及其運用，
從元明清以來曲論家的批評美學層面，延展到劇作家的實際創作層面。〔註41〕

〔註38〕明末東山釣史〈《九宮譜定》總論〉，收入任訥編：《新曲苑》（據民國二十九
　　　年昆明中華書局舊刊本影印，台北：台灣中華書局，1970 年），第一冊，頁
　　　181～182。

〔註39〕李惠綿：《戲曲批評概念史考論》（台北：里仁書局，2002 年），第四章〈關目、
　　　情節論〉，頁 201。而李先生說明從詞彙結構的角度解釋「關目」一詞，是曾
　　　師永義在課堂上的說法，請見該文註腳 10，頁 227。

〔註40〕請參見李惠綿：《戲曲批評概念史考論》第四章〈關目、情節論〉全文論述。

〔註41〕李惠綿先生首先注意到「關目」一詞研究層次的不同，請參見同前註，頁 202
　　　～203。

本章既以排場處理爲論述的主軸，此處的「關目」自以後一層面切入探討。

至於，何以「關目」原指一劇之中「關鍵重要的情節」，會層層發展爲構成排場的重要基礎呢？鄙意竊以爲戲曲創作之始，某位劇作家匠心獨運地構思關鍵重要的情節，此情節若受到觀眾、讀者的喜愛必定廣爲流行，便容易引起後起者的仿效、襲用，甚至奉爲規範、準繩，形成相對固定的程式，再配合適當的套式、腳色，便成了近人歸納、整理而出的種種排場類型。

因此，若要觀察清初蘇州劇作家作品中對於「關目」與聯套規律之間的關係及其排場的處理，便必須將視角放在歷史的脈絡中，探看明代關目延至清初是否繼續襲用、規範的問題。而在此視角之下，又可分爲兩種情形：一爲單一關目的發展，一爲全本關目結構的方式：〔註42〕前者著重在單一排場的關目內容，立足在關目本身來看，可觀察某關目自明至清相應套式的變化；立足在作品本身來看，則可探討全劇篩選舊物、開發新型的情況。後者則重在關目與全本章法、佈局方面的整體架構，然而此點又和所選套式以致呈現出來的排場有密不可分的關係，因此姑置於下一節與排場詳述。職是之故，以下便依序展開上述論題：

一、明代既有關目大抵不變的傳承

對於明傳奇的襲用關目整理最力者，當首推許子漢《明傳奇排場三要素發展歷程之研究》，該書《研究資料彙編》〈甲編・襲用關目〉歸納出明傳奇至少襲用三本以上的常見關目高達六十個，有的關目甚且列出常用套式以資參考。筆者才疏學淺、力有未逮，尚未能將這六十個明代關目在清初蘇州劇作家作品中一一檢視、逐番考察；然而，本文既然重點在於崑曲聯套規律而非關目，在有限才力及篇幅之下，擬舉具代表性數例作深入的討論，冀能嘗一臠而知全鼎、窺一斑以見全豹。

舉例的標準爲許書歸納襲用劇本甚多、且有相對固定使用的套式者；大抵人生不外悲歡離合、喜怒哀樂，此處所舉爲「婚禮」、「設計謀害」、「送別」、「酒宴」四者如下：

（一）婚 禮

「婚禮」爲戲曲中經常出現的場面，許書歸納明傳奇中共出現一百二十

四例，此間最常搭配的套式計有：

（1）【惜奴嬌】、【鬥黑麻】、【錦衣香】、【漿水令】

（2）【畫眉序】、【滴溜子】、【鮑老催】、【滴滴金】、【鮑老催】、【雙聲子】

（3）【錦堂月】、【醉翁子】、【僥僥令】

（4）【梁州序】、前腔數支、【節節高】、前腔數支

（5）【山花子】、【大和佛】、【舞霓裳】、【紅繡鞋】

（6）【好事近】、【千秋歲】、【越恁好】、【紅繡鞋】（《歷程》頁272～275）

查清初蘇州劇作家作品亦常出現「婚禮」情節，使用上述（1）套式者有《秦樓月》第二十八出、《翡翠園》第二十六出、《雙福壽》下本第二出；使用（2）套式者有《太平錢》第二十四出、《英雄概》第十六出；使用（3）套式者有《五高風》第三十一出；使用（4）套式者有《三報恩》第十五出；使用（5）套式者有《鈞天樂》第三十二出；使用（6）套式者有《人中龍》第三十出、《幻緣箱》第三十三出。以上數例多承襲明代套式，幾乎沒有太大的變化，至多是增減一支曲子，如：《翡翠園》減去【鬥黑麻】，《太平錢》減去【滴溜子】、【鮑老催】只用一次，《幻緣箱》改【好事近】為疊用【泣顏回】等等，均無礙於套式的整體架構。

（二）設計謀害

除了主要腳色代表正面的形象之外，戲曲中往往穿插次要腳色扮演負面形象人物，以展現人生永不休止的正邪鬥爭議題，故「壞人」設計謀害「好人」的情節也就屢屢出現而成為襲用「關目」，明傳奇共計八十六例，一般由淨、丑腳以賓白敷演後疊唱下列曲牌成套：

（1）【鎖窗郎】，如：《永團圓》第五出以副淨扮賈金、丑扮畢如刀向淨扮江納獻計逼退蔡文英婚約。

（2）【奈子花】，如：《九蓮燈》第三出以丑扮太監羅憲、淨扮平章霍道南設計行刺皇上、嫁禍史后。

（3）【好姐姐】，如：《蓮花筏》第十出以副淨扮佞臣李諫明專訪淨扮相國方鼎設計陷害齊國用。

（4）【四邊靜】，如：《五高風》第十一出以丑扮尤仁遭蕭家回絕婚事，怒與副淨扮鄭豹商議陷害文錦。

（5）【剔銀燈】，如：《一捧雪》第十出以副淨扮湯勤向淨扮嚴世蕃告發

玉杯是假，並且獻計帶人搜府。（《歷程》頁 322～324）

明傳奇「設計陷害」關目常用的套式完全沿用至清初，且因疊腔變化有限、擔綱此目之主腳也非淨、丑莫屬，故可知此關目屬於變化不大的類型。

（三）送 別

「離別」是人生中從不缺席的主題，明傳奇以此為「關目」者高達一百九十六例，常用細曲組套以呈現宛轉纏綿之情，計有下列套式：

（1）【園林好】、【江兒水】、【五供養】、【玉交枝】、【川撥棹】

（2）【催拍】、【一撮棹】

（3）疊用【催拍】

（4）【江頭金桂】、【憶多嬌】、【鬥黑麻】

（5）疊用【尾犯序】（《歷程》頁 247252）

清初作品使用（1）套式者有《十五貫》第二出、《吉祥兆》第五出；使用（3）套式者有《太平錢》第十一出、《眉山秀》第十三出、《萬壽冠》第九出；使用（4）套式者有《麒麟閣》第一本第十四出、《豔雲亭》第八出、《雙冠誥》第六出、《秣陵春》第二十六出；使用（5）套式者有《萬壽冠》第九出。同樣地，上引諸例均和明代套式大抵相同，僅一、二支曲牌的增減小異。然而，值得注意的是，（2）【催拍】、【一撮棹】在清初甚少使用於「送別」關目，僅有鄒玉卿《雙螭璧》第八出用於官兵將至，生扮裴正宗建議小生扮友龍昇往投白蓮教，二人乍別，稍近於此；其他如：李玉《一捧雪》第十二出用於湯勤唆使、嚴世蕃寫本編派莫懷古竊盜神器、玩國欺君的罪名，交付丑扮家將前往捉拿，此二曲便由淨、副淨分別與丑合唱；張大復《醉菩提》第二十三出疊用【催拍】三支，寫生扮道濟、淨扮孝子黃小乙避雨龍王廟，道濟三度救護孝子避過雷擊之難，數曲分別由淨、生獨唱及分唱。後二者均和「送別」無涉，清初使用此套者僅此三例，其他多是獨用【催拍】或者和他曲疊用，可知清初此套不僅使用率減低，其功能也移轉到其他情節的鋪陳之上，不再與「送別」關目合用了。

（四）酒 宴

酒宴的性質及功能很多，許書的定義是「演出宴飲之事，如賀節、賞玩、交誼、洗塵等。」在明代出現之數竟高達三、四百例。其歸納最常使用的套式有：

（1）【錦堂月】、【醉翁子】、【僥僥令】

（2）【山花子】、【大和佛】、【舞霓裳】、【紅繡鞋】

（3）【畫眉序】、【滴溜子】、【鮑老催】、【滴滴金】、【雙聲子】

（4）【惜奴嬌】、【鬥黑麻】、【錦衣香】、【漿水令】

（5）【梁州序】（【梁州新郎】）、【節節高】

（6）【集賢賓】、【黃鶯兒】、【琥珀貓兒墜】、【簇御林】

（7）【念奴嬌】、【古輪臺】

（8）【降黃龍】、【黃龍滾】

（9）疊用【玉芙蓉】

（10）疊用【駐雲飛】（《歷程》頁 258～268）

　　以上諸式，（1）至（5）多和「婚禮」關目重疊，乃因他們都是普通可用的歡樂類套式，清初（1）、（2）則多用於「婚禮」而不見於「酒宴」，其他：使用（4）套式者有《四大慶》第三本第十出；使用（5）套式者有《麒麟閣》第一本第二十三出、《鈞天樂》第十九出；使用（6）套式者有《一捧雪》第九出；使用（8）套式者有《雙福壽》下本第七出，以上都是清初承襲明代大抵不變者。相較於上述三例，此「關目」與套式配搭的情形變化較大：第（9）、（10）套式不復見用於「酒宴」關目，第（3）、（7）套式則多有變化，待後文介紹。

　　總上所述，雖僅從六十個明代襲用關目中挑出「樣本」，就其所用「套式」與清初進行分析比較，但已可見其間的傳承與演變之跡：有些關目由於情節內容較為固定，所以大抵傳承較少變化，如「設計謀害」；有些則因內容包含廣泛，故變異性較高，如「酒宴」；有些則可視劇情所需作適當的調整，如「送別」、「婚禮」。再就套式而言，大部分明代固定使用的套式仍能被延續到清初，至多是一、二套漸漸摒棄少用，但並未發生完全偏廢悖離的情形，可見其相對穩定的傳承性；然而，更值得注意的是，清初也某程度地出現了套式上的發展與變化，以下將接著探討。

二、清初傳承中仍有適應新局的變化

　　王季烈曾經以《長生殿》為例說明其排場之妙：

　　　《長生殿》全部傳奇，共五十折，除第一折〈傳概〉為上場照例文

章外，共計四十九折，不特曲牌通體不重複，而前一折之宮調與後
一折之宮調、前一折之主要腳色與後一折之主要腳色，絕不重複。
〔註43〕

可知一部成功的劇作，在整體結構上要能參差錯縱參伍、避免重複板滯，就
套式而言，便是求聲情的調適；就關目而言，便是求劇情的變化，蓋嚷嚷人
生百態，事物理當千變萬化，縱使襲用日久形成自然，焉有一成不變之理！
因此，接下來便要觀察上舉關目四例，在因應個別不同的劇情及聲情所需時，
與之相應的套式將有幾種變換調節的方法，鄙意以爲可大致歸納爲四：

（一）由一般曲牌改爲集曲

這可說是最常見的調適手段，集曲本以變化聲情爲要，許之衡認爲集曲
之興：

> 非必曲家故爲狡獪也。蓋一部傳奇中各折套數，例以不複用曲牌爲當
> 行，此牌前套已用之，後者既不便複用，而另選他調，或不若此調相
> 宜，則改用集曲以稍變其面目，求合於不複用曲牌之例耳。〔註44〕

當某曲調已經使用，而別曲又不比原調適宜時，可改用集曲，既避免重複，
又可變其面目，如：朱素臣《九蓮燈》第三出，以淨、丑合唱【奈子春】，即
由【奈子花】變換而來。除了上述兩種功能之外，變換集曲還可與劇情發展
作緊密的結合，以製造更強烈的戲劇效果，達到層出不窮的變幻之妙，如：
李玉《永團圓》第七出、畢魏《竹葉舟》第十五出均有別於一般「酒宴」關
目僅作歡樂之用，而有設宴者別有居心、赴宴者吉凶難料的詭譎氣氛：前者
用於蔡文英赴岳父江納宴，卻遭逼寫離書，爲求脫身只得假意暫從；後者寫
劉琨赴王愷宴，遭王、孫秀灌酒醉後暗殺，幸而石崇趕至救出。

兩位高明的劇作家不約而同地改（3）套式爲【畫眉姐姐】、【啄木鸝】、【三
段催】、【滴溜神仗】、【滴金樓】、【黃龍醉太平】、【雙聲滴】、【尾聲】，此套爲
「變套集曲」，乃結合原先套式與【好姐姐】、【啄木兒】、【三段子】、【神仗兒】、
【下小樓】、【黃龍滾】、【滴溜子】等曲而成，【三段子】以後五曲皆爲無贈的
快板曲，兩相結合之下，在本應歡樂的場面中平添一股劍拔弩張的緊張氣息，
恰合劇情所需。

〔註43〕王季烈：《螾廬曲談》（前揭書），卷二〈論作曲・第四章論劇情與排場〉，頁
28。
〔註44〕許之衡：《曲律易知》（前揭書），卷下〈論犯調〉，頁143。

（二）存用具代表性之少數曲牌

上一章論及清初蘇州劇作家用曲支數多寡時，曾經提到較諸明代，清初用曲偏短，即由中長套往中短套靠攏，這個現象可以從多方面驗證，例如此處，部分蘇州劇作家作品襲用關目雖仍採用原本相應的套式，卻大幅刪減曲牌，甚且只剩下寥寥一、二曲，如：朱素臣《聚寶盆》第四出寫月老主持南海龍王之子鰲太子與蚌精成婚，僅用眾人合唱一曲【山花子】；畢魏《竹葉舟》第十一出寫生扮石崇與綠珠在驛館成婚，在眾腳色吹打之下，生旦上場拜堂後由生唱【紅繡鞋】一曲繞場同下，二劇中的婚禮皆非重要情節，前者甚且只是配角，故爾從簡，用一曲象徵性帶過即可。

再如：李玉《牛頭山》，其最終出第二十五出寫皇上賜婚岳雲、鞏氏，眾人忙擺香案、跪聽聖旨，一門旌獎榮光，眾人起身謝過之後，便由末扮太監、二生扮岳飛父子合唱一曲【畫眉序】以示完婚；朱雲從《龍燈賺》第三十一出寫王碧復官，與檀道濟兩家聯姻，新人拜堂合巹時乍見新郎胸前掛鏡，始知二家子、女互易事，真相大白、皆大歡喜，小生、貼旦所扮一對新人重新各認爹娘，並合唱【山花子】即是禮成；王續古《非非想》第三十三出寫誤會盡釋，佘重、項瑤枝完婚，先是由眾人紛紛取笑佘重假扮、瑤枝誤認等風流韻事，後同唱一曲【山花子】作為結束，此三例皆在劇終，不宜冗長拖沓，故同樣以代表曲牌象徵性帶過，【山花子】是嗩吶同場大曲，【紅繡鞋】宜用疊板同唱，恰足以渲染所需氣氛而又可收簡潔有力之妙。可見這樣的修改，都是為了劇情所需。

（三）原套式中插、換別曲

另有一種情況，是因應劇情所需，在既有襲用套式之中插入別曲，以作適當的調適變化，如：張大復《紫瓊瑤》非常特別，寫生扮燕脆樂善好施，卻年老無子，老旦扮妻王氏擬暗中納妾，第九出便是寫燕脆返家，被王氏醉以美酒，強與二妾合巹，在原本「婚禮」關目中的（2）套式中加入【啄木兒】、【三段子】曲由生、老旦分唱，後二妾又加入同唱，表示燕脆不願、老妻勉力說服，又插入【下小樓】一曲以老旦獨唱，宣洩王氏盡心為燕家無後善作安排、夫婿卻不「領情」的「委曲」；朱佐朝《血影石》第十三出寫二旦扮番邦女子入貢賜宴歸國，淨扮北平按察使司陳瑛陪席，先是二旦、淨分、同唱【梁州新郎】二支之後，陳瑛卻心存調戲，換用鴛鴦玉杯強行勸酒，改唱【生薑芽】，二旦惱怒接唱【前腔】後拂袖而去，宴席不歡而散；葉稚斐《英雄概》

第三十一出寫皇上歸都，於武英殿大宴功臣，在用【念奴嬌序】二支之後，換【古輪臺】爲【催拍】，寫皇上親執存孝之手賜婚鄧女以示愛才；陳二白《稱人心》第三出寫宰相衛廷謨六旬壽宴，各地紛紛來賀祝壽，在原先「酒宴」關目中的（3）套式中二度插入【神仗兒】曲，由淨扮差官、生扮長班表示宴席中不斷有人登門祝賀。以上諸例便可見出，種種插曲、換曲的變化也是爲了調劑劇情所需，使其聲情更爲貼近切合。

（四）乾脆換用別套別曲

還有相當部分的另一種情況，是乾脆不用舊套式，用別的套式或曲牌取代原本襲用的套式，〔註45〕如：「婚禮」關目中，李玉《眉山秀》第六出單用【玉芙蓉】一曲、《千鍾祿》第二十五出用【玉芙蓉】、【普天樂】二曲，朱素臣等《四大慶》第二本第二十、二十一出換爲集曲【錦芙蓉】、【芙蓉樂】；尤有更甚者，吳偉業《秣陵春》第三十四出甚至用【賺】，因前一排場由生扮徐適懊惱驚散了展娘魂魄，兀自言語之間，由眾人吹打抬轎同唱【賺】曲將貼扮裊煙爲新娘簇擁上場，同時排場轉換眾人下場，剩下生、貼分唱雙調【園林好】套爲洞房絮語、訴說來由；朱素臣《十五貫》第二十六出用中呂【粉孩兒】套，此套前述多半用在劇情急遽處，此出用於婚禮，是爲了凸顯兩對新人又驚又疑、又惱又懼、又焦又慮的複雜心情，故爾罕見地用此快板曲組成的套式來敷演婚禮。

至於「設計謀害」關目，由於本身襲用套式多是疊用粗曲即可，故清初亦多見換用別曲者，如：李玉《一品爵》第十出、朱素臣《聚寶盆》第十三出疊用【吳小四】，朱素臣《未央天》第五出用【香柳娘】，畢魏《三報恩》第二十八出用【雙鸂鶒】，張大復《讀書聲》第十二出用【水底魚】，陳二白《稱人心》第十二出用【玉交枝】，朱雲從《龍燈賺》第六出用【玉抱肚】等等，其例甚多，族繁不及備載。「送別」關目在明代多用【催拍】、【一撮棹】，到了清初反而常用仙呂【長拍】、【短拍】，如；李玉《一捧雪》第三出、《眉山秀》第十六出；或者如：《眉山秀》第九出、朱佐朝《豔雲亭》第九出用【三學士】，均是較爲特別的例子。凡此種種，均可見出清初劇作家在襲用關目的同時，也力求套式的多方開展與創新。

事實上，「關目」與「套式」之間本無必然絕對的相應關係，只是劇作家

〔註45〕 事實上，由於筆者囿於才力駑鈍，未能將明傳奇一一翻遍去檢驗該套式是否果然未曾在該關目中使用過，僅能以許子漢《歷程》所錄爲基準，謹此說明。

們積年累月以來認爲相對上適合套用因而沿襲成性而已，在清初崑腔曲律已發展至極、傳奇創作已達顛峰之時，劇作家們嘔思跳出牢籠、以新耳目，是非常自然的事，從本論文自始至此多方的討論便已可見清初曲律在各方面的轉變；再加上劇情本身細微的不同，清初蘇州劇作家們於關目的襲用上，一方面傳承明代慣用套式之餘，也一方面爲貼合劇情而開拓新局，從集曲、插用、換曲等方面調適新的聲情以求美善，不啻是從另一方向再次映證了清初曲律的多變風貌。

三、清初對舊關目的調整與汰減

以上二點，是立足於關目本身，觀察某關目自明至清相應套式的變化；接下來要轉換角度，再從作品本身出發，探討一劇之中是否有篩汰舊關目、開發新關目的情況。

許子漢《歷程》中提到「單一關目的發展」時說：

> 觀察單一關目的發展，即可利用襲用關目的整理，從兩個方向著手，第一爲襲用關目的創生與襲用狀況的演變。所謂「襲用關目」並非一開始即存在，必然也是經由某位作家的創造，爲某一情節設計了某種表演的內容而產生的。因此，襲用關目可以在不同時期被創生，也有可能在一段時間的沿用後，被捨棄不用。這樣的演變過程是觀察關目發展必須注意的。其次，關目經創造以後，後起的作家也不盡然全盤襲用，也可能對前人的作法略作修整，因此襲用關目的內容可能不斷有新的發展。對已有的襲用關目的修整調適，也可提供單場關目發展的另一個觀察角度。〔註46〕

據此觀念，也可以應用在清初對於明代既有成果的保留修整或捨棄創新之上，若再結合套式加以觀察，或許也可以揣摩其間興廢存亡之跡了。綜觀清初蘇州劇作家五十五本傳奇作品對於既有關目的使用，大約有以下幾種情形：

（一）晚明新創關目沿用與否

許子漢《歷程》中發現，明傳奇近六成的關目，是在第一期就已經大抵出現，奠定了日後的基礎；第四期因《牡丹亭》的出現興起另一類型的寫作

〔註46〕許子漢：《明傳奇排場三要素發展歷程之研究》（前揭書），第二章〈論關目〉第四節〈單一關目的發展〉，頁57。

題材，故爲關目創生帶來第二次高峰；第二、三期續補第一期之不足，第五期因爲明代尾聲故無新式出現。然而，明中、晚期以後創新的關目是否繼續沿用入清，則需另作考察。〔註47〕筆者試作續貂，據其研究所得觀察清初蘇州劇作家作品，赫然發現：其傳承比例相當低微！據《歷程》所知，創於第四期者有：「寫眞」、「玩眞」、「幽媾」、「冥判」第二類、「夢遇」、「魂遊」、「投庵」、「閱卷」、「船難」等九目。（頁 62）若照《歷程》對於上述關目內容的定義，則此九目被延續至清初者竟只有三目，且都大異其趣：

「魂遊」演出女子死後靈魂遊蕩，來到寺廟之中，驚見自己之靈位而悲感，皆由旦腳演出。（頁 315）清初作品中有死後遊魂的情節本已不多，細節也和明代不同，如：吳偉業《秣陵春》有描述展娘魂遊情節，但非死亡，而是攬鏡之餘魂魄被耿仙人攝走以撮合她和徐適的姻緣，「魂遊」情節在於第二十八出〈魂飄〉，是寫展娘魂魄一路南尋返家，屬於過場；李玉《清忠譜》第二十折〈魂遇〉更非旦腳，而是生扮周順昌死後忠魂與淨丑等五人扮飾的五義士魂魄於空中相遇並獲授天職，以正宮變套集曲【傾杯賞芙蓉】五曲壯其忠烈。

「閱卷」演初試官閱卷過程，皆有神明出場干涉，使其昏亂或者施法威嚇，使得劇中男主腳高中。（頁 337）清初最具代表性者爲畢魏《三報恩》第十二出〈闈決〉，末辦主試官薊遇時，唱南呂【太師引】二支，無涉於神明干擾；尤侗《鈞天樂》第四出〈場規〉結合試場與閱卷兩關目，開頭有「淨扮魁星無筆，手持大錠，斗內放小錠一串，踢出舞介」，以示這是一場重財不重才的考試，接著敷演試場，照例由末扮考官，主腳二生與淨、副淨、丑演出考試經過後下，留末在場上批卷，以獨唱一曲【撲燈娥】作結。整體說來，也和許書所述不同。

「船難」關目皆有神明從中作法，製造災禍，演出時人物多次上下場，表示在水中飄流浮沈的驚險。（頁 337）但清初不僅甚少出現，演出也不同，如：李玉《人獸關》第二十二出〈拯溺〉寫老旦、小生分扮施家母子返家途中覆舟，幸遇外扮俞德搭救並結爲姻眷，「船難」經過僅由老旦、小生同唱【山坡羊】、【水紅花】二曲，並由諸多動作提示：「內鳴鼓介」、「內鳴鑼鼓，作翻船介，老旦、小生、淨喊救人下」、「眾喊上」、「外急上」，整個過程簡潔有力，並不須由「人物多次上下場」來敷演驚險場景，而自能俐落流暢，請更有利於劇情的繼續前進。

〔註47〕許子漢：《歷程》（前揭書），第二章〈論關目〉第五節〈小結〉，頁64。

藉由以上比對，可知在關目部分，清初對於明中、晚期以後創生者幾無傳承，換言之，清初不是沿用早期即有的「資深」關目，就是自創新式。這一點，不禁讓人聯想到上一章對於明代聯套延至清初興亡存廢的問題，無論關目或者套式，明代傳奇所用將近六成是早在傳奇第一、二期即已創始並得沿用，後期創生的新型反而壽命甚短，不獲用至清初。這種現象意味著什麼呢？請見接下來分析。

（二）舊關目的內容調整

上述三例嚴格來說其實不能算作明代的沿襲，因為都各有改變而風情不同，與此相近者，清初很多雖然是沿用早期即有的「資深」關目，演出方式卻一改既定規格，而呈現新的旨趣，〔註48〕如：

「冥判」可分為三類：一是審理數起生前為惡之事，以示因果報應，出現於第三期；二是死者為情而亡，經查明尚有姻緣之分，下令還魂，起於第四期；三為劇中主腳冤屈而死，最後成為神靈勘問陷害者，以報前仇，起於第二期。第二類型不見傳承，已如上述；第一類則是很多傳奇習見的典型，多半曲白並重，唱曲多用插白，造成問答形式。被告多用曲，主審者多用白。（頁307）清初卻見調整，如：

李玉《人獸關》第二十六出〈冥警〉寫淨扮桂薪欲刺滑稽，卻夢外扮閻王審判，唱雙調【新水令】南北合套，北曲首四支由外獨唱，南曲則分別由淨、生扮施濟魂、旦扮桂妻尤氏、淨獨唱，末二支北曲仍由淨獨唱自夢中驚跳而醒，悔恨交加。全出雖然曲、白交替並重，但唱、唸者與劇中被告、主審的關係已然不同。第三類以尤侗《鈞天樂》為代表，該劇上本寫生扮沈白、小生扮楊雲才高八斗，卻因試官何圖受賄落榜，抑鬱而終；下本寫二人高中天榜，玉帝賜宴，分授天職，備受榮寵，第二十二出寫沈白巡察地府，重判古今不平事，第二十七出寫二人巡察人間，於衙門嚴懲何圖以及賈斯文、程不識、魏無知等行賄者，開始審判時即由二生或同唱、或分唱、或合唱【漁家燈】二支，何、賈、程、魏等人以賓白與之折辯，如此安排亦是顛倒舊式，

〔註48〕許子漢《歷程》第二章〈論關目〉第四節〈單一關目的發展〉第一點、舊關目的調整裡提到：「舊關目的調整有幾個方式，第一種是在相同情節與既有的表演上，增加表演的內容。第二種是保留同樣的表演內容，但卻用以演出不同的情節。」（頁57）此段分析細微精闢，但重點在於情節；本文重點不同，是在於關目與聯套曲律的關係，因此觀察點不同，結論也就稍異。

原因在於藉由沈、楊二人之口抒發人間憾恨不平，重點在於主審者而非被告。

再如「請媒」，演出喚來媒婆說親之事。媒婆多由淨或丑扮飾，依其表演特色可分爲「打諢型」與「非打諢型」兩類，而以「打諢型」爲多。多用賓白演出，隨即疊用兩、三支曲子結束。（頁 324）清初所用也有大幅調整，如：

李玉《太平錢》第十出〈憶姣〉寫生扮張老托副淨扮媒人張媽媽向韋家說親，全出用雙調【園林好】套，前四曲由生獨唱思念韋女，媒婆上場後第五至七曲曲、白交加，由生獨唱、副淨穿插賓白作爲問答，表示媒婆層層追問八旬張老的理想人選爲何。等到張老表示「垂涎」二八姑娘時，媒婆嗤之以鼻，大唱第八曲以示張老痴心妄想甚且拂袖而去，張老旋即唱第九曲表示慰留，媒婆才唱第十曲應允勉力爲之。綜觀整個請媒的過程，善用曲、白的變化以準確描繪劇中人物的心態與立場，實非既有關目一貫的插科打諢所能比擬。至於陳二白《稱人心》第十出〈託媒〉，甚且還將媒婆身份變爲老生所扮徐景韓，其意趣就和既有者相去甚遠了。

（三）舊關目的大幅削減與刪汰

以上二例是偏向舊關目的調整，還有一些例子是直接刪消既有關目的主要內容，甚且乾脆棄置不用，如：

「感嘆思憶」是以濃厚的抒情性表現人物思憶遠人、感嘆遭遇的內在活動，而非外在情節的推進，在明傳奇中佔有極大份量，獨立成出者高達一百四十例，往往由生或旦主演，表現形式以唱曲爲主。（頁 252）然而，照理說重要的關目理應繼承，到了清初卻非常少見獨立成出者，多半內容大幅削減，如：葉稚斐《琥珀匙》敷演姑蘇胥塤與桃佛奴的愛情故事，二人邂逅之初、兩相定盟之時，卻因桃父屈陷囹圄，佛奴只好離家允嫁束御史以救父出獄，第十二出〈賺桃〉寫旦扮佛奴遠鸎揚州的途中、第十三出〈矢貞〉寫抵達之後，佛奴始知被賺至青樓，照理說，二次出現佛奴都應該對於鴛鴦乍分、萍飄異鄉、誤墮紅塵的身世悲傷感嘆、哀怨思念一番，但前一出旦僅獨唱一曲【拗芝麻】，卻是理智地懷疑同船之人行蹤可疑，後一出所唱三曲都在表示堅貞矢志的決心，全因劇情的不斷往前推進而沒有獨立抒情的空間；男主腳的部分，第十六出〈報中〉寫胥塤往尋佛奴、第十九出〈途哭〉寫尋至桃家，始知分離之後事，照理說，也應該有大段唱段以鋪陳內心思念感嘆，但兩出僅僅分別獨唱一曲【步步嬌】與【山坡羊】，略微抒發景物依舊、人事已非的感慨。

　　可知相較於明傳奇往往「慷慨」地用大片唱段抒發心情、停滯劇情，清初用曲則簡省得多，連帶影響地就是這類關目內容的大幅削減精縮，取而代之的，是緊湊的劇情推進。

　　尤爲更甚者，是部分明代關目的廢棄不用，如：「製寒衣」、「拜月燒香」、「御試」、「道場法事」、「鬧廚」、「勸農」、「逼試」、「投庵」、「割股」等關目，查《歷程》所整理這類關目的劇例本也不多，少則十例以內，多則數十例，但不若部分關目有上百例之多，而這些關目儘管在明代仍被襲用，到了清初蘇州劇作家手中，就幾乎被廢置捨棄了。

四、清初完全創生的新關目

　　清初既然對於明代有所「推陳」，勢必也要有所「出新」，因此接下來討論清初所創發的關目，關於此點，自然和題材有直接的關係。郭英德《明清傳奇史》提到清初蘇州劇作家作品「就題材而言，主要包括社會劇、歷史劇（包括時事劇）、風情劇和神佛劇，而最能體現蘇州派作家創作成就的是社會劇和歷史劇。」〔註49〕對此，吳新雷有類似而更清楚的看法，他談到李玉等劇作家在創作本身來看，風格十分近似，尤其是在內容方面，更有突破的發展：

> 最可貴的就是積極地反映現實生活，在晚明劇壇充滿脂粉氣的庸俗氛圍裡，他們卻敢於打破陳套而面向現實。戀愛性的題材減少了，更多的是寫政治鬥爭，爲民請命，這就大大地開拓了傳奇戲的境界。他們在取材方面也都有類似的地方，如李玉在《一捧雪》中首創義僕代主受戮的關目後，朱佐朝在《瑞霓羅》、《九蓮燈》中採取了類似的構思；李玉在《五高風》中首創滾釘板告狀的排場後，朱素臣在《未央天》中也使用了同樣的技巧。……〔註50〕

這段文字旨在揭櫫清初蘇州劇作家別於明代的創新寫作風格，這無疑是李玉等人在戲曲史上的一大成就，學界已有共識；然而，若換一角度來看，這段文字恰足以證明自明至清部分關目的興衰存廢：戀愛題材的減少，反映在上述「感嘆思憶」、「製寒衣」、「拜月燒香」等既有關目的削減廢棄；描繪政治

〔註49〕郭英德：《明清傳奇史》（南京：江蘇古籍出版社，1999年），頁361～362。

〔註50〕吳新雷：〈李玉生平、交游、作品考〉，收入氏著：《中國戲曲史論》（南京：江蘇教育出版社，1996年），頁140～141。此書承蒙吳新雷教授於2000年11月慨贈筆者，感激之情，謹此誌謝。

鬥爭的社會劇、歷史劇增多，也使得前所未有的關目應運而生，上引「義僕代主受戮」即爲最明顯的例子，除此之外，筆者還認爲有「罵佞斥賊」、「神授異秉」等關目創生，茲說明如下：

（一）代主受戮

李玫《明清之際蘇州作家群研究》專闢一章討論在李玉等人劇作中形象極爲鮮明的一類人物「爲主獻身的『義僕』」，她分析蘇州劇作家描寫的義僕形象可分爲三種類型：一、殺身救主型，二、保主撫孤型，三、忠諫諍言型，〔註51〕幾乎網羅了所有清初蘇州劇作家作品中異於一般蒼頭、梅香的僕役形象，可謂觀察入微。不過，若從關目情節的角度來看，此處要集中於第一類型中「代主受戮」的環節來作探討。最具代表性者爲李玉《一捧雪》中的莫成，朱佐朝《瑞霓羅》僅從《曲海總目提要》略知劇情梗概，今已全佚；《九蓮燈》下本僅存四出，救主情節當在取得蓮燈、返回陽界之後，詳情不得而知，故均不予討論。但類似關目還出現在李玉《五高風》中的王成、朱雲從《龍燈賺》中的張恩，乃至李玉《千鍾祿》中的代戮忠臣吳成學、牛景先。

觀察上述劇作安排此關目的手法，均是主人遭受政治迫害，禍到臨頭，眾人焦慮著急、一籌莫展之際，義僕挺身而出，自願假扮主人慷慨替死，通常主人會先婉拒表示難以承受，義僕會進一步用兩個理由勸服：一爲深受主人豢養之恩，正是報答的時機；二爲主人身負祖宗重任，不能絕嗣無後；總之是「賤役萬死不足惜、主人的命才是命」的尊卑觀念。此時若有旁人，便紛紛感動佩服，一方面對義僕肅然起敬，二方面也勸說主人「顧全大局」，「成全」義僕的「壯舉」。至此主人方慨然允諾，眾人向義僕敬拜一番，繼而雙方易服換裝，主人奔逃。

以上是整段關目最完整的結構，可見於《一捧雪》第十四出〈出塞〉、《千鍾祿》第十三出〈雙忠〉、《五高風》第十五出，而各劇視場景不同而有小異：《一捧雪》時間較爲從容，故可安排莫成獨唱二曲【五般宜】、【亭前柳】，眾人同唱一曲【蠻牌令】，並穿插賓白與大量動作提示；《五高風》、《千鍾祿》則追兵將至、迫在眉睫，故以賓白爲主，最後再由眾人同唱一曲以表激情，《五》爲【掉角兒】、《千》爲【紅芍藥】；《龍燈賺》第十四出〈報主〉稍微不同，主人王元成不在場並不知情，是末扮義僕張恩私下跟淨扮解軍「請求」，故全

〔註51〕李玫：《明清之際蘇州作家群研究》（北京：中國社會科學出版社，2000年），頁142。

出主腳在末的身上，由他獨唱北越調【鬥鵪鶉】套，淨就權代主人與旁人的立場，先是推拒、後是敬拜感佩。

諸如此類的情節，還有朱素臣《未央天》第十三出〈藥酒〉寫義僕馬義之妻臧婆飲藥自盡，以獻首級；《秦樓月》第十五出〈真拒〉寫陳素素與婢繡煙同落山賊之手，山賊意欲強佔，繡煙以身阻擋而死等等。這兩部雖然情節不盡相同，但其「蒙主厚恩、以身相報」的觀念是一致貫通的，劇中人物的對白也如出一轍。另外，《五高風》第二十三出、《未央天》第十六出〈擊鼓〉均寫義僕王安、馬義滾釘板控訴申冤，朱佐朝《九蓮燈》〈闖界〉寫老僕富奴闖入陰界求取蓮燈，都是這一類型情節的延伸與發展。

清初蘇州劇作家之所以一窩蜂地創新此類關目，除了眾人所論「義僕」觀念盛行之外，[註52] 鄙意以為此類情緒壯烈沸騰的劇情，可提供舞台上搬演口味辛辣嗆濃的場景，如《一捧雪》莫成的唱段、《未央天》馬義的滾釘板，仍是今日舞台盛演不衰的重頭戲，更何況當初新創之時，必能引起觀眾熱切的興趣，而收到強烈的劇場效果。因此，此類關目之興起，或許可以從舞台搬演的角度，去重新詮釋其創新的時代意義。

（二）罵佞斥賊

伴隨著描繪政治鬥爭的社會劇、歷史劇增多，還有一類創新的關目是嫉惡如仇的忠臣痛罵當朝奸佞禍國殃民，筆者姑且名之為「罵佞斥賊」，異於一般傳奇經常出現的「奏朝」，以奏章的方式彈劾奸佞，此類關目行動更為激烈、情緒更為憤慨，往往是忠奸當面、痛罵不止，結果忠臣遭致迫害，英勇壯烈。最常見的模式是罵佞者獨唱北曲，奸佞者以賓白辯駁，並爆發嚴重的肢體衝突。

最具代表性者為李玉《千鍾祿》第八出〈草詔〉，寫末扮篡位奪權的成祖，欲勸外扮方孝孺草幅詔書，成祖以賓白威脅利誘、軟硬兼施，孝孺始終昂揚不屈、慷慨激昂，高唱五支北曲痛罵成祖篡逆，縱使敲牙割舌仍含血噴罵，還蓄意噴向成祖，成祖忍無可忍，最終下令剮刑並株殺十族。

《清忠譜》第十五出〈叱勘〉循此模式，由生扮周順昌當朝痛罵副、丑所扮魏黨倪文煥等人，他不僅「動口還動手」，「踢翻兩桌，將杻劈面擊副、丑」，被擊去門牙之後仍「奮起含糊指罵」高達三次，其血性漢子的剛烈形象

[註52] 可參見李玫：《明清之際蘇州作家群研究》第八章〈為主獻身的義僕〉即從心理學的角度切入，有詳細的分析。

躍然紙上，惟此關目採用【梁州新郎】疊腔四支，稍嫌不妥。《清忠譜》全劇類似的關目還有第六折〈罵像〉，其對手改爲魏賊塑像，唱北正宮【端正好】套；第八出〈忠夢〉在夢境中執笏痛打魏賊，唱中呂【粉孩兒】套。

　　至於《眉山秀》第八出〈辨奸〉寫外扮蘇洵重陽登高巧遇淨扮王安石，當面痛斥新政擾民，外唱二支北曲，穿插淨賓白折辯，最後「外將袖拂淨介」傲然離去；《五高風》第三出寫文洪、尤權當廷對罵，也用北仙呂【點絳唇】套，文洪還「怒打」尤權，最後落得「擅打大臣、欺君罔上」的罪名險遭斬首；鄒玉卿《青虹嘯》第十七出〈弒后〉寫曹操帶兵進宮，伏后、董妃痛罵之，分別被杖斃、絞死。

（三）神授異稟

　　這類關目往往由出身貧賤卻一身武略、胸懷壯志的生腳爲主，演出出門在外時，忽見神仙顯靈授與寶器或神力，主腳欣然接受後便離家闖蕩、成就大事。如：

　　李玉《牛頭山》第十四出寫岳飛之子岳雲往郊外習射，追逐白猿之際遇九天玄女娘娘等眾仙人，授與爛銀槌一對，練習三日後返家，於日後助父大破金兵；《麒麟閣》第二本第十五出〈贈鞍〉寫尉遲恭天生武勇，行路之際忽見茅草數屋、老叟一人贈與甲冑鞍轡，以助李氏眞主一統天下、唐開鴻運；葉稚斐《英雄概》第一出寫牧羊子安敬思放牧之際練習擺陣，忽見大蛇飛舞溪澗，細看之下卻是兵器一件，返家後不久出門屢建奇功；張大復《紫瓊瑤》第十七出寫燕脆之子瓊瑤外出射獵，追逐狐兔之餘見眞君顯靈授與兵家秘笈，演練一番之後返家竟已過十日，日後以兵書所載五雷正法平亂；盛際時《人中龍》第二出寫劉鄩蓬蒿困守卻膽識過人，地方鬧鬼，劉爲鄉民守夜之餘見周倉顯靈授與毒龍尾一條，指示終將功成名就，因此辭別鄉里、往投西川。

　　這類關目並沒有相對固定的套式，但都有雜、眾腳扮演神明顯靈，可能演出時的變化噱頭，就是從此處生發。

　　無論是從襲用關目與相應套式的變化、或者從單一關目的興衰存廢來看，清初對於前代的承襲、轉變、刪修以及創發，均可見出蘇州劇作家的作劇取向，已由明代才子佳人劇轉向關注社會現實、政治鬥爭以及歷史事件的沈思。連帶在聯套規律方面的影響，是使部分關目由原先以大量抒情唱段爲主，調整爲以劇情緊湊推進爲要，並調整套式內容以應劇情所需，再加上生動的動作提示與賓白穿插，整體的改變，無疑地是往戲劇效果更強烈的方向發展。

第四節　聯套規律與排場處理

崑曲聯套的最小單位是曲牌，曲牌串聯構成套式，套式又與腳色、關目共同構成排場，排場為劇作家思量創作、舞台上實際搬演最重要的基礎；則本論文對於清初崑腔曲律的研究，在細析曲牌性質、腳色、關目與聯套規律之間的關係以後，勢必需要「金剛大合體」，總結聯套規律與排場處理的整體互動與締連影響。

以下分四個層次探討：首先，以個別獨立的角度，觀察幾種相沿成習、特色鮮明的排場及其慣用套式，在清初劇作中使用的情形。其次，改從通盤完整的角度，探討清初幾部代表性名劇，如何處理全本排場與套式組合的結構性問題。最後，回歸到聯套本身，結合上一章「聯套類型」的觀念，集中探討「特殊聯套類型」是否有利於組成特殊排場以製造特殊戲劇效果。

一、個別排場與熟套之沿用

（一）前輩學者對於排場與熟套之歸納與整理

民國以來論戲曲尤重「排場」，而首先對排場加以分析的許之衡，開宗明義揭櫫的是排場與套式之間的關係：

> 劇情雖千變萬化，然大別不外悲歡離合四字。故喜劇、悲劇，可
> 分為兩大部分也：所謂「歡樂」者，如：飲宴、祝壽、結婚、團
> 圓之類均屬之，此種均有一定之『套數』，宜按『成式』照填……
> 〔註53〕

繼之而起的王季烈，在《螾廬曲談》論及套數體式之後續談劇情與排場時，也認為「辨明南曲之『曲情』，尤為要事」，〔註54〕此後學者紛紛效尤，將個別排場慣用熟套分門別類地列出，計有以下諸家：

許之衡《曲律易知》（1922）	歡樂類、悲哀類、遊覽類、行動類、訴情類、過場短劇類、急遽短劇類、文靜短劇類、武裝短劇類	頁98～129
王季烈《螾廬曲談》（1928）	歡樂用、游覽用、悲哀用、幽怨用、行動用、訴情用、普通用、武劇用、過場短劇用、文靜短劇用	頁24～26

〔註53〕許之衡：《曲律易知》（前揭書），卷下〈論排場〉，頁98。
〔註54〕王季烈：《螾廬曲談》（前揭書），卷二〈論作曲〉第四章〈論劇情與排場〉，頁24下。

汪經昌《曲學例釋》（1962）	普通訴情之單套、普通訴情之南北合套式、文靜正場之短劇用、過場短劇用、武場套式、行動排場用、遊覽排場套式、訴情細曲套式、悲哀套式、幽怨用、歡樂套式	頁 255～259
張敬〈南曲聯套述例〉（1966）	快樂類、訴情類、苦情類、行動遊覽類、行動過場類、普通類	頁 365～368
	大場、正場、短場、過場、鬧場、文場、武場、文武合場、同場、圓場	頁 377
汪志勇《明傳奇聯套研究》（1976）	訴情細曲套式、悲哀套式、幽怨套式、歡樂套式、文靜短場套式、過場短劇套式、武場套式、行動遊覽類套式、行動排場類套式	頁 51～52

以上所列，雖明顯可見傳承之跡，卻因各家基準點不一，使得分類結果分合交錯、複雜紛亂，令人無所適從。因本文所論重點在聯套規律與排場處理，而非釐清排場的細部概念，因此僅將諸家所使用的各種基準點抽離出來，在不改動前輩說法的原則下重新歸整列伍，冀能一清眉目：

1. 就劇情情調區分：不外乎悲歡，故爲「歡樂類」（即張敬「快樂類」）、「悲哀類」（合王季烈、汪經昌、汪志勇「幽怨用」，即張敬「苦情類」）。

2. 就表現形式區分：不外乎文武，故爲「文靜短劇類」（即張敬「文場」、汪經昌「文靜正場之短劇用」、汪志勇「文靜短場」）、「武裝短劇類」（即王季烈「武劇用」、張敬、汪經昌、汪志勇「武場」）。

3. 就劇情內容區分：不外乎動靜，故爲「行動類」（合許之衡「遊覽類」、張敬「行動遊覽類」、汪經昌「遊覽排場套式」、汪志勇「行動遊覽類套式」）、「訴情類」（合汪經昌「普通訴情之單套」、「普通訴情之南北合套」，即汪志勇「訴情細曲套式」）。

4. 就內容分量區分：不外乎輕重，故爲「大場」、「正場」、「過場」、「短場」。此四者可以和上述三類結合配搭，故有許之衡「過場短劇類」、「急遽短劇類」，王季烈、二汪「過場短劇用」等等。

如此雖仍粗分，但總算脈絡清晰、條鬯分明，以下將據此檢驗相應套式在清初劇作的使用情形。

（二）特殊排場慣用熟套舉隅——文靜短劇類

由於套式變化甚繁、不勝枚舉，爲求簡明精要，以具代表性、不重複爲原則，檢驗其在清初蘇州劇作家作品中所使用的情形，則：「歡樂類」可見於第三節所舉「結婚」、「酒宴」類關目諸套；「悲哀類」見於第二節越調【小桃

紅】套；「行動類」見於第一節中呂【粉孩兒】套；「訴情類」可見第一節南呂【香遍滿】套；「過場短劇類」見於第一節南呂【一江風】、雙調【六么令】、中呂【駐雲飛】等等，此處再舉「文靜短劇類」、「武裝短劇類」作爲說明。

　　南呂【懶畫眉】「用在前者，不必用引子，宜於生旦出場唱之。若單用數支，亦成一套，乃最文靜之短劇也。兼含有過場性質，《琵琶記》〈賞荷〉折、《玉簪記》〈琴挑〉折，亦是主曲以前，作小段落，兼有行動意致也。」〔註55〕則見於朱素臣《文星現》第十三出開頭疊用二支，首曲用於末扮沈周攜酒訪友，次曲用於小生扮祝枝山往尋韻仙，卻已人去樓空，不禁悲從中來、嚎哭門首，之後沈周獻計跟隨美人而去；朱佐朝《萬壽冠》第九出用於小生扮傅人專深夜勤讀《春秋》，與末扮父親傅詞中討論董狐史筆，之後逃亡太子元慶直奔上場，傅父指點出奔劍南；張大復《讀書聲》第五出首曲用於生扮宋儒閒來無事，讀書琅琅，次曲用於旦扮潤兒偶然聽見，傾慕不已，之後卻被父母誤解兩人姦情，潤兒憤而自縊；盛際時《人中龍》第二十七出用於外扮李德裕避難遠方，於途中和小生扮兒子李遠重逢，之後居然又巧遇被解押赴京的妻子，一家團聚、否極泰來；尤侗《鈞天樂》第八出用於旦扮魏寒簧愁病交加，悲傷之餘遂題絕筆詩畫。凡此種種完全符合上述許之衡「於主曲之前作小段落」的生旦爲主最文靜短劇的用法。

　　稍有例外者，朱素臣《未央天》第七出寫副淨扮侯花嘴殺妻後，深夜接應貼扮陶琰娘，將兩人衣物對換、割去侯妻首級，以嫁禍米新圖。在貼唱【西地錦】上場後，竟讓她唱一支【懶畫眉】表示時過二更、卻未見花嘴回音，忐忑不安的心情，後副淨躡手躡腳、「悄悄潛潛」上場仍唱【懶畫眉】，表示「大功告成」；接下來排場轉換，才演出眾鄰驚見無頭屍首等後文。觀此「亦是主曲以前，作小段落」，然侯、陶二人姦夫淫婦、心狠手辣，唱此文靜細膩之曲似嫌不妥，朱素臣這樣的運用，或許是爲了凸顯更深人杳的場景、幽沈靜寂的氛圍，用以和二人喪盡天良的行徑作明顯的反差。

（三）特殊排場慣用熟套舉隅─武裝短劇類

　　至於「武裝短劇類」，許之衡說：

　　　　【引】、【四邊靜】，此引子宜用【杏花天】、【番卜算】或【水底魚兒】
　　　　及北曲【點絳唇】，均可作引子用，凡武劇均加鑼鼓。

〔註55〕許之衡：《曲律易知》（前揭書），卷下〈論排場〉，頁126。

　　凡武劇均可用北【點絳唇】作引子用。北【點絳唇】之下可接南曲。
　　若武裝而不戰鬥者，接他曲如【泣顏回】、【駐馬聽】等均可。（頁
　　129～130）

查李玉《占花魁》第二十一出寫外扮秦良與末扮楊沂中等人合力剿滅淨扮劉
豫，李玉即用此套，又巧妙安排外唱北引子【點絳唇】、末唱【前腔換頭】，
兩人上場後再由眾人同唱越調過曲【水底魚兒】，接著淨率眾人同唱【前腔】，
兩軍交戰之後，由末、外率眾人同唱正宮過曲【四邊靜】以示勝利凱旋，一
場簡短卻精彩的武戲藉由不同宮調的曲牌、分合獨眾等多種唱法，製造出戰
場廝殺奔騰的效果。

　　屬於武裝而不戰鬥者，則有李玉《五高風》第五出、《兩鬚眉》第二出和
朱素臣《秦樓月》第十四出等等，排場全同，前者寫淨扮海寇建牙久居東海，
擬犯中原，中者寫二淨、丑、老旦、外、末等六人分扮山賊，將往荊襄擄掠，
後者則寫二淨分扮胥大奸、王慶二賊避禍岱山嘯聚爲王，均由首領上場獨唱
或分唱【點絳唇】自報家門之後，與眾同唱【二犯江兒水】以示興兵抬營、
拔寨揚威。

　　成套如此，仍可見不同的應用：朱素臣《聚寶盆》第五出用【點絳唇】、【前
腔】、【泣顏回】、【千秋歲】、【尾聲】組場，第一支【點絳唇】由外扮徐達、副
生扮李文忠、副扮常遇春合唱，第二支則由末扮明太祖獨唱，仍具引子性質，
後接【泣顏回】，內容卻演太祖與眾臣商議元順子孫騷擾北境、擬派兵剿滅，雖
不戰鬥亦非武裝，仍用此套，可能是藉由此引表示威嚴英武、剿匪決心。

　　以上各類排場與相關套式，基本上都已曾在前文陸續提及，從所舉多例也
可發現，清初沿用基本上是相近的，但絕非一成不變、膠柱鼓瑟，而是因應不
同的劇情所需而有適度的調整變化。此論已明，接下來繼續開展其他議題。

二、全本排場與套式之結構

　　關於組織戲曲的形式和技巧等規矩法度，學者多以「結構」統攝，然戲
曲之爲綜合文學與藝術體，論其「結構」，勢必涉及文學與表演兩個層次，前
者近於章法、格局，而以情節、關目、故事爲中心，〔註56〕後者則在此基礎
上，進一步涵攝套式、腳色，而以整體排場爲依歸，此處當指後者，並從套

〔註56〕參見李惠綿：《戲曲批評概念史考論》（前揭書），頁237～341。

式出發、旁及其他作深入探討。

　　論套式結構，也有兩個層面，一爲一套之內曲牌聯綴的方式，〔註57〕前文第一節已從節奏快慢、粗細等曲牌性質詳論之；一爲全本劇作如何安排、調度、置用各宮調各套式，王季烈《螾廬曲談》卷二「論作曲」云：「至合數十套之曲，而成傳奇一部，則前一折與後一折，宮調不宜重疊，通部所用之曲牌，除一折內疊用之曲牌外，不宜複出。」〔註58〕即是，可知一部成功的劇作，在套式結構方面，要能做到穿插得宜、變化得當，而不致重複疊用、刻板呆滯。其中變化之道，不外乎和套式緊緊相連的劇情和腳色，〔註59〕可知排場三要素絲絲相連、環環相扣，共同營造出全本劇作之鋼骨架構。

　　就清初蘇州劇作家作品而言，在全本排場與套式結構方面，有一項很重要的特徵，即是具強烈的戲劇效果，以下分就三方面來看：首先就套式與劇情、腳色之間較顯著的地方來談；其次就主要套式所相應的排場類型來看；

〔註57〕如：王驥德《曲律》〈論過搭第二十二〉：「過搭之法，雜見古人詞曲中，須各宮各調，自相爲次。又須看其腔之粗細，板之緊慢；前調尾與後調首要相配協，前調板與後調板要相連屬。」，頁128；〈論套數第二十四〉：「套數之曲，元人謂之『樂府』，與古之辭賦，今之時義，同一機軸。有起有止，有開有闔。須先定下間架，立下主意，排下曲調，然後遣句，然後成章。切忌湊插，切忌將就。務如常山之蛇，首尾相應，又如鮫人之錦，不著一絲紕纇。意新語俊，字響調圓，增減一調不得，顛倒一調不得，有規有矩，有色有聲，眾美具矣！而其妙處，正不在聲調之中，而在句字之外。又須煙波渺漫，姿態橫逸，攬之不得，挹之不盡。摹歡則令人神蕩，寫怨則令人斷腸，不在快人，而在動人。此所謂『風神』，所謂『標韻』，所謂『動吾天機』。不知所以然而然，方是神品，方是絕技。即求之古人，亦不易得。」頁132。吳梅《曲學通論·第十一章　十知》頁213～214幾同。

〔註58〕王季烈：《螾廬曲談》（前揭書），頁1。

〔註59〕王驥德所謂「又用宮調，須稱事之悲歡苦樂，如遊賞則用仙呂、雙調等類；哀怨則用商調、越調等類，以調合情，容易感動得人。」頁137；許之衡《曲律易知》卷下〈論配搭〉：「蓋某折爲喜境、宜用歡樂之調；某折爲悲境，宜用悲哀之調；某折爲情話纏綿，某折爲線索過渡，作者須先定大局，布局既定，則選調自有一定之規矩。按調填詞，成竹在胸，自然易易矣。否則支支節節而爲之，牌名千百，紛如亂絲，從何下手？故必先布局選調，大致已定，然後下筆填詞，則事半功倍。」頁151，均是提及佈設全本劇情時與套式配搭之間的關係；腳色部分，汪志勇《明傳奇聯套分析》則謂「傳奇除劇情與組場外，以腳色最爲重要，劇情之展開，組場之文武粗細，皆以每齣之腳色而定……傳奇組套時，以每齣之主要腳色爲主，而每齣之主要腳色或爲一鋼、或爲兩鋼，而其餘副角所唱之曲，則以主腳所唱之曲爲依歸。至於其他雜扮眾人則在場不主唱，亦不主場。故每齣組套時，先據主腳身份之劇情而定，然後據此再副腳之曲，故聯套端視主腳而定。」頁63。

最後從各類型排場所佔比例及分佈來談。

（一）就套式與劇情、腳色之關係來談

關於第一點，康保成《蘇州劇派研究》有很精闢的分析，他認為：

> 蘇州派劇作在結構方面的第二個特點，就是重視出與出之間的「反
> 接」。所謂「反接」，就是指前後兩齣戲，或在容量上，或在感情上，
> 或在風格與行當上，或在表演功夫上，互相形成鮮明的對比。具體
> 說，有大場子與小場子、喜劇場子與悲劇場子相接、生旦戲與淨丑
> 戲相接、文戲與武戲相接、熱鬧場面與安靜場面相接、唱工戲與做
> 工戲相接等等。
>
> 《萬壽冠》下卷第四出〈荊請〉，寫蒲漆匠為褚天表說情得免，被尊
> 為「國丈」，穿上一品官服，得意洋洋。緊接著第五出〈被逮〉，正
> 當他向家人誇口時，突然詔命將褚天表全家逮捕，蒲漆匠也隨之銀
> 鐺入獄，這是從極喜到極悲。《占花魁》第二十三出〈巧遇〉，寫莘
> 瑤琴受百般凌辱，痛不欲生時巧遇秦種，接下來一出〈歡敘〉，便是
> 二人成就好事，這是從極悲到極喜。《十五貫》第九出〈竊貫〉，第
> 十出〈誤拘〉，前者以丑腳做工戲為主，後者以生旦唱念為主。《人
> 獸關》第二十二出〈拯溺〉，第二十三出〈癡擬〉，前者是生旦戲，
> 莊重悲切；後者是淨丑戲，嬉笑詼諧。
>
> 至於冷熱場子的相互連接，在蘇州派劇作中更為普遍。《清忠譜》第
> 一折〈傲雪〉是冷場子，第二折〈書鬧〉是熱場子；第三折〈述璫〉
> 冷場子，第四折〈創祠〉熱場子；第五折〈締姻〉冷場子，第六折
> 〈罵像〉熱場子……。《軒轅鏡》中的看燈、《永團圓》中的廟會、《一
> 捧雪》、《占花魁》中的戲中串戲，《麒麟閣》中的鬧花燈、《風雲會》
> 中的鬧勾欄、《文星現》中的說書，這些熱鬧場面，都插在冷靜場面
> 之間。〔註60〕

康氏的說法，著重在相連兩出之極大落差所造成的戲劇效果，據此與所用套
式相互參照，則《萬壽冠》兩出分別用北正宮【端正好】套、仙呂【長拍】
套，南北聲情自不相同；《占花魁》兩出分別用中呂【粉孩兒】套、商調【十
二紅】大型集曲，前者前文第一節第三點已經敘述，是極快的撞板曲，用在

〔註60〕康保成：《蘇州劇派研究》（廣州：花城出版社，1993年），頁112～113。

劇情急遽、情勢逼迫處，而商調諸曲多宜訴情，集曲又屬細曲，自然纏綿細膩、婉轉迤邐；《十五貫》兩出，前者多用雙調【六么令】，是可粗可細曲，後者用雙調【忒忒令】套，宜於訴情，故分別施於淨丑與生旦，惟宮調相同稍嫌重複；《人獸關》兩出，前用商調【山坡羊】套，爲悲哀類排場，後用雙調【雙勸酒】及北般涉【耍孩兒】套，既用粗曲又用北套，自然落差甚大。《清忠譜》第一至六諸出，若就套式與排場之對應類別來看，則依序屬於：普通可用套式、過場短劇類套式、訴情類套式、北套、訴情類套式、北套，故可冷熱調劑、穿插變化。可知清初蘇州劇作家全本排場的處理，往往運用對比性質的套式、腳色，配合劇情的發展作前後衝突的銜接，以期在聲情、劇情、表演等方面，營造出強烈的戲劇張力。

（二）就主要套式所相應的排場類型來看

不同於上述鎖定在前後兩出的反差衝突，而將焦點集中在全本的佈局結構，由於清初蘇州劇作家作品甚多，限於篇幅無法也無須全部細究，謹以成就最高的李玉代表作之一《一捧雪》爲例深入觀察。該劇各出所用套式輪廓清晰，較少雜綴凌散、不成套式者，茲將各出所用主要套式與許之衡等前輩學者所歸納出來的相應排場類型，結合劇情發展來看：

首先第一出〈樂圃〉用南呂【梧桐樹】套，以訴情類長套構成文細正場，恰可襯托主腳上場，並說明前情以鋪墊後續發展；二、三出持續發展，故連用文靜正場以烘托氣氛；第四出〈徵遇〉加入新的劇情，以莫家一行路遇戚繼光一行，用歡樂類大石調【賽觀音】套，二曲循環之勢正宜雙方人馬上下，以此表示久逢故友的欣喜，並爲日後埋下伏筆；之後劇情急轉直下，第五出〈豪宴〉寫嚴世蕃的豪奢霸權，用戲中戲《中山狼》預示吉凶，以北套仙呂【點絳唇】突出強烈不尋常的氣氛；第六出〈婪賄〉開始寫湯勤賣主求榮，在嚴世蕃面前極盡挑撥之能事，用黃鐘變套集曲，【出隊子】及【滴溜子】本即急曲，【降黃龍】套本爲悲哀類，二者結合爲變套集曲，恰可襯托劇中之人情翻覆無常；第八出〈僞獻〉寫老成持重的莫成身懷僞杯、深入嚴府，由末扮擔綱簡單唱幾支正宮【朱奴插芙蓉】變套集曲。

第九出〈醉洩〉開始又是新的衝突產生，本以爲瞞天過海的僞杯事件在莫懷古酒醉之下洩漏而出，用商調【黃鶯兒】套本屬訴情類，用在此處卻是懷古醉洩機密、湯勤暗懷鬼胎，妙處自生；第十出〈譖贗〉、第十一出〈搜邸〉、第十二出〈遣邏〉連續寫湯勤告發僞杯、世蕃怒搜莫府、莫家潛逃、嚴府急

追，所用中呂【剔銀燈】疊曲、【風入松】【急三鎗】循環套、大石【催拍】套，均屬過場短劇、急遽短劇類套式，正適合層層堆疊的緊張劇情，猶如劇中嚴世蕃一發不可收拾的憤怒，排山倒海、無可抑止地撲面而來；連續三個過場之後，第十三出〈關攫〉爲大場，以中呂【粉孩兒】此快板行動類套式表一逃一追之急遽緊張；抓獲之後，第十四出〈出塞〉便是莫成代死、懷古出奔，此際生離死別，正適宜用越調【小桃紅】悲哀類套式，一方面鬆弛緊張，一方面渲染悲情。

下卷開始第十六出〈詐發〉爲新的衝突點，寫重陽佳節、世蕃登高宴飲，歡暢之際劇情陡轉，人頭解送而至，湯勤堅稱是假，故用雙調【園林好】變套集曲，在原本的歡樂氣氛中增添詭譎；第十七出〈株逮〉以小旦扮雪豔被抓爲主，故用越調【憶多嬌】套襯托家破人亡的悲傷；第十八出〈勘首〉又以副淨扮湯勤審頭爲主，所用南呂【梁州新郎】套爲歡樂類，用以凸顯湯勤垂涎雪豔，人頭真假於舌尖翻覆的奸險狡猾、輕佻無恥貌；第十九出〈醜醋〉以正宮【四邊靜】組成淨丑鬧場；第二十出〈誅奸〉前半段用黃鐘【出隊子】套爲歡樂類，寫湯勤歡天喜地迎娶雪豔，後半段場面陡轉，寫雪豔刺湯、自刎保節，用【三段子】等三快曲表其堅貞剛烈；延續上一出的壯烈情緒，第二十一出〈哭癡〉寫戚繼光哭祭雪豔，慷慨激昂地獨唱北正宮【端正好】套；第二十三出〈邊憤〉在第二十二出短場之後寫懷古流離天涯，路聞湯勤被刺、雪豔自刎事，以訴情類雙調【沈醉東風】套表複雜哀婉的情緒；之後數出陸續寫莫夫人流徙邊關、方昊高中狀元、彈劾嚴氏罪狀獲准、莫夫人遇赦還鄉、一家沈冤平反、終至團圓等正義的降臨，分別由文靜短場、過場、正場等組成，突出之處爲莫昊獨唱北中呂【粉蝶兒】套表彈劾激情、雙調【園林好】訴情長套表一家團圓之群戲大場。

綜觀《一捧雪》全劇，共用三次北套，穿插於第五、二十一、二十七出處，分別以旦、外、小生不同行當的腳色任唱；一次循環聯套，五次疊腔聯套，六次集曲聯套，其中又以變套集曲居多；大部分用一般聯套組場，但多方運用訴情、悲哀、歡樂、行動、文靜、遊覽、急遽等不同排場類型的熟套加以變化調劑；全劇共用 212 支曲牌，其中一人獨唱者 94 支、數人分唱者 36 支、合唱者 51 支、同唱者 31 支，可說在獨唱之餘，靈活配搭其他多種唱法。

（三）就各類型排場所佔比例及分佈來談

再結合全本劇作中各類型排場所佔比例及分佈來談，仍以《一捧雪》爲

例，試看王安祈《李玄玉劇曲十三種研究》中的統計與分析：

> 全劇共三十出，其中正場十三出、大場四出、短場五出、過場八出
> （包括鬧場一出），調配得宜。正場分別安置在第一、二、三、五、
> 九、十五、十七、十八、二十、二十一、二十三、二十五、二十七、
> 二十八出，大場則在十三、十四、三十出。一開始先連用三正場鎮
> 住場面，中段以十三出「行動大場」、十四出「群戲悲哀大場」、十
> 五出「群戲正場」，三個驚心動魄的大場面組成「小收煞」。下半由
> 十七出起又以三個正場再掀起高潮，間用兩「北口正場」以爲聆賞
> 之調劑，最後以群戲大場收束。由於場面的安排妥貼，所以劇情本
> 身的波瀾起伏得以生動的表現出來。〔註61〕

由此可見，關於全本排場與套式架構之間的配搭，無論從各排場類型的熟套
配用、或所佔比例及分佈來看，均可見出《一捧雪》全劇劇情與聲情搭配得
宜、靈活巧妙，結構嚴謹、層次井然，高潮迭起、滋味橫生，其膾炙人口，
享譽劇壇數百年、歷久不衰，洵非偶然。李玉爲清初蘇州劇作家之中成就最
高者，此劇堪稱代表作，恰恰突顯其強烈的戲劇性、豐富的表演性等劇場特
質，不啻是爲當時清初蘇州崑腔曲律的發展，指出一條成就的方向。

三、特殊聯套類型與排場運用

本論文第肆章探討聯套類型時，曾經綜合學界的說法，將崑曲聯套分爲一
般聯套、疊腔聯套、循環聯套、南北合套（含純北套）、集曲聯套等五種，其中
「一般聯套」爲基本型，其他四種皆由此變化而出：「疊腔聯套」爲單曲的重複
疊用，其聲情自是加強該曲牌性質，如：南呂【懶畫眉】爲贈板細曲，疊用數
支則用於文靜短場；正宮【四邊靜】爲無贈粗曲，宜淨丑口角，疊用之後往往
用於武裝短劇；集曲聯套部分，許之衡則謂「若集曲則細曲居多，間有可粗可
細之列者，然亦不過三數調而已，若在粗曲之列，則絕無也。」〔註62〕故其應
用範圍頗廣，宜視劇情所需調配搭用；南北合套之中的純北套，已於本章第二
節論腳色獨唱時詳論；因此，此處探討特殊聯套類型與排場之運用，當以循環
聯套、南北合套爲主。

〔註61〕王安祈：《李玄玉劇曲十三種研究》，國立台灣大學中文研究所碩士論文，1980
年6月，頁57。

〔註62〕許之衡：《曲律易知》（前揭書），卷上〈論粗細曲〉，頁96。

（一）循環聯套之排場運用

清初蘇州劇作家作品所用循環聯套，僅見五式，已見前一章第四節第一點分析得知，明傳奇所常用的循環聯套為正宮【白練序】、【醉太平】計三十五例，其次才是雙調【風入松】、【急三鎗】之二十九例，然而，到了清初二者地位正好顛倒相反，鄙意以為，從此二式本身的曲牌特質及其在清初劇作中的排場應用看來，此升沈變化是有跡可尋的。吳梅《南北詞簡譜》說明正宮【白練序】：「此調最為美聽。與【醉太平】聯套……」【醉太平】處則云：「此接【白練序】後，止用換頭。……是調音韻，至為美聽，凡旦唱諸曲，宜用此牌。」（頁283～284）二曲皆有贈細曲，屬訴情類熟套，在清初被沿用的三例之中，分別出現在李玉《眉山秀》第七出〈詞話〉，寫小旦扮文娟思慕少游，向老旦扮尼姑傾吐心事，數曲由二人或獨、或分、或合唱；吳偉業《秣陵春》第十八出〈見姑〉寫老旦扮耿仙人引領旦扮展娘魂魄往仙界面見小旦扮保儀姑姑，數曲由三人獨唱或者分唱；尤侗《鈞天樂》第二十一出〈蓉城〉寫二生沈白、楊雲至石曼卿芙蓉城飲酒賞花，並尋覓寒簧不得，數曲由二生以及旦扮侑酒女樂們或者分唱、或者合唱、同唱。以上三列皆文靜抒情的場面，然而，卻非全劇關鍵處。

反觀清初「竄紅」的【風入松】、【急三鎗】一式，許之衡《曲律易知》評曰「此套繁急者用之甚妙」，並歸於「急遽短劇類」。（頁123）此式自《琵琶》〈掃松〉（即六十種曲本第三十八出〈張公遇使〉）使用之後，仿者漸多，至明末甚至產生二曲分合為一式與否的爭訟，〔註63〕其界線之所以泯沒難分，一來可知廣用流傳、襲用自然，二來可見關係緊密、渾然一體，到了清初終成霸主實非偶然。該式宜於動作繁急、情勢緊迫之急遽短劇，恰恰符合清初蘇州劇作

〔註63〕 可見吳梅《南北詞簡譜》將此式合併歸於【急三鎗】並注云：「此支分為二節。……凡作此曲者，皆附在【風入松】後，全套【風入松】四支，第一、第四兩支，不附此曲，附此曲者，必在第二、第三兩支後，此定格也。全曲十句皆三字，用四韻，兩仄兩平。仿自《琵琶》〈掃松〉，後來作者皆依據之。自詞隱舊譜，不敢遽題此名，於是議者紛紛，各有見地。張心其云：『此調舊譜不題名，今從俗為【急三鎗】，舊分為二，今合為一。凡作此曲者，前三句必如此作扇面對，方妙。』譚儒卿云：『此調與【風入松】共為一套，凡用【風入松】或一曲或二曲，即以一【急三鎗】開支，臨完仍以【風入松】或一曲或二曲結尾，不可亂也。』兩家之說，本顯豁可從，而鈕少雅必欲別開生面，題作【犯滾】，且謂出自元譜，又有犯朝、犯歡、犯聲等名，皆必關於【風入松】套內，未免多立新名。況所云元譜，今又不傳，未知所據何若。余不敢妄從，因仍主張、譚兩家說，俾作者免去葛藤也。」頁541。

家追求戲劇張力、講究劇場效果的創作方向，茲以代表作品為例：

李玉《麒麟閣》第一本第二十六出〈玩燈〉寫花燈會上宇文成德強搶民女王婉兒，秦瓊等眾兄弟路見不平、拔刀相助，決定前往宇文府救人。該場先以宇文成德獨唱【風入松】表其淫心大起的齷齪模樣，【前腔】再由婉兒與母老嫗陸氏分、合唱，將平地起風波的心情堆疊至高處；後【急三鎗】分別由眾無賴與陸氏分唱，表眾人的蠻橫粗暴及陸氏的呼天搶地，為第一段高潮。第二段高潮由秦瓊等人同唱【風入松】登場開始，寫眾人聞得哭喊聲，「必有天大的冤情」，於是詢問陸氏，陸氏激切憤恨地獨唱【急三鎗】以陳訴冤情，為第二段高潮。第三段高潮是秦瓊等人聽汝之言，不覺惱將起來，程咬金大喊一聲「罷了！罷了！耐不住了！我老程一生慣抱不平，今日剛剛搔著俺的癢筋哩！」挑起眾人的義憤之情，決定「一不做，二不休，大家都要放出手段」，前往鬧府救人，故由眾人同唱【風入松】，並摩拳擦掌、聲勢浩蕩地出發。

綜觀全場，在劇情方面正是開展新的衝突點；在腳色方面，人物眾多，上、下場頻繁；在表演方面，有登徒子的無恥嘴臉、貞女的激烈抗拒、老婦的哭喊、無賴的強暴、眾義士由路過、詢問到義憤填膺、仗義行動一路情緒的演變，勢必提供演員極大的發揮空間，而此發揮尤其配合著【風入松】、【急三鎗】此二曲三次循環的聯套形式，將三段高潮推波助瀾、層層堆疊得高張飽滿，劇中人事栩栩如生、躍乎紙上，誠然大快人心，令人拍案叫絕。無怪乎許之衡《曲律易知》盛讚此出：

> 《麒麟閣》〈大鬧花燈〉一折，何等繁急，人腳亦隨上隨下，紛如亂
> 絲，得此曲（案：即指【風入松】、【急三鎗】），真有以簡御繁之妙。
> （頁 123）

由此可見，劇作家善用聯套性質，便可使聲情與詞情相得益彰。

【風入松】、【急三鎗】本身繁急緊迫的性質，適合提供作者營造高潮劇情、渲染強烈情緒的空間，也因此，在清初追求劇場效果的蘇州劇作家眼中，成了廣泛使用的熟套。反之，【白練序】、【醉太平】宜於訴情的文靜個性，雖說是傳奇不可或缺的場面，然而，在清初劇作家選取題材時本即偏愛政治歷史、較少才子佳人的趨勢之下，漸漸少用終至僅餘三劇，也是可想而知的了。

（二）南北合套之排場運用

至於南北合套，最鮮明的特徵便是南、北交相遞進的形式，南腔、北調本即不同，故此類套式最適合用來表達兩方不同的身份或者腳色、情緒、立

場,而各宮調又各有聲情,各有適用的排場類型,如:南北雙調【新水令】、中呂【粉蝶兒】、黃鐘【醉花陰】三套,屬普通可用,亦作歡樂類;南北仙呂【排歌】、正宮【普天樂】適宜遊覽類排場;南北黃鐘【醉花陰】、正宮【普天樂】套可用於份量較重的武劇。然而,無論如何,善用南北聲情以貼合劇中雙方人物的情境,是安排此類型套式之排場首需考量者。

用於兩腳色各任一方,有針鋒相對者者,如:吳偉業《秣陵春》第三十出寫旦扮展娘魂魄一路南尋返家,卻遇淨扮劉銀威逼欲淫,展娘抗拒不從,爲凸顯展娘堅貞剛烈,以旦唱北曲、淨唱南曲,用黃鐘【醉花陰】套以顯示劉銀帶兵武裝的威霸;李玉《兩鬚眉》第八出〈剿虎〉寫生扮黃禹金往山寨招撫淨扮亂賊奚惠,禹金分析時局、慷慨陳詞之後,頑逆乖張的奚惠翕然歸順,故須由生唱北曲、淨唱南曲;有各抒己見者,如:朱佐朝《豔雲亭》第二十一出〈點香〉用雙調,寫旦扮蕭惜芬爲避仇人裝瘋賣傻,夜裡往古廟找丑扮諸葛暗占卜吉凶,由於惜芬蒙受委屈,雪冤之日遙遙無期,心情自是沈痛悲憤,故唱北曲,諸葛暗在劇中亦正亦邪,詼諧中又帶點小市民的投機狡獪,分唱南曲部分;有加強渲染者,如:朱素臣《十五貫》第十二出〈獄晤〉用南北雙調,寫生扮熊友蘭與小生扮弟弟友蕙驚見獄中,兩人都背負著百口莫辯的沈冤,一見之下淚水潰堤,相約黃泉路上「彼此相挈」,故輪流分唱數曲以加強悲痛情緒。

或用於以一方爲主,眾人輪流分唱,最常見者爲審案,如:李玉《人獸關》第十四出〈巧合〉用雙調,寫外扮高誼智斷婚案,將蘭芳判與蔡文英並命當堂成親。由於高誼是審案的主腳,故由他唱北曲,生扮文英、淨扮江納、二腳輪流唱南曲,以示審案經過正、反兩方的辯解;朱素臣《未央天》第二十八出〈雪冤〉用南北中呂,寫淨扮聞朗斷案,副淨扮侯花嘴、貼扮陶琰娘雙雙伏法,生扮米新圖一家團圓,真相大白、沈冤得雪,仍以審案者淨爲主腳,任唱北曲,副淨、貼、生輪唱南曲分別表述心境。或爲凸顯主腳,以主腳任唱北曲,其他次要人物分唱南曲,如:《秣陵春》第三十一出〈辭元〉用南北雙調,寫生扮徐適爲了展娘辭去狀元,聖上不允,命末、淨、丑所扮眾官員輪番勸說,故由生唱北調,眾腳輪唱南曲數支;畢魏《竹葉舟》第二十一出〈篡位〉寫淨扮趙王帶兵攻進宮殿,故爲武劇而用南北黃鐘,淨戎裝在眾扮甲士的簇擁下登場,全出唱北曲,眾人分唱南曲:外扮司空張華、末扮僕射裴頠、副淨扮王愷等眾臣,分別代表正、反立場,後來丑扮晉惠帝被挾

持上場，與趙王論辨，再由小旦扮賈后被賜飲鴆自裁、末丑扮其心腹阿諛奉承，最終淨高唱北曲【煞尾】以表篡位爲王、志得意滿之貌。

　　或者是隨著劇情發展調換南、北曲任唱者，如：《永團圓》第二十四出〈弭變〉用南北黃鐘，寫二淨扮山賊任金剛、賽崑崙劫持生扮蔡文英欲搶庫銀，文英用計招來小生扮友人王晉共擒賊人，由於二賊手持利刃，文英只能智取，不能力搏，故先由二淨唱北曲以表兇暴、文英唱南曲虛以委蛇；後文英暗遣末扮家僕外出求援，事態緊急，故末唱南曲，小生唱北曲表救人之急切心情；後再將場景轉回文英遭挾處，二賊開始煩躁懷疑，仍唱北曲，末、小生眾人同唱南曲齊奔上場，先是假意周旋、檢驗贖金；後眾人趁二賊看銀之際，亮出「傢伙」，開始廝殺，由小生高唱北曲表奮勇擒賊、順利制伏。全出排場更迭三次，地點轉換，人物上下流動，主導局勢者也由反方逆轉爲正方，因此，李玉運用南北合套以利調換，使得全出靈動自如、順暢精彩。

　　諸如此類的例子仍俯拾皆是、多不勝數，限於篇幅不再贅舉。然從上述諸例已可見清初劇作家對特殊聯套類型的運用，已如庖丁解牛，洞中肯綮之下，自然能靈動自如、綽有餘裕。

小結——清初蘇州劇作家深諳劇場的聯套規律與排場處理

　　筆者在第肆章〈從蘇州劇作家傳奇作品探討清初崑曲聯套規律〉的「小結」中，引用許之衡、張清徽二位先生的說法，梳理崑腔曲律自明至清的發展脈絡，認爲清初在繼承前代的舊習與陳規之中，尚有著相當程度的有機發展與變化，綜合上一章針對聯套體製本身的觀察、與本章聯結排場處理的應用情形，鄙意以爲此變與不變，實乃「放諸四海而皆准」於各個面向：

一、顛撲不破的規矩法則

　　就聯套的形成與襲用來說，明傳奇發展的初期，事實上已奠定了日後創作所需的大部分基礎，即一般聯套、疊腔聯套與一般型集曲聯套等，這些班底一路沿用至清初，甚至佔了清初劇作五、六成之多的份量，如：南呂【梁州序】套，在《琵琶》〈賞荷〉中成爲範式之後，清初劇作使用此套者，高達二十四部之多；就曲牌性質而言，大部分常用的曲牌在快慢緩急、文細粗鄙

等性格及其使用的次序、方法上，是不容許有太大的歧異與突變，所謂「生旦有生旦之曲，淨丑有淨丑之腔」，貿然改易不僅稱不上創發，反而會落人譏哨；就腳色任唱來說，一方面各行各色有適宜任唱之曲，二方面繼承南曲獨唱、分唱、合唱、同唱等多種唱法，並且進一步靈活運用；就關目情節而言，明傳奇常見的關目在發展初期就已經出現且被大量沿用，日積月累形成相對固定的套式，到了清初，仍見基本型態的續用，少有完全的偏廢或者悖離；在此情況之下，綜合套式、腳色、關目而組織形成的排場，理所當然地呈現相對穩定性，如：南呂【梁州序】套多半用在歡樂類或普通可用排場，則《三報恩》用於成婚、《鈞天樂》施於飲宴，均以生旦組場，使得聲情、詞情與劇情相得益彰。

　　凡此種種，皆可見出崑腔曲律自魏良輔製定以來，即已揮別南曲戲文隨心可唱的即興散漫，而有一套顛撲不破的規律與法則，此套規矩撐起崑曲的基本骨幹，成爲異於其他聲腔的獨門特色。

二、深譜劇場的發展趨勢

　　然而，藝術絕非板滯不變的鋼筋水泥，而是朝夕生長、時刻呼吸的有機生命體，崑腔曲律在基本骨幹之下，也因爲本身發展、時代風氣等主客觀環境的不同，而有所發展與變化：

　　清初蘇州劇作家作品有將近三成「不見於明代熟套」的套式，其中或者渙散雜綴、不成規矩，或者自出機杼、創發新調，有的是規矩的失傳、崩解，如：零散不成樣的雜綴型聯套，也或者是有意識地突破、革新，如：疊腔聯套與變套集曲；部分曲牌的性質與用法也跨出門檻，嘗試開拓新領域，如：正曲也用作引導、尾聲，嘗試疊用新曲，可粗可細之曲更是有多種彈性變化；腳色的任唱因應劇情所需，多種唱法與各行腳色相互激盪、搭配組合，滋衍無數，遠非舊制所能束縛，尤可注意者，生旦引領風騷的局面到了清初風光不再，生腳尚能獨撐大局，旦腳大爲落寞，取而代之的是淨丑外等副腳一躍而上；與之相應的，清初蘇州劇作家不再沈浸於才子佳人的風花雪月之中，轉而將敏銳的眼光關注到社會國家、歷史教訓，完全反映在舊關目的刪落與新關目的興起，部分襲用關目也以原先大量唱曲抒情爲主，調整爲推進劇情爲要、並配合生動的動作賓白；此間遞擅演變的關鍵，全在於生動排場、變化排場所需。

　　那麼，清初蘇州劇作家作品在排場方面，有如何的特殊之處呢？無論從相連兩出的對比反差、全本結構的高低起伏，乃至於特殊聯套類型所變化生發的各式排場，都可見出清初蘇州劇作家其所努力發展，是朝著加強戲劇性、豐富表演性的方向駛去，如南呂【梁州序】套，在《琵琶》〈賞荷〉中用於生旦各抒心事，然在李玉《一捧雪》生花妙筆之下，卻可施展於分屬三行、不同類型、各自盤算計較的四門腳色之上，既憂且懼、或貞拒或意淫，暗潮洶湧、迭盪生姿，張力十足、可看性甚高。無怪乎清初蘇州劇作家個個深諳劇場、出出搬演舞台。

　　更重要的是，從另一個角度來看，這樣的劇場特質，無疑地是清初崑腔曲律之發展，已達渾圓成熟、徹體通透，猶如「康衢走馬，操縱自如」〔註64〕的境界。　　　　．

〔註64〕此語出〔清〕高奕：《新傳奇品》對於李玉的評語，見《中國古典戲曲論著集成》（前揭書），第六冊，頁 272。

結　論

　　無論是研究範疇涵括理論與實踐，廣用考述辯證、比對校讎、統計整理、歸納分類、劇例分析、評論鑑賞等研究方式，本論文都期待能從多層面、多角度，去思考清初蘇州崑腔曲律之發展與變化。經過全文縱橫往返的討論，鄙意以爲，融合各章節多面向的研究心得之後，可以歸納出幾點結論：

一、清初蘇州崑腔曲律之繼承與開拓

　　崑腔曲律自明中葉魏良輔創發爲水磨調之後，在晚明蓬勃茁壯，待入清之後已經過近百年，彼時在前人的豐厚基礎上，既有所繼承延續、也有所拓展啓發，然更多的是進一步的蛻變與衍化，終至繁花競豔、琳瑯滿目、樣貌紛呈。

　　首先看到繼承延續方面，就曲牌的整理而言，從張大復《寒山堂曲譜》所收過曲，包含其列於正、變體地位的情形，約有近四成是全同於以往諸譜，可見這部分是構成崑腔曲律性格穩定、鞏固自身特質的基石；就曲牌的性質而言，大部分常用的曲牌在快慢緩急、文細粗鄙等性格及其使用的次序、方法上，是不容許有太大的歧異與突變，所謂「生旦有生旦之曲，淨丑有淨丑之腔」，貿然改易不僅稱不上創發，反而會落人譏哨；就基本的曲學理論而言，張譜卷首〈寒山堂曲話〉共計十八則，雖然署名寒山子著，其實除了前三則之外，全襲自前輩曲論家王驥德《曲律》、凌濛初《譚曲雜劄》以及沈寵綏《度曲須知》。

　　在曲牌聯綴成章之後，就聯套的形成與襲用來說，明傳奇發展的初期，事實上已奠定了日後創作所需的大部分基礎，即一般聯套、疊腔聯套與一般

型集曲聯套等，這些班底一路沿用至清初，甚至佔了清初劇作五、六成之多的份量，循環聯套最廣泛使用的【風入松】、【急三鎗】，也是明代頗受青睞的熟套；就北套的運用來說，北曲本已嚴謹，無論是從李玉《北詞廣正譜》所存「套數分題」或者劇作家傳奇劇本所使用的北套來看，流傳到清初並被廣爲使用的幾套北套，體製都相當固定、幾乎是顚撲不破。

與此相應的，就關目情節的運用而言，明傳奇常見的關目在發展初期就已經出現且被大量沿用，日積月累形成相對固定的套式，到了清初，仍見基本型態的續用，少有完全的偏廢或者悖離；在此情況之下，綜合套式、腳色、關目而組織形成的排場，理所當然地呈現相對穩定性，前輩學者許之衡、王季烈等人歸納出特殊排場所慣用之熟套舉例，大多可見於清初蘇州劇作家劇作中，少有完全的悖離與歧異。

凡此種種，皆可見出崑腔曲律自魏良輔製定以來，即已揮別南曲戲文隨心可唱的即興散漫，而有一套顚撲不破的規律與法則，此套規矩撐起崑曲的基本骨幹，成爲異於其他聲腔的獨門特色。

然而崑腔曲律走至清初，在繼承之餘畢竟有所開拓與啓發，在理論方面，明中葉以後曲論家對於曲律的要求，尙侷限於平仄四聲、韻協格律而已，到了清初張大復，從其曲譜評注看來，往往有異於前譜的見解，如：對平仄、韻協的嚴格要求、對板式下定的仔細推敲、前人曲譜中所未及的對字面文采的講究、對文義對仗的要求，不啻可視爲清初崑腔曲律有更進一步的延伸、拓展與開發。

在實踐方面，例如就腳色任唱來說，清初蘇州劇作家作品呈現極爲錯綜複雜的應用：一方面各行各色有適宜任唱之曲，二方面繼承南曲獨唱、分唱、合唱、同唱等多種唱法，無非適應高潮迭起的劇情，多種唱法與各行腳色相互激盪、搭配組合，滋衍無數，遠非舊制所能束縛。就曲牌的性質與用法來說，清初也嘗試開拓新領域，如：正曲也用作引導、尾聲，嘗試疊用新曲，可粗可細之曲更是有多種彈性變化；集曲本以變化新聲爲尙，變套集曲更是豐富多樣，用以調適各種不同的聲情。就劇目題材來說，清初蘇州劇作家不再沈浸於才子佳人的風花雪月之中，轉而將敏銳的眼光關注到社會國家、歷史教訓，完全反映在舊關目的刪落與新關目的興起，部分襲用關目也以原先大量唱曲抒情爲主，調整爲推進劇情爲要、並配合生動的動作提示與賓白穿插。就聯套運用與排場處理方面來說，李玉等劇作家們少見呆板的套用，而

是擅長運用不同氣氛、情調、聲情的聯套，彼此組合串接配搭，以營造高潮迭起的戲劇張力，又能運用特殊聯套類型的基本特色，淋漓發揮所長，使得聲情與劇情相得益彰。

由此可知，崑腔曲律縱然有其嚴謹規範，但絕非一成不變、刻板制式者，而是生發消長、變化不拘的有機體，其在繼承前代的舊習與成規之中，尚有著相當程度的拓展與開發。

二、清初蘇州崑腔曲律之發展與變化

愚意以為，清初蘇州崑腔曲律之發展與變化，有幾個方向可尋：

（一）部分曲牌之格式日趨鬆散

林鶴宜《晚明戲曲劇種及聲腔研究》中指出四種情形，認為是晚明崑山曲體日趨複雜的因素；然而到了清初，遠遠不止於此，本論文第貳章第一節即引用曾師永義的說法說明道：決定曲牌格式變化的因素共有字數、句數、句式、平仄、韻協、對偶等六項，再加上板式問題，眾多因素一旦發生變化，便會大幅度地動搖曲牌既有的格式，第貳章第二節以分項的方式說明平仄、韻協、板式、增減字、單雙句式、對偶等因素的變化造成更換新曲、增列變體、正變異位，已見頗多例證，但更多的是，綜合二項以上的因素彼此連帶糾結，一齊產生變化，以致曲體與本格面目迥異，第貳章第三節所舉綜合因素者即是如此。

因此，若未釐清各曲變化之因，恐怕光從變化多端的外觀，已難分辨該曲與本格之間的關係了。反過來說，之所以會有這麼多面目全非的曲體出現，無非是意味著影響格式變化的因素越來越多、越趨複雜，以致部分曲牌之既有格式日趨鬆散。也正因為如此，到了乾隆年間，《九宮大成南詞宮譜》所收羅的曲牌才會史無前例的龐大眾多，其「又一體」更是琳瑯滿目、五花八門。

從曲牌格式的角度來看，南曲既已發生變異至此，原本格式變化更是難測的北曲又將如何？

首先從增句來看，本論文第參章比對《中原音律》、《正音譜》、《廣正譜》所錄「字句不拘可供增損」的曲牌，並無太大增減；然而，進一步比較諸譜卻可以發現《廣正譜》所收增減句的例句大幅增多，增損方式也大幅變化，既有成規已快收縛不住，正朝著極為開放、恣意的方向發展。再從所收曲調

的種類來看,《廣正譜》大部分承襲了前二譜而有所增加,然而其中卻收入了應被剔除出「北曲」範疇的諸宮調,甚且應屬詞牌、南曲的曲牌,顯示出清初曲論家對於「北曲」的概念與認知,以元代北曲的標準審視之,已然錯亂謬誤。再從曲段與支曲的情形來看,原本一絲不苟的北曲聯套規律也出現了部分程度的消解,聯綴緊密固定的曲段產生了游移鬆動,必用支曲也出現了遺失脫落,儼然失序脫軌。再從煞曲與尾聲來看,《廣正譜》誤將般涉調【三煞】曲牌視爲煞曲,以致史無前例地出現十一種變格,即是清初北曲煞曲格式凌亂、界線模糊、歸屬錯誤之反映;清初北曲尾聲的類型大抵繼承前代,並無創新開展,然而,既有曲牌卻衍生出多曲變體,彼此之間的區隔日益紛亂難辨,或者名異實同、或者名同實異、或徑出入宮調主次顛倒、或名實兩異卻扭作一調,各種複雜訛亂的情形,均指出北曲曲牌內在規律的漸次消解,到了清初實已渺不可知。

曲牌的整理已復如此,那麼,劇作家創作之時又呈現如何狀態呢?本論文第肆章第二節用大量的篇幅,說明清初作品有將近三成是不見於明代熟套的新式聯套,以一般聯套來說,就可見出單曲型、變異型、雜綴型等多種,單曲型若運用太多,便破壞聯套的原則;變異型則已破壞明代熟套的既有規矩;雜綴型更是零散不成理序,恐怕難以稱爲聯套。而此三者仍能前後相連同用於一出,可見其曲牌的性格已漸模糊、面目已難區隔。再如疊腔聯套,相當程度的曲牌由原本不宜疊用變化成出現疊用,宜於疊用的曲牌反而未見疊用。再如集曲聯套,一般集曲的沿用程度雖高,但已非清初劇作家使用集曲的重點,劇作家們以變化視聽、創作新聲爲務,故以琳瑯滿目、幾無重複的變套集曲爲創作的主力,集曲需由熟諳音律者汲取各曲的特點加以拆解鎔鑄、組合配搭,若非曲牌格式漸趨模糊鬆散,如何能提供劇作家們靈活自在的隨意取用、自由配組呢!

整體看來,從張大復《寒山堂曲譜》約有六成內容是異於舊譜,而劇作家作品又有將近三成聯套不見於明代熟套的現象可知,部分曲牌內在的既有規律已日趨鬆散,是清初蘇州崑腔曲律變化發展的方向之一。

(二)宮調統轄力漸失

林氏還分析到宮調內涵不斷地變更過程中,崑山腔的調適之道,是以管色高下來建立一套新的秩序;然而,這套新秩序到了清初,顯然經過近百年的流轉而又面臨統轄力漸失的窘境,此從張大復、李玉編譜時對宮調的處理

頗多異於舊譜之處即可看出。

　　先就張譜來說，本論文第壹章第四、第五節屢次提及張大復一改「宮」、「調」並立的方式而融合二者，就已經是宮調系統在清初的一大突破；然而較諸前譜，張譜對於曲牌歸屬的不同、以及宮調統納的不同，均透露出對於南北曲界線的模糊、對於犯調與否的劃分不一、對於板式下定與格式的淆亂等曲律演變的訊息；宮調統納不同的情形更多，有一整卷小石調曲牌本歸於仙呂者、有某些曲牌本歸於另一宮調者、有某些曲牌本不詳宮調清初始歸於某調者、有某些曲牌始終居無定所地游離在各宮調之間者……凡此種種複雜訛亂的現象，均顯示出清初宮調的劃分，對於頗多程度的曲牌而言，恐怕已無統轄之力，甚至於連曲家本身對於宮調的定義與特質，都產生了概念模糊、尷尬困窘、難以釐定的情形。

　　類似者也發生在李玉《北詞廣正譜》對於宮調問題的處理，本論文第參章第一節所介紹《廣正譜》的體例內容，曾言及編者以六宮十一調爲全書曲譜的綱領，此十七宮調首見於元周德清《中原音韻》引述芝菴《唱論》，所據甚古；然而，在曲譜史上《廣正譜》卻是首次以十七宮調架構全譜者，因爲這十七宮調實際上從未被應用於曲譜系統以及實際創作之中，其中五個宮調早已不用形同虛設：「高平調」、「道宮」輯曲 11 支，卻來自《董西廂》諸宮調，可見北曲已不適用；「揭指調」、「宮調」、「角調」三種甚至沒有轄曲，《廣正譜》明注「缺」。李玉等編譜者卻仍用心良苦地對於「十七宮調」加以考古存證，並煞有介事地架構全書，然而，在實際運用層面來說，這樣的作法反而突顯出編譜者的「不識時務」、「不切實際」。之所以如此，乃出於宮調實際的統轄能力已漸消失，以致編者對於宮調觀念的日趨模糊。

　　可見從宮調方面來看，清初仍是處於舊規則日漸瓦解、新秩序尚未建立的過渡期。

（三）舞台搬演日趨重視

　　尤可注意的是，上述部分曲牌之格式日趨鬆散、宮調統轄力的漸失，均指向同一意涵，即：舞台搬演日趨重視。此點就四個層面來說：

　　首先，就張大復編纂《寒山堂曲譜》的編譜態度而言，其在凡例中屢屢明言：「曲譜示人以法，祇以律重、不以詞貴」、「此譜以實用爲主」、「曲譜本爲作曲者而作」、「本譜原爲作曲者而作」可見張氏是基於作劇者實際的需要而編譜，一切以音律爲導向，也就是以實際的舞台搬演爲依歸，如此一來，就已經確定

了該譜絕非案頭文章、也不僅止於平仄四聲的文字層面而已，還要更進一步講究音樂層次、舞台搬演的問題，以俾作曲、定板、甚且唱曲、演劇。

其二，就比對曲譜的內容而言，可以發現張譜頗多處提到和搬演相關的問題，如：本論文第壹章所述「板式」，常常出現在各項變化之中造成複雜錯綜的情形，與正襯結合而產生變體者有正宮【普天樂】、與犯調與否結合以致增列變體者有黃鐘宮【獅子序】、與曲牌的劃分相結合以致二曲混淆者有仙呂【解三酲】與【針線箱】……等等，板式變化最直接的關連就是演唱上的變化，這些複雜的現象可說是相當程度地反映了當時演唱情形的多變與豐富。北曲譜方面，同樣可以發現清初曲家妙解音律、重視曲學的傾向，如：從增句方面來看，《廣正譜》對於增句的關注，多集中在位置、形式、數量等方面，而這些方面首當其衝影響的就是唱法的問題。

其三，就曲譜異於前譜的形式而言，張、李南北二譜不約而同地刪去以前眾譜極爲重視的旁注平仄，張譜悉心增列拍數，李譜還是第一部標點板眼的北曲譜，均透顯著清初曲譜由格律譜朝往工尺譜的方向過渡，清初蘇州曲學家們對於崑腔曲律的關注，已遠遠超越了周德清、沈璟時代講究用字選詞、平仄陰陽的文學層面，而是進入了審音度律的曲學層面，此遞嬗演變之際，正是宣告著舞台演唱的日益重要。

其四，就清初傳奇劇本所見排場處理而言，無論從相連兩出的對比反差、全本結構的高低起伏、劇作中經常出現賓白穿插曲文、大量的動作提示，乃至於特殊聯套類型所變化生發的各式排場，都可見出清初蘇州劇作家們所努力發展，是朝著加強戲劇性、豐富表演性的方向駛去，無怪乎時人咸稱清初蘇州劇作家個個深諳劇場、出出搬演舞台，如：明末馮夢龍爲李玉《重訂永團圓》所作〈敘〉謂：「初編《人獸關》盛行，優人每獲異稿，競購新劇，甫屬草，便攘以去。」清初大儒錢謙益爲李玉《眉山秀》所作〈題詞〉謂：「元玉言詞滿天下，每一紙落，雞林好事者爭被管弦。」吳偉業〈與冒辟疆書〉云：「小詞《秣陵春》近演於豫章滄浪亭，江右諸公皆有篇詠，不識曾見之否？江左玲瓏亦有能歌一闋乎？望老盟翁選秦青以授之也。」均可見出清初蘇州劇作家作品重視舞台搬演、實際運用場上的情形。

（四）北曲崑山水磨調化

上述南曲曲牌格式的日趨鬆散、宮調統轄力的漸失，也可見於北曲，而北曲這種內在規律的崩潰消解，事實上是受到整個時代環境的影響所產生的

質變，此「質變」一言以蔽之，曰「崑山水磨調化」。

本論文在第壹章第一、二節中曾經梳理明末清初蘇州地區所流行的戲曲腔調，其中來自北方的弦索調事實上即元代的北曲，在明中葉以後由張野塘等曲師傳入蘇州，在魏良輔等音樂家的悉心研習琢磨之下，「更定弦索音，使與『南音』相近」，終於使得「吳中『弦索』自今而後始得與『南詞』並推隆盛矣。」此「南音」、「南詞」，實即由魏良輔等人改良提升的崑山水磨調。換句話說，自明中葉以來傳入蘇州地區的北曲，早已在耳濡目染之下深受崑曲影響，在明末尚且能保有自身體質而與「南曲」齊頭並進、並推隆盛；但到了清初，此「崑山水磨調化」日益浸染，終至崩散瓦解了北曲內在的規律，使得清初蘇州地區的北曲呈現和元代北曲大異其趣之貌。

關於此點，茲以板式的變異為例說明：明魏良輔《曲律》云：

> 北曲與南曲，大相懸絕，有磨調、弦索調之分。北曲字多而調促，促處見筋故詞情多而聲情少。南曲字少而調緩，緩處見眼，故詞情少而聲情多。北力在弦索，宜和歌，故氣易粗。南力在磨調，宜獨奏，故氣易弱。〔註1〕

可知南曲字少音多、北曲字多音少，體質本來不同，此異同處反映在板式上，便是前引明王驥德《曲律》卷二第十九條所云：「北曲配弦索，雖繁聲稍多，不妨引帶。南曲取按拍板，板眼緊慢有數，襯字太多，搶帶不及，則調中正字反不分明。」然而，清初《北詞廣正譜》雖然首創北曲附點板眼，卻不免於「點板過密」之病，此病因追根究柢即「崑山水磨調化」，即以崑曲的板式去規範北曲，原本北曲活板靈動自如，襯字即便再多，也能引帶過去；一旦將襯字視為正字、進而點上實板之後，便使得曲文字數過多，喧賓奪主、搶帶不及。前文提到《廣正譜》全書以襯作正、附點板式之處甚多，均反映出清初北曲崑山水磨調化的趨勢，如此趨勢焉能不使北曲內在規律發生質變與消解？明末蘇州音樂家沈寵綏即屢屢發生感嘆，其《度曲須知·曲運隆衰》云：

> 蓋自有良輔，而南詞音理，已極抽秘逞妍矣。惟是北曲元音，則沈閣既久，古律彌湮，有牌名而譜或莫考，有曲譜而板或無徵，抑或有板有譜，而原來腔格，若務頭、顛落、種種閫挨子，應作如何擺放，絕無理會其說者。……至如弦索曲者，俗固呼為「北調」，然腔

〔註1〕〔明〕魏良輔：《曲律》，收入《中國古典戲曲論著集成》第 5 冊（北京：中國戲劇出版社，1959 年），頁 7。

嫌嫋娜，字涉土音，則名北曲而曲不眞北也，年來業經釐剔，顧亦

以字清腔徑之故，漸近水磨，轉無北氣，則字北曲豈盡北哉？〔註2〕

晚於李玉的清徐大椿《樂府雜錄・源流》則云：

至明之中葉，崑腔盛行，至今守之不失。其偶唱北曲一二調，亦改

爲崑腔之北曲，非當時之北曲矣！〔註3〕

沈寵綏的「漸近水磨」，亦即徐大椿明白指出入清以來北曲「亦改爲崑腔之北曲」的質變現象，可知清初蘇州地區的北曲，已然朝著不可違逆的「崑山水磨調化」的方向駛去。

總上所述，可見清初崑曲部分曲牌的格式日趨鬆散、宮調統轄力的漸失，相沿已久的北曲也已喪失本身性格而趨向於崑山水磨調化，種種發展與變化，多指向加強舞台搬演、豐富戲劇張力的方向。這樣的劇場特質，無疑地揭示著清初蘇州崑腔曲律，處於新舊交替、關鍵樞紐的時期，而達於渾圓成熟、徹體通透的高峰。

三、清初蘇州崑腔曲律之研究意義與價值

最後要提到的是，清初蘇州崑腔曲律的探討，對於戲曲聲腔發展史、乃至於戲曲史之研究，是否具有特殊的意義與價值呢？筆者鄙意以爲，要思考這個問題，必須將清初蘇州別於他地、他時的特殊之處標舉出來，始能凸顯深刻之。

首先觀察同一時期其他地區戲曲腔調劇種的發展情形。相較於清初蘇州各地方腔調的發展空間有限，其他地區對於各地方腔調的吸收與流傳似乎更爲活潑開放：

自明中葉以後，南戲諸腔調流播各地並產生諸多變體，入清之後，四大聲腔「南崑、北弋、東柳、西梆」〔註4〕沿著長江流域自湖北、安徽到江蘇一

〔註2〕 〔明〕沈寵綏：《度曲須知》，收入《中國古典戲曲論著集成》第 5 冊（前揭書），頁 198～199。

〔註3〕 〔清〕徐大椿：《樂府傳聲》，收入《中國古典戲曲論著集成》第 7 冊（前揭書），頁 157。

〔註4〕 「南崑、北弋、東柳、西梆」是一種概括的説法，首見於齊如山《京劇之變遷》，書中引述清末民初老伶工勝雲（慶玉）自述。轉引自廖奔、劉彥君：《中國戲曲發展史》第四卷（太原：山西教育出版社，2000 年 10 月），頁 8。此乃泛指清初四大聲腔的分佈區域：南崑自是崑山腔、北弋是指流播到北京的弋陽腔、東柳指流播到山東的柳子腔（即弦索調之屬）、西梆則爲梆子腔。

帶廣爲流傳，並形成複雜的複合式聲腔，於是很多地方就同時吸收了多種腔調並加以方言化，如：安徽省安慶一地，擁有崑山腔、青陽腔、徽州腔、四平腔、梆子腔、吹腔、撥子等複雜的聲腔；江西省臨川一地，也有崑腔、高腔、亂彈等腔；湖南湘劇、江西贛劇、四川川劇等地多是複合式的聲腔劇種；鄰近江蘇的浙江一帶，除了崑腔之外也有高腔、調腔等地方聲腔落地生根，形成多腔調劇種「婺劇」。〔註5〕由此看來，相較於清初其他地區對於各地方腔調強力的吸收與化用，蘇州地區對於崑山腔以外的地方腔調的態度，顯然是保守甚且排斥得多。

　　這個情形，恐怕和蘇州所處的地理環境以及文化環境有很大的關係。就江蘇省境內其他州府而言，常州、鎮江、江寧諸府緊鄰安徽，所以容易受到徽班影響而有高淳陽腔目連戲、徽戲；徐州府、淮安府地處蘇北，較諸蘇南還要早受到梆子腔的影響而有江蘇梆子；松江府與蘇州府兩地相鄰，風氣接近，而較之更爲開放前衛；蘇州府亦緊鄰浙江，兩地同爲人文薈萃之都，而崑山腔在它由當地土腔經魏良輔等音樂家著意改良爲精緻細膩的水磨調之後，就注定了它適合於文化水平較高的地區發展的命運，於是崑山水磨調誕生於蘇州，蘇州高度發展的文化環境讓崑山腔於此滋生不息，蘇州人也以此爲傲，對於其他地方腔調便不甚感興趣甚至帶有貶意。

　　因此，無論從地理環境還是文化環境來看，蘇州地區都是最適合崑山腔發展繁榮的地方，相形之下，其他地方腔調自然不容易與之爭勝了。

　　其次是檢視清初以後蘇州地區戲曲腔調劇種的發展情形。乾隆時期各地方腔調劇種早已如火如荼地於各地蔓延燃燒，蘇州地區撑到了乾、嘉以後終於也被「攻陷」，終結了清初以前崑山腔一枝獨秀的局面。崑山腔不再擁有壓倒性的優勢，梆子腔、西秦腔、高腔、亂彈腔等地方劇種排山倒海而來，且看乾隆間蘇州劇作家沈起鳳（1741～？）於《諧鐸》卷十二「南部」條所云：

　　　吳中樂部，……自西蜀韋（筆者案：應爲「魏」，指蜀伶魏長生）三
　　　兒來吳，淫聲妖態，闌於歌台。亂彈部靡然效之，而崑班子弟，亦
　　　有倍師而學者，以至漸染骨髓……〔註6〕

〔註5〕　以上可參見林鶴宜：《晚明戲曲劇種及聲腔研究》（前揭書），頁 26、27、23
　　　　等等；余從：《戲曲聲腔劇種研究》（北京：人民音樂出版社，1990 年 6 月），
　　　　「劇種一覽」表，頁 174～205。
〔註6〕　清沈起鳳著、喬雨舟點校：《諧鐸》（北京：人民文學出版社，1985 年 1 月），
　　　　頁 176。

此「亂彈部」爲江、浙地區對於各地方聲腔之總稱，從「靡然效之」四字可知此時地方聲腔已席捲整個蘇州地區，甚且有崑班子弟背師改藝者。這個情形還可以從乾隆年間的戲曲選本《綴白裘》中見出。據吳新雷先生〈舞台演出本選集《綴白裘》的來龍去脈〉一文考證，《綴白裘》共有五個本子：

> 在通行本問世以前，至少已經出現了「明刻本」、「康熙本」和「乾隆四年本」三種同名的選集了。應該注意的是，這些選本收錄的都是明末清初流行的崑腔戲，出於元人雜劇和明清傳奇的散出，還沒有牽涉到花部亂彈戲。〔註7〕

至於現今通行的《綴白裘》始輯於乾隆二十八年夏天，由蘇州寶仁堂書房刊刻，其中除了崑腔戲之外，便包羅了梆子腔、西秦腔、高腔、亂彈腔等花部亂彈。由此可知，蘇州地區遲至乾隆以後，地方腔調才得到較大的發展空間。這個情形相對於其他地區而言，可以說是較晚、較緩的。

　　綜合全論文的探討，可知蘇州地區由於特殊的地理環境、文化氛圍，在鼎革之後、百廢待舉的清初時期，對於崑腔曲律自明代以來既有的豐富成就，不僅有所繼承傳續、涵養容受，同時開創新局、拓展視野，甚且消解既有的規範與秩序，進而產生更多的發展與變化，使得崑腔曲律不僅是騷人詞家吟哦詠唱、舞文弄墨的風流文章，更是生旦淨丑搬演人生百態、戲說古今是非的氍毹勝場。由此看來，對於清初蘇州崑腔曲律之研究，實有其不容忽視的意義與價值。

〔註7〕　見吳新雷：《中國戲曲史論》（南京：江蘇教育出版社年3月），頁208～209。

引用書目

一、工具書

（一）辭典類

1. 《中國戲曲劇種大辭典》編輯委員會編：《中國戲曲劇種大辭典》，上海：上海辭書出版社，1995 年 6 月。
2. 錢仲聯主編：《中國文學家大辭典·清代卷》，北京：中華書局，1996 年 10 月。
3. 《中國劇目辭典》擴編委員會擴編：《中國劇目辭典》，，石家莊：河北教育出版社，1997 年 9 月。
4. 《中國曲學大辭典編委會編：中國曲學大辭典》，浙江：浙江教育出版社，1997 年 12 月初版。

（二）資料彙編及圖書目錄類

1. 蔡毅編著：《中國古典戲曲序跋彙編》，濟南：齊魯書社，1989 年。
2. 中國古籍善本書目編輯委員會編：《中國古籍善本書目》集部，上海：上海古籍出版社，1998 年 3 月。

（三）其　他

1. 陸峻嶺，林幹同編：《中國歷代各族紀年表》，臺北：木鐸出版社，1982 年。

二、古　籍

（一）劇本類

1. 〔清〕黃兆森：《忠孝福》傳奇，據清康熙五十七年刊本，現藏於台灣大

學總圖書館善本書室。

2. 《古本戲曲叢刊》二集，上海：上海商務印書館，1955 年七月初版。

3. 《古本戲曲叢刊》三集，上海：上海商務印書館，1957 年二月初版。

4. 〔清〕孔尚任著、王季思等注：《桃花扇》，北京：人民文學出版社，1959 年 4 月。

5. 《清人雜劇初集二集》合訂本，鄭振鐸纂集，香港：龍門書店，1969 年 3 月彙輯影刊。

6. 張燕謹等校注：《十五貫校注》，上海：上海古籍出版社，1983 年。

7. 《元曲選》，〔明〕臧懋循選，台北：台灣中華書局，1983 年 12 月臺四版。

8. 《全明傳奇》，台北：天一出版社，1985 年初版。

9. 《古本戲曲叢刊》五集，上海：上海古籍出版社，1986 年初版。

10. 王永寬點校：《翡翠園》，北京：中華書局，1988 年。

11. 張樹英、吳書蔭點校：《黨人碑‧琥珀匙》，北京：中華書局，1988 年

12. 《全明傳奇續編》，台北：天一出版社，1996 年初版。

13. 周鞏平校點：《醉菩提》，北京：中華書局，1996 年。

14. 陳古虞等點校：《李玉戲曲集》，上海：上海古籍出版社，2004 年。

（二）曲論、曲譜、曲選、曲目類

1. 〔清〕查繼佐（東山釣史）、鴛湖散人同輯：《九宮譜定》，1920 年上海中華書局據清初金閶綠蔭堂刻本排印，現藏於台灣大學總圖書館善本書室。

2. 許之衡：《曲律易知》，民國壬戌（十一年，1922 年）飲流齋刊本，現藏於台灣大學總圖書館善本書室。

3. 《中國古典戲曲論著集成》，北京：中國戲劇出版社，1959 年 7 月初版

〔元〕芝菴：《唱論》，第一冊

〔元〕周德清：《中原音韻》，第一冊

〔明〕朱權：《太和正音譜》，第三冊

〔明〕徐渭：《南詞敘錄》，第三冊

〔明〕王驥德：《曲律》， 第四冊

〔明〕凌濛初：《譚曲雜劄》，第四冊

〔明〕沈德符：《顧曲雜言》，第四冊

〔明〕沈寵綏：《度曲須知》，第五冊

〔明〕呂天成：《曲品》，第六冊

〔明〕祁彪佳：《遠山堂曲品》，第六冊

〔清〕高奕：《新傳奇品》，第六冊

〔清〕無名氏：《傳奇彙考標目》，第七冊

〔清〕徐大椿：《樂府傳聲》，第七冊

〔清〕支豐宜：《曲目新編》，第九冊

〔清〕劉熙載：《藝概》，第九冊

〔清〕姚燮《今樂考證》，第十冊

4. 鄭因百（騫）先生：《北曲新譜》，台北：藝文印書館，1973 年。

5. 王季烈：《螾廬曲談》，台北：台灣商務印書館，1978 年。

6. 〔明〕沈璟：《增定南九宮曲譜》，收入《善本戲曲叢刊》第 27、28 冊，台北：學生書局，1984 年。

7. 〔明〕沈自晉《南詞新譜》，收入《善本戲曲叢刊》第 29、30 冊，台北：學生書局，1984 年。

8. 〔清〕毛瑩：《晚宜樓雜曲》，收入盧前輯校：《飲虹簃所刻曲》，台北：世界書局，1985 年。

9. 吳梅：《南北詞簡譜》，台北：學海出版社，1997 年。

10. 〔清〕李玉：《北詞廣正譜》，台北：學海出版社，1998 年。

11. 〔清〕朱素臣、李書雲輯：《音韻須知》，據上海辭書出版社圖書館藏清刻本影印，收入《續修四庫全書》集部第 1747 冊，上海：上海古籍出版社，2002 年。

12. 〔清〕張大復：《寒山堂新定九宮十三攝南曲譜》，中國藝術研究院音樂研究所藏鈔本，收入《續修四庫全書》第 1750 冊，上海：上海古籍出版社，2002 年。

13. 〔清〕呂士雄等輯：《新編南詞定律》，據中國藝術研究院戲曲研究所藏清康熙刻本影印，收入《續修四庫全書》集部第 1751 冊，上海：上海古籍出版社，2002 年。

14. 〔清〕王正祥撰：《新定十二律京腔譜》，據湖南省圖書館中國藝術研究院戲曲研究所南京圖書館藏清康熙停雲室刻本影印，收入《續修四庫全書》集部第 1753 冊，上海：上海古籍出版社，2002 年。

15. 〔清〕王正祥撰：《新定宗北歸音》，據湖南省圖書館中國藝術研究院戲曲研究所南京圖書館藏清康熙停雲室刻本影印，收入《續修四庫全書》集部第 1753 冊，上海：上海古籍出版社，2002 年

（三）筆記小說類

1. 〔清〕李斗：《揚州畫舫錄》，收入《清代史料筆記叢刊》，北京：中華書局，1960 年 4 月。

2. 〔明〕錢希言：《戲瑕》，收入嚴一萍選輯《百部叢書集成》第 787 冊，台北：藝文印書館，1967 年。

3. 〔明〕范濂：《雲間據目抄》，收入《筆記小說大觀》第 22 編第 5 冊，台北：新興書局，1974 年。

4. 〔清〕葉夢珠：《閱世編》，收入《筆記小說大觀》第 35 編第 5 冊，台北：新興書局，1974 年

5. 〔清〕冒襄：《影梅庵憶語》，收入《筆記小說大觀》第 5 編第 6 冊，台北：新興書局，1974 年。

6. 〔明〕王錡：《寓圃雜記》，收入《元明史料筆記叢刊》，北京：中華書局，1984 年 6 月。

7. 〔清〕沈起鳳著、喬雨舟點校：《諧鐸》，北京：人民文學出版社，1985 年 1 月。

8. 〔清〕徐珂編撰：《清稗類鈔》，北京：中華書局，1986 年 7 月。

9. 〔清〕顧公燮：《消夏閒記摘鈔》，據涵芬樓秘笈影印，收入《叢書集成續編》子部第 96 冊，上海：上海書店，1994 年。

10. 〔清〕劉廷璣：《在園雜志》，據中山圖書館藏清康熙五十四年自刻本影印，收入《四庫全書存目叢書》子部第 115 冊，台南：莊嚴文化事業公司，1995 年 9 月。

11. 〔清〕錢元熙：《過亭記聞》，收入邵廷烈編《婁東雜著》革集，1996 年江蘇廣陵古籍刻印社據道光刊本影印，現藏於台北中央研究院傅斯年圖書館善本書室。

12. 〔清〕顧湄《吳下喪禮辨》，收入邵廷烈編《婁東雜著》竹集，1996 年江蘇廣陵古籍刻印社據道光刊本影印，現藏於台北中央研究院傅斯年圖書館善本書室。

13. 〔清〕張潮編：《虞初新志》，據清康熙三十九年刻本影印，收入《續修四庫全書》第 1783 冊，上海：上海古籍出版社，2002 年。

（四）詩文集

1. 〔明〕陳子升：《中洲草堂遺集》，據清道光二十年南海伍氏詩雪軒校刊本，現藏於台灣大學總圖書館善本書室。

2. 〔明〕袁中道：《袁中郎全集》，收入《明代論著叢刊》第二輯，台北：偉文圖書公司，1976 年。

3. 〔清〕李漁，《李漁全集》，浙江：浙江古籍出版社，1987 年。

4. 〔清〕吳偉業、李學穎集評標校：《吳梅村全集》，上海：上海古籍出版社，1990 年 12 月初版。

5. 〔清〕顧景星：《白茅堂集》，據福建圖書館藏清康熙刻本影印，收入《四庫全書存目叢書》第 205 冊，台南：莊嚴文化出版公司，1997 年 6 月。

6. 〔清〕陳名夏：《石雲居詩集》，清初刻本，收入《四庫全書存目叢書》第

201 冊，台南：莊嚴文化出版公司，1997 年 6 月。

7. 〔清〕汪懋麟：《百尺梧桐閣集》，據中國社科院文學研究所藏清康熙刻本影印，收入《四庫全書存目叢書》第 241 冊，台南：莊嚴文化出版公司，1997 年 6 月。

8. 〔清〕潘耒：《遂初堂文集》，據吉林省圖書館藏清康熙刻增修本影印，收錄於《四庫全書存目叢書》，台南：莊嚴文化事業有限公司，1997 年 6 月初版。

9. 〔清〕尤侗：《西堂全集》，康熙三十三年刊本，現藏於台北中央研究院傅斯年圖書館善本書室。

10. 〔清〕曹溶：《靜惕堂詩集》，據首都圖書館藏清雍正三年李維鈞刻本影印，收入《四庫全書存目叢書》第 198 冊，台南：莊嚴文化出版公司，1997 年 6 月。

11. 〔清〕冒辟疆：《同人集》，據北京師範大學圖書館藏清康熙冒氏水繪庵刻本，收入《四庫全書存目叢書》集部第 385 冊，台南：莊嚴文化事業公司，1997 年 6 月。

12. 〔清〕龔鼎孳：《定山堂詩集》，據北京大學圖書館藏清康熙十五年吳興祚刻本影印，收入《續修四庫全書》第 1402 冊，上海：上海古籍出版社，2002 年。

13. 〔清〕金之俊：《金文通公集》，據中國科學院圖書館藏清康熙二十五年懷天堂刻本影印，收入《續修四庫全書》第 1393 冊，上海：上海古籍出版社，2002 年。

14. 〔清〕曹寅：《楝亭詩鈔》，據清康熙刻本影印，收入《續修四庫全書》第 1419 冊，上海：上海古籍出版社，2002 年。

15. 〔清〕王東漵輯：《海虞詩苑》，乾隆己卯（24 年）王氏家刊本，現藏於台北中央研究院傅斯年圖書館善本書室。

16. 〔清〕沈德潛：《歸愚詩鈔》，清乾隆間教忠堂刊本，現藏於中央圖書館傅斯年圖書館善本書室。

17. 〔清〕董說：《豐草菴詩集》，據上海辭書出版社圖書館藏民國劉氏嘉業堂刻吳興叢書本影印，收入《續修四庫全書》第 1403 冊，上海：上海古籍出版社，2002 年。

18. 吳梅：《吳梅全集》，石家莊市：河北教育出版社，2002 年。

19. 〔清〕孔尚任著、徐振貴主編：《孔尚任全集輯校註評》，濟南：齊魯書社，2004 年 10 月

（五）方志、史書

1. 趙景深、張增元編：《方志著錄元明清曲家傳略》，北京：中華書局，1987 年 2 月。

2. 王煥鑣編纂：《首都志》，據正中書局 1937 年版影印，收入《民國叢書》
   第 5 編第 76、77 冊，上海：上海書店，1996 年。

（六）其 他

1. 故宮博物院明清檔案部編：《李煦奏摺》，北京：中華書局，1976 年。
2. 蘇精：《近代藏書三十家》，台北：傳記文學雜誌社，1983 年 9 月。

三、專書論著

（一）戲曲史

1. 胡忌、劉致中：《崑劇發展史》，北京：中國戲劇出版社，1989 年 6 月初
   版。
2. 吳新雷：《中國戲曲史論》，南京：江蘇教育出版社，1996 年 3 月。
3. 郭英德：《明清傳奇史》，南京：江蘇古籍出版社，1999 年。
4. 廖奔、劉彥君：《中國戲曲發展史》，太原：山西教育出版社，200 年 10
   月。

（二）戲曲相關論著

1. 趙景深：《明清曲談》，上海：古典文學出版社，1957 年。
2. 趙景深：《讀曲小記》，上海：中華書局，1959 年。
3. 趙景深：《戲曲筆談》，上海：上海古籍出版社，1962 年。
4. 周貽白輯釋：《戲曲演唱論著輯釋》，北京：中國戲劇出版社，1962 年。
5. 汪經昌：《曲學例釋》，台北：台灣中華書局，1962 年。
6. 陳萬鼐：《元明清劇曲史》，臺北：中國學術著作獎助委員會，1966 年。
7. 鄭因百（騫）：《景午叢編》，台北：台灣中華書局，1972 年。
8. 汪志勇：《明傳奇聯套研究》，台北：嘉新水泥公司文化基金會，1976 年。
9. 錢南揚：《漢上宧文存》，上海：上海文藝出版社，1980 年。
10. 楊蔭柳：《中國古代音樂史稿》，北京：人民音樂出版社，1981 年 2 月。
11. 王守泰：《崑曲格律》，南京：江蘇人民出版社，1982 年。
12. 〔日〕青木正兒著、王吉廬譯：《中國近世戲曲史》，台北：台灣商務印書
    館，1982 年。
13. 徐扶明：《元明清戲曲探索》，杭州：浙江古籍出版社，1986 年 7 月。
14. 沈燮元編：《周貽白小說戲曲論集》，山東：齊魯書社，1986 年 11 月。
15. 王安祈：《明代傳奇之劇場及其藝術》，台北：學生書局，1986 年。
16. 張敬：《明清傳奇導論》，台北：華正書局，1986 年。

17. 曾師永義：《詩歌與戲曲》，台北：聯經出版公司，1988 年 4 月。

18. 趙景深：《曲論初探》，上海：上海文藝出版社，1989 年 7 月。

19. 趙山林：《中國戲曲觀眾學》，上海：華東師範大學出版社，1990 年 6 月。

20. 余從：《戲曲聲腔劇種研究》，北京：人民音樂出版社，1990 年 6 月。

21. 趙景深：《元明南戲考略》，北京：人民文學出版社，1990 年 10 月。

22. 曾師永義：《參軍戲與元雜劇》，台北：聯經出版公司，1992 年。

23. 浙江溫州市藝術研究所編：《南戲探討集》第 6、7 合輯，浙江：溫州市藝術研究所，1992 年。

24. 康保成：《蘇州劇派研究》，廣州：花城出版社，1993 年。

25. 林鶴宜：《晚明戲曲劇種及聲腔研究》，台北：學海出版社，1994 年。

26. 王守泰主編：《崑曲曲牌及套數範例集》，上海：上海文藝出版社，1994 年。

27. 蔣菁：《中國戲曲音樂》，北京：人民音樂出版社，1995 年。

28. 陸萼庭：《清代戲曲家叢考》，上海：學林出版社，1995 年。

29. 洛地：《詞樂曲唱》，北京：人民音樂出版社，1995 年。

30. 曾師永義：《論說戲曲》，台北：聯經出版公司，1997 年。

31. 許子漢：《元雜劇聯套研究——以關目排場爲論述基礎》，台北：文史哲出版社，1998 年。

32. 游宗蓉：《元雜劇排場研究》，台北：文史哲出版社，1998 年。

33. 趙景深：《讀曲隨筆》，上海：上海文藝出版社，1999 年。

34. 周維培：《曲譜研究》，南京：江蘇古籍出版社，1999 年。

35. 許子漢：《明傳奇排場三要素發展歷程之研究》，台北：國立台灣大學出版委員會，1999 年。

36. 鄭西村：《崑曲音樂與塡詞》，台北：學海出版社，2000 年。

37. 李玫：《明清之際蘇州作家群研究》，北京：中國社會科學出版社，2000 年。

38. 陳芳：《清代戲曲研究五題》，台北：里仁書局，2002 年。

39. 陸萼庭：《崑劇演出史稿（修訂本）》，台北：國家出版社，2002 年。

40. 李惠綿：《戲曲批評概念史考論》，台北：里仁書局，2002 年。

41. 林鶴宜：《規律與變異：明清戲曲學辨疑》，台北：里仁書局，2003 年。

42. 俞爲民：《曲體研究》，北京：中華書局，2005 年。

（三）蘇州文化研究專書

1. 《中國戲曲志·江蘇卷》編輯委員會編：《中國戲曲志·江蘇卷》，北京：

中國 ISBN 中心出版，1992 年 12 月初版。

2. 蘇州市文化局編：《蘇州民間器樂曲集成》，蘇州：古吳軒出版社，1999
年 12 月。

（四）戲曲志

1. 《中國戲曲志》編輯委員會：《中國戲曲志江蘇卷》，北京：新華書局，1992
年 12 月。

2. 《蘇州戲曲志》編輯委員會編：《蘇州戲曲志》，蘇州：古吳軒出版社，1998
年 10 月初版。

（五）其　他

1. 鄭振鐸：《中國文學研究》，北京：人民文學出版社，2000 年

四、學位論文

1. 《尤侗之生平暨作品》，丁昌援，政治大學中文研究所碩士論文，1978 年
6 月。

2. 《李玄玉劇曲十三種研究》，王安祈，台灣大學中文研究所碩士論文，1980
年 6 月。

3. 《吳梅村及其三種曲研究》，歐陽岑美，高雄師範學院國文所碩士論文，
1982 年 5 月。

4. 《李玉《占花魁》研究》，李旻雨，師範大學國文研究所碩士論文，1985
年 11 月。

5. 《尤侗《西堂樂府》研究》，沈惠如，東吳大學中文研究所碩士論文，1987
年 4 月。

6. 《尤侗《鈞天樂》傳奇研究》，阮淑芳，台灣大學中文研究所碩士論文，
1992 年 6 月。

7. 《明末清初劇作家之歷史關懷──以李玉、洪昇、孔尚任爲主》，康逸藍，
淡江大學中文研究所碩士論文，1992 年 6 月。

8. 《李玉《清忠譜》研究》，錢如意，高雄師範大學國文研究所碩士論文，
1996 年 6 月。

9. 《朱素臣《雙熊夢》傳奇研究》，金炯辰，台灣大學中文研究所碩士論文，
1999 年 6 月。

10. 《明中葉至清初文人與戲劇關係之研究》，洪麗淑，逢甲大學中文研究所
碩士論文，1999 年 6 月。

五、單篇、期刊、論文集之論文

1. 一廠：〈侫宋妾元室雜劇——寒山堂曲譜〉，刊於《中報》，南京發行，1944年2月10日至12日，第四版。

2. 葉德均：〈十年來中國戲曲小說的發現〉，刊於《東方雜誌》第43卷第7號，上海：東方雜誌社，1947年4月。

3. 錢南揚：〈跋《彙纂元譜南曲九宮正始》〉，刊於《文史雜誌》第六卷第一期，蘇州：文史雜誌社，1948年3月。

4. 葉慶炳：〈《北詞廣正譜》般涉【三煞】糾謬〉，刊於《國立台灣大學文史哲學報》第三期，台北：台大文史哲學報編輯委員會編，1951年。

5. 錢南揚：〈論明清南曲譜的流派〉，刊於《南京大學學報》（人文科學版）第8卷第2期，1964年6月。

6. 司徒修（Hugh M.Stimson）："Song Arrangements in Shianleu Acts of Yuan Tzarjiuh"，〈中文譯名：〈元雜劇仙呂宮套曲的排列次序〉，原文以英文發表），刊於《清華學報》新五卷一期，1965年7月。

7. 張敬：〈南曲聯套述例〉，刊於《台大文史哲學報》第十五期，1966年8月。

8. 錢南揚：〈曲譜考評〉，刊於《文史雜誌》第四卷第十一、十二期，1969年10月。

9. 何爲：〈論南曲的「合唱」〉，刊於《戲曲研究》第一輯，北京：中國戲劇出版社，1980年。

10. 傅雪漪：〈明清戲曲腔調尋踪——試談《太古傳宗》附刊之《弦索時劇新譜》〉，刊於《戲曲研究》第15輯，北京：文化藝術出版社，1985年9月。

11. 周翹平：〈張大復戲曲作品考辨〉，刊於《戲曲研究》第19輯，北京：文化藝術出版社，1986年7月。

12. 王鋼：〈記徐慶卿的《北詞譜》〉，刊於《文史》第三十一輯，中華書局編輯部編，中華書局出版，1988年11月。

13. 周翹平：〈《九宮正始》編者徐迎慶生平述略〉，刊於《文獻》，1991年第1期。

14. 黃仕忠：〈《寒山堂曲譜》考〉，刊於《傳統文化與現代化》1997年第6期，北京：中華書局，1997年。

15. 李舜華：〈一個失落了的環節——《九宮正始》與《寒山堂曲譜》的發現與研究〉，收入溫州市文化局編：《南戲國際學術研討會論文集》，北京：中華書局，2001年5月。

16. 〔韓〕梁會錫：〈論雜劇作家史九敬先與南戲作家史九敬先〉，收入溫州市文化局編：《南戲國際學術研討會論文集》，北京：中華書局，2001年5月。

附　錄

附錄一　〈張大復《寒山堂曲譜》及其以前衆曲譜之宮調排列表〉

《十三調南曲音節譜》		仙呂宮 1〔註1〕	羽調 2	黃鐘宮 3	商調 4	商黃調 5	正宮 6	大石調 7	中呂宮 8	般涉調 9	道宮調 10	南呂宮 11	高平調 12	越調 13	小石調 14	雙調 15	仙呂入雙調 16
蔣孝《舊編南九宮譜》	○〔註2〕	1		5	7		2	8	3			4		6		9	
沈璟《南曲全譜》	○	1	2	8	10		3	4	5	6		7		9	11	12	13
查繼佐《九宮譜定》	○	3	10	1	7		2	12	4	11		5		6	13	8	9
沈自晉《南詞新譜》	○	1	2	9	11	12	3	4	5	6	7	8		10	13	14	15
鈕少雅《南曲九宮正始》	○	4		1	7		2	3	5			6		8		9	10
張大復《南詞便覽》	○			∨〔註3〕													
《元詞備考》		/5		/1			/2	/3							/4		

〔註1〕　此表以現存最早之南曲譜《十三調南曲音節譜》所列順序爲基準，據此觀察衆曲譜對於宮調排列之變化，以宮調爲最小單元，不分「引子、過曲、犯調」，一宮調獨佔一個數字，由數字大小可觀該宮調出現之先後；然以張譜爲主要觀察對象，故張譜以後，每宮調細分「過曲、犯調」，/之左列爲該調過曲，/之右列爲該調犯調，由缺空處即可觀察該譜所缺內容。

〔註2〕　此欄附註該譜正文之前是否收有「凡例、序言、總論」等，有者以「○」表示。

〔註3〕　此處據周筆平介紹，僅知北圖藏本之曲譜正文僅存黃鐘宮一部份，其餘宮調僅存目錄，但周氏並未寫出還有哪些「其他宮調」，因此此處僅以「∨」標示。

之一《詞格備考》	/10	1/13〔註4〕	/6	/11	/12〔註5〕	/7	/8	3/16		/15	2/14	5/18	/9	4/17
之二《寒山曲譜》不分卷	8/8		4/4			5/5	6/6	2/2		1/1			7/7	3/
之三《寒山堂新定九宮十三攝南曲譜》五卷	○	1/		5/		2/	3/						4/	
之四《寒山堂新定九宮十三攝南曲譜》十五卷	○	5/5		1/1		2/2	3/3	7/7		6/6〔註6〕			4/4	8/

附錄二　〈《北詞廣正譜》所收曲調分類〉〔註1〕

	本　調		借自他調		歸入他調		諸宮調		南曲	詞調		其他或備註
黃鐘	首:醉花陰、侍香金童、文如錦、女冠子、願成雙 正:喜遷鶯、出隊子、刮地風(犯)、四門子、古水仙子、神仗兒(犯)、節節高(犯)、者剌古、(古)寨兒令、六幺令、九條龍、降黃龍袞 尾:**尾聲、神仗兒煞**〔註2〕 小令:晝夜樂、紅衲襖、賀聖朝	22	中呂:山坡羊 南呂:隔尾、梁州第七、四塊玉 般涉:**三煞** 商調:掛金索 雙調:水仙子、荊山玉、竹枝歌	9	雙調:柳葉兒 **隨煞** 南呂:**隨尾、黃鐘尾**	4	興隆引 傾杯序 絳樓春	3	0	人月圓	1	

〔註4〕 唯《詞格備考》全書宮調排列紊亂，同宮調之「過曲、犯調」並不前後相連，因此姑且不按上述體例，逕以出現內容爲序編號排列，以觀其錯落間雜情形

〔註5〕 作「商角調犯」

〔註6〕 此卷開頭有「此下北圖藏本第三冊……」字樣

〔註1〕 本表在於爲《北詞廣正譜》所收曲牌進行分類，其依據爲鄭因百先生《北曲新譜》及《北曲套式彙錄詳解》之每卷「概説」，二書對於北曲曲牌性質與類別有極爲詳盡的分析與說明，本表據此劃分爲七欄:首欄區分出每宮調例用作首曲、尾聲的曲牌，表中分別以「首、尾」標示;聯入套中的曲牌一般稱爲正曲，此以「正」標示;用作小令不入套數者另立一類。次欄以後爲二書認爲「舊譜所收今刪去或改併者」:《廣正譜》每卷目錄本就劃分出「借宮」曲牌，茲爲表中「借自他調」欄;本屬他調者立爲「歸入他調」欄;僅用於諸宮調者立爲「諸宮調」欄;與南曲、詞調混淆者分別釐清爲「南曲」、「詞調」欄。以此二書對於曲牌性質的檢視爲基準，對《北詞廣正譜》所收曲調進行分類整理，是爲了突顯清初曲譜編者對於北曲曲牌的收納，已有了宮調歸屬不清、詞曲諸宮調界線不明等模糊訛誤的情形。

〔註2〕 爲了便於正文第四節第三點對於「煞曲」與「尾聲」的討論，本表將屬於「煞曲」與「尾聲」的曲牌以粗黑、加網底的方式標示出來。

宮調	曲牌		借宮									
正宮	首：端正好、月照庭、菩薩蠻　正：滾繡球、倘秀才、呆骨朵、叨叨令、塞鴻秋、脫布衫、小梁州、醉太平、伴讀書、笑和尚、白鶴子、芙蓉花、雙鴛鴦、蠻姑兒、窮河西、六么遍、貨郎兒、轉調貨郎兒、九轉貨郎兒、三轉調貨郎兒　尾：尾聲、煞尾（又名隨煞尾、隨尾、黃鐘煞）、啄木兒煞（又名鴛鴦兒煞）、收尾　小令：黑漆弩（即鸚鵡曲）、甘草子、漢東山	30	仙呂：高過金盞兒　中呂：快活三、朝天子（犯）、四邊靜、上小樓、滿庭芳、十二月、堯民歌、醉春風、迎仙客、紅繡鞋、鮑老兒、剔銀燈、蔓菁菜、古鮑老、柳青娘、道和、醉高歌、石榴花、鬥鵪鶉、齊天樂、紅衫兒、喜春來、四換頭　般涉：牆頭花、三煞、耍孩兒、煞　雙調：太平令、七弟兄、梅花酒、收江南、牡丹春	33	中呂：黃梅雨，即普天樂　南呂：黃鐘尾	2		0	金殿喜重重，即花藥欄　怕春歸　春歸犯　番馬舞西風　錦庭芳	5		0
仙呂	首：點絳唇、八聲甘州、翠裙腰、六么令、袄神兒　正：混江龍、油葫蘆、天下樂、那吒令、鵲踏枝、寄生草、元和令、上馬嬌、遊四門、勝葫蘆、（河西）後庭花、三犯後庭花、柳葉兒、青哥兒、六么序、醉扶歸、醉中天、（高過、低過）金盞兒、雁兒、憶王孫（即柳外樓）、一半兒、玉花秋、四季花、穿窗月、大安樂、六么遍、上京馬、綠窗愁　尾：賺煞、賺尾、尾、上馬嬌煞、後庭花煞　小令：錦橙梅、三番玉樓人、太常引　楔子用：端正好　有多項用途：賞花時、村里迓鼓	45	正宮：塞鴻秋、醉太平、貨郎兒、金殿喜重重、怕春歸、春歸犯　中呂：滿庭芳、四換頭　大石：歸塞北、好觀音　小石：青杏兒　商調：鳳鸞吟　雙調：得勝樂、清江引、小將軍（以上俱缺〔註3〕）	15	商調：雙燕子　雙調：隨煞	2	瑞鶴仙　憶帝京	2			尾聲：廣正誤收殘曲	1
南呂	首：一枝花、梁州第七、玉交枝（此二曲偶作首曲）正：梁州第七、隔尾、牧羊官、罵玉郎、感皇恩、採茶	24	黃鐘：神仗兒　正宮：九轉貨郎兒　般涉：三煞　雙調：水仙子、荊山玉、竹枝歌、一機錦（缺）	7	南呂：收尾，即黃鐘尾增句格　正宮：煞尾，即正宮煞尾第四格　黃鐘：神仗兒煞	3	隨尾	1			尾聲：廣正誤分　隔尾隨煞：即賺煞　隔尾黃	3

〔註3〕　《廣正》譜原注「缺」者，即「有目無詞」之意，蓋知其可借用但未見實例。以下凡云「缺」者均襲自原注，同此情形，恕不復贅。

宮調	曲牌	數		數	尾	數		數		數	備註
	歌、玄鶴鳴、烏夜啼、賀新郎、草池春、紅芍藥、菩薩梁州、四塊玉、梧桐樹、玉交枝、鶴鶉兒、乾荷葉、金字經 尾：**黃鐘尾**、**隨煞**、**賺煞**、**隔尾**（偶作尾聲）											**鐘煞**：即隔尾增句格
中呂	首：粉蝶兒、古調石榴花、醉春風（偶作首曲） 正：醉春風、迎仙客、石榴花、鬪鶴鶉、上小樓、快活三、朝天子、四邊靜、滿庭芳、賀聖朝、叫聲、紅繡鞋、鮑老兒、古鮑老、鮑老三臺滾、紅芍藥、剔銀燈、蔓菁菜、普天樂、柳青娘、道和、醉高歌、十二月、堯民歌、（攤破）喜春來、鬼三臺、播海令、古竹馬、賣花聲、酥棗兒、齊天樂、紅衫兒、山坡羊 尾：**尾聲**、**隨煞**、**賣花聲煞**、**啄木兒煞** 小令：四換頭、喬捉蛇	41	正宮：脫布衫、小梁州、白鶴子、六么遍、滾繡球、倘秀才、蠻姑兒、窮河西、呆骨朵、伴讀書、笑和尚、雙鴛鴦、塞鴻秋（缺）、醉太平、菩薩蠻（缺） 仙呂：六么序么篇、六么令、後庭花 南呂：乾荷葉 般涉：哨遍、耍孩兒、**煞**、牆頭花 雙調：水仙子（缺）	24	正宮：**煞尾**		鵲打兔	1			
道宮							憑欄人美中美大聖樂解紅**賺**、**尾**	6			僅用於諸宮調
大石調	首：六國朝、好觀音、青杏子、蓦山溪、鷓鴣天 正：念奴嬌（即百字令）、卜金錢、歸塞北、雁過南樓、喜秋風、怨別離（即常相會）、淨瓶兒、催花樂、蒙童兒（犯）、還京樂、催拍子、荼蘼香、女冠子 尾：**雁過南樓煞**、**玉翼蟬煞**、**好觀音煞**、**隨煞**、**賺煞**、**催拍子帶賺煞**（即**帶賺煞**） 小令：初生月兒、陽關三疊	26			正宮：**煞尾**、**淨瓶兒煞**（即啄木兒煞）	2	玉翼蟬	1	燈月交輝喜梧桐	2	

小石調	套數：惱殺人、伊州遍、**尾聲** 小令：青杏兒、天上謠	5									雜劇不用
般涉	首：哨遍、耍孩兒 正：麻婆子、牆頭花、急曲子、**煞** 尾：**尾聲（隨煞）**	7	正宮：**三煞第三四五體** 南呂：**三煞第二六七八九體** 商調：**三煞第十體** 雙調：**三煞第十一體**	10	瑤臺月 **三煞第一體**	2					雜劇不單獨使用，多借入正宮或中呂
商角	首：黃鶯兒 正：踏莎行、蓋天旗、應天長、垂絲釣 尾：**尾聲（隨煞）**	6									雜劇不用
高平			南呂：牧羊關	1	木蘭花 糖多令 于飛樂 青玉案 **尾**	5					僅用於諸宮調
揭指											缺
宮調											缺
商調	首：集賢賓、二郎神、定風波、玉抱肚、水仙子 正：逍遙樂、掛金索、金菊香、醋葫蘆、浪來裡、賢聖吉、望遠行、賀聖朝、鳳凰吟、涼亭樂、上京馬、二郎神、定風波、玉抱肚、高平煞、高平隨調煞 尾：**浪來裡煞、隨調煞、尾聲** 小令：秦樓月、桃花浪、芭蕉延壽、知秋令（梧葉兒）、商調水仙子、望遠行、滿堂紅	31	正宮：小梁州 仙呂：後庭花、河西後庭花、青哥兒、柳葉兒、四季花、上京馬、村里迓鼓、元和令、上馬嬌、遊四門、勝葫蘆、賞花時 中呂：山坡羊 般涉：**三煞** 雙調：春閨怨、雁兒落、得勝令、牡丹春、秋江送、大德歌（缺）、魚游春水（缺）	22	雙調：酒旗兒	1	八寶粧 水紅花 侍香金童	3	蝶戀花	1	
越調	首：**鬥鵪鶉**、南鄉子 正：紫花兒序、金蕉葉、調笑令、小桃紅、禿廝兒、聖藥王、麻郎兒、絡絲娘、東原樂、綿搭絮、拙魯速、天淨沙、鬼三台、耍	32	仙呂：醉中天、醉扶歸	2	踏陣馬 鄆州春 看花回	3					隨煞：應為煞曲而非尾聲

	三台、雪裡梅、酒旗兒、眉兒彎、送遠行、寒兒令、黃薔薇、慶元貞、古竹馬、青山口、梅花引、隨煞 尾:**收尾(尾聲)、天淨沙煞、眉兒彎煞** 小令:凭欄人、糖多令 特殊作用:小絡絲娘							
雙調	首:新水令、五供養、行香子、蝶戀花、朝元樂 首曲用、偶聯入套 中:喬牌兒、錦上花、喬木查、夜行船、風入松、駐馬聽近、豆葉黃 正:駐馬聽、沈醉東風、雁兒落、得勝令、滴滴金、折桂令、河西錦上花、碧玉簫、攪箏琶、清江引、步步嬌、落梅風、慶宣和、水仙子、慶東原、沽美酒、太平令、挂玉鉤(序)、挂搭沽(序)、荊山玉、竹枝歌、春閨怨、牡丹春、對玉環、月上海棠、殿前歡(即鳳引雛)、殿前喜、月兒彎、天仙子、天娥神曲、醉春風、間金四塊玉、減字木蘭花、沙子兒攤破清江引、海天晴、一機錦、好精神、農樂歌兼攤破雁兒落、動相思、二犯白苧歌、川撥棹、七弟兒、梅花酒、收江南、小將軍、撥不斷、太清歌、楚江秋、鎖江迴、阿納忽、一錠銀、胡十八、亂柳葉、搗練子、小陽關、早鄉詞、石竹子、山石榴、醉娘子(即醉也摩沙)、相公愛、小拜門、金盞子、大拜門、也不羅、小喜人心、大喜人	116	黃鐘:柳葉兒 仙呂:醉中天、醉扶歸、寄生草(缺)、青哥兒(缺)、高過金盞兒 中呂:蔓菁菜、醉春風、**賣花聲煞**、朝天子(缺)、四邊靜(缺) 南呂:乾荷葉、梧桐樹、金字經、玉交枝(缺) 般涉:**三煞**、耍孩兒(缺) 商調:玉抱肚	18			萬花方三臺	1

心、風流體、忽都白、倘兀歹、青天歌、慶農年、秋蓮曲									
尾：**收尾、隨煞、本調煞、煞、鴛鴦煞、離亭宴煞、歇指煞、離亭宴帶歇指煞、尾聲**									
小令：大德樂、大德歌、快活年、新時令、十棒鼓、秋江送、妖神急、楚天遙、播海令、青玉案、殿前喜、皂旗兒、枳郎兒、華嚴讚、得勝樂、山丹花、魚游春水、驟雨打新荷、河西水仙子、河西六娘子、蟾宮曲、百字折桂令									

附錄三　〈《北詞廣正譜》「套數分題」與鄭氏《北曲套式彙錄詳解》之比較〉

	《廣正譜》所收總套數	《詳解》所分套式類型					《廣正》有《詳解》無者	說　明
		第一類	第二類	第三類	第四類	第五類		
黃鐘	13/3：7〔註1〕	3	〔註2〕				3（諸）〔註3〕	基本套式爲【醉花陰】至【古水仙子】六曲連用，後綴以尾聲，稍加變化者皆尾聲之前加其他曲牌，故《詳解》無分類，《廣正譜》所收劇套皆守此律

〔註1〕　此欄最前列數字爲《廣正譜》「套數分題」所收總套數；/之後以「：」區隔，前者代表劇套、後者則爲散套。此前後數字相加再加上「《廣正》有《詳解》無者」欄之諸宮調套數，始爲「/」之前的總套數，如黃鐘宮所收總套數爲：劇套3套、散套7套、諸宮調3套共計總套數13套。惟此數字亦有重複者，如：正宮中收入出自《雍熙》之「雲淡淡」套，爲散套，故列入總套數欄「：」之後，同時因《詳解》未收，故也列入「《廣正譜》有《詳解》無者」欄。

〔註2〕　此表格畫斜線者，爲《詳解》所分類型僅止於前者，如：黃鐘宮《詳解》無分類、南呂宮只分三類，以此類推。

〔註3〕　此欄最常出現者爲《廣正譜》收入諸宮調作品，若是此類則一律在後面註明「諸宮調」；若是散套則註明（散）；若是劇套則註明（劇）。

正宮	14/12：2	0	1	3	5	3〔註4〕	1（散）〔註5〕	1.《詳解》在「基本套式」之外再分五類，其「基本套式」非常簡短，故《廣正譜》未列應不至影響討論 2. 所收多集中在後面第三至第五類
仙呂	18/9：6	1	5	1	1	0	3（諸）；1（劇）	曲調特多，所收套數亦多長套，故適宜鋪敘劇情所收劇套集中在第二類
南呂	12/7：3	2	2	2	╱	╱	2（諸）；1（劇）	南呂多爲中短套，且曲段次序不明顯，結構較爲鬆散，故有「隔尾」所收平均分配在三種類型之中
中呂	13/8：3	0	0	2	0	6	2（諸）	和正宮借宮不同，次序組合方式極多樣，亦多長套所收套式無論劇散，均是《詳解》所云較爲特殊者
道宮	2	╱	╱	╱	╱	╱	2（諸）	「道宮」僅用於諸宮調，不用於元雜劇
大石調	12/3：8	╱	╱	╱	╱	╱	1（諸）；1（散）	1.《詳解》因大石調不常用，無甚差別，故無統計分類 2.除此二套之外，餘者皆在《詳解》中可見
小石調	1/0：1	╱	╱	╱	╱	╱	0	小石調僅此一散套，雜劇無法使用，自可不敘述
般涉調	3/0：2	╱	╱	╱	╱	╱	1（諸）	套式簡單，雜劇甚少單獨使用，多借入正宮或中呂但所用煞曲數量不拘，可藉此聯成長套
商角調	2/0：2	╱	╱	╱	╱	╱	0	商角曲少套短，雜劇不用，所收散套俱見《詳解》
高平調	1/0：0	╱	╱	╱	╱	╱	1（諸）	「高平調」僅用於諸宮調，不用於元雜劇
商調	13/7：5	0	6	╱	╱	╱	1（諸）；5（散）；1（劇）	商調數量不多，套式簡單，《詳解》只分「全用本宮曲」及「借宮」兩類；《廣正》所收全爲借宮者。此調《廣正譜》所收而《詳解》無者特別地多

〔註4〕 第一類至第五類的數字總和，即爲「所收總套數」欄中「：」之前的劇套總數，如正宮劇套總數爲：1＋3＋5＋3爲12套；若《廣正》有《詳解》無者」欄有劇套，則需再加上此數目，如：仙呂宮所收劇套爲：1＋5＋1＋1＋0＋1爲9套。

〔註5〕 本表第一至第五類之分類以劇套爲主，若《廣正譜》所收散套同時見於《詳解》，則不另行標出；若不見於《詳解》，則於此欄標出，不再另加說明以免繁瑣

越調	10/5：4	4	1	/	/	/	1（諸）| 越調數量不多，套式簡單，《詳解》只分「正常」與「較爲特殊」兩類；並以「不借宮」爲其特色
雙調	31/15：14	5	0	3	4	/	2（諸）；2（散）3（劇）| 1.《廣正譜》所收偏於特殊套式 2. 此調《廣正譜》所收而《詳解》無者亦特別地多

附錄四　〈《北曲新譜》所見北曲尾聲種類彙整表〉

宮調	正次	曲牌名	異名	格式	說明	新譜頁碼	廣正頁碼
黃鐘	正格	【尾聲】	【隨尾】、【煞尾】、【收尾】、【尾】	三句：七。。七乙。。七。。	末句必用平去上。◎《廣正譜》大石調所收【隨煞】註云「即黃鐘【尾聲】」。《新譜》云「此兩尾句法雖同，末句平仄不同。」故仍歸於大石調，茲從《新譜》	20；大石190	71；大石387
	孤例	【神仗兒煞】		八句：「四。四。。四四。。四四。」「六。。七。。	1.組成爲：【神仗兒】首至六句；黃鐘【尾聲】末兩句 2.六字句爲【尾聲】七乙句減一字始成 3.◎《廣正譜》南呂所收【神仗兒煞】即此體，註云「調本黃鐘」，首至六之四字句爲【神仗兒】，末兩句即黃鐘【尾聲】之七乙句與七字句	21	74：南呂280
正宮	正	【尾聲】		四句：五五。。七。。七。。	中呂宮用此尾者甚多，正宮用者較少	69	131
	次格	【煞尾】		六句：「七。。七。。」「四。。四。。四。」「七。。」	組成爲：【煞】首兩句；【煞】第七八九句；【尾聲】末句 《廣正譜》列爲【煞尾】第三格 ◎《廣正譜》大石調卷【煞尾】即此，註云「調本正宮」	69～70	134大石389
		【煞尾】又一體	【隨煞尾】、【隨尾】	八句：「七。。七。。」「七。。七。。七。。七。。」「七。。」	組成爲：【煞】首兩句；七字句若干；【尾聲】末句 《廣正》題爲【隨煞尾】，註云「即黃鐘、南呂【隨尾】」；◎南呂卷所收【隨尾】即此體，註云「亦入黃鐘，即正宮【隨煞尾】」	70	135；南呂275
		【煞尾】又一體		七句：「七。。七。。」「七。。七。。」「四。。四。」「七。。」	組成爲：【煞】首兩句；七字句若干；【煞】第三四句；【尾聲】末句 《廣正譜》列爲【煞尾】第四格	70	134
		【煞尾】又一體		六句：「七。。七。。」「六乙。六乙。。六乙。」「七。。」	組成爲：【煞】首兩句；六乙句若干（爲【煞】第二句減破）；【尾聲】末句 《廣正譜》列爲【煞尾】正格 《廣正譜》列爲【煞尾】第二格者，實乃此格少去六乙一句，《新譜》以爲六乙句多寡原本不拘，不必另立一格 ◎《廣正譜》收於南呂之【煞尾】實即此體，《新譜》歸之 ◎《廣正譜》收於中呂之【煞尾】實即此體但多一七字句	71～72	133；南呂274；中呂341

宫調	格	曲牌名	別名	句法	說明	頁	頁（譜）
	次格	【啄木兒煞】	【啄木兒尾】、【隨煞尾聲】、【鴛鴦兒煞】	五句:「三‧三‧。」「七乙‧。四‧七‧。」	組成爲:【啄木兒】首兩句;大石【隨煞】全 此調正宫用得不多,中呂用者較多 【啄木兒】元曲不用,董西廂中有之 ◎《廣正譜》中呂卷【啄木兒煞】即此,僅七乙句作七字句;大石調卷【淨瓶兒煞】亦此,註云「即中呂【啄木兒煞】,詞見中呂。」	73	136 中呂 342 大石調 393
	孤例	【收尾】		五句:七乙。。七乙。。七乙。。七乙		73	131
		【收尾】又一體		十一句:七。。七。七乙。。七乙。。七乙。。七乙。。七乙。。五。。七。。七乙	《新譜》云:均是孤例,無從考定;兩章句法大異,乃同名異調,北曲以【收尾】名者固不止一二章也。	74	132
仙呂	正格	【賺煞】	【賺尾】、【賺煞尾】、【尾聲】、【煞尾】、【賺煞尾聲】、【尾】	十句:三‧三‧。七乙‧七乙。七乙‧。△四‧。四‧七。	此章作者極多,明人偶有減去第四句者、減第六句者、及減四、六句者,俱屬少見,不必從	114~115	222
		【賺煞】又一體		十句:三‧三‧。七乙。七乙‧。四‧七。四‧。四‧。七。	第六句作四字而不作七乙,餘均同前。此體第六句例加「暢道」二字,如加此字亦須加其他襯字。《廣正譜》第二格即此體,但與《新譜》例曲不同。《廣正譜》在此格之下又錄「暢道」四格 ※《廣正譜》第三格爲減去第一格「七乙」中的三字句,《廣正譜》云「此格亦多」,然《新譜》云「甚爲少見」	115	223~225 多種變格 225~228
	孤	【賺尾】		四句:七‧。四‧。四。七。。	此章僅見此曲。《廣正譜》云「即【賺煞】末四句」。	115	229
	孤	【尾】	【煞】	五句:三。。三。七。。四。七。。	此章僅二曲。《廣正譜》云「似中呂【啄木兒煞】」,題爲【煞】	116	229
	孤	【上馬嬌煞】		六句:「三‧三‧。五‧七。。」「四‧七。。」	此章僅見此曲。組成爲:【上馬嬌】首至四;【煞】末兩句	117	230
	次格	【後庭花煞】		七句:「五‧五。。五‧五。三。四。」「七‧。」	組成爲:【後庭花】首至六;【煞】末句。此曲《廣正譜》列爲第二格 ※《廣正譜》另列有【後庭花煞】正、第三、四格	117	231~233
南呂	正格	【隔尾】	【尾聲】、【尾】	六句:七。。七。七。二。。二。。七。。	此章用途有二:一作尾聲用,不能稱【隔尾】而須稱【尾】或【尾聲】,可以增句;二則聯入套中,稱爲【隔尾】 如入黃鐘、中呂,只能作尾聲用,不能聯入套中	123	無
		【隔尾】增句體	【隔尾黃鐘煞】	十二句:七。。七。。*三。三。。二。三。三。。三。三。。*七。。二。。七。。	**前後爲增句,即第二句下增三字句若干,隔句協韻 ◎《廣正譜》題爲【隔尾黃鐘煞】,並分析爲:【黃鐘尾】首至六;【隔尾】三至五;【黃鐘尾】末句。所舉例曲不同	137	279

宮調	格	曲牌	又名	句式	說明	新譜頁	廣正頁
		【隔尾】增句又一體		二十八句： 七。。七。。* 三。三。。三 三。三。。三 三。三。。三 三。三。。四 四。四。。四 四。四。。四 四。*七。。 二。。二。。 七。。	**前後為增句，增三字句如前，再增四字句若干，隔句押韻 【隔尾】聯入套中不可增句，僅作【尾聲】用始可增句；以上二體為通行格式，此外尚有其他增減句式	137～138	無
	次格	【黃鐘尾】		八句：「七。。 七。。」「三。 三。。三・ 三。。」「七。 乙。。七。。」	組成為：【隔尾】首兩句；中間三字句若干不拘，須雙數、宜對偶；黃鐘【尾聲】末兩句作結，故名【黃鐘尾】 ◎《廣正譜》所收【收尾】，《新譜》認為該歸於【黃鐘尾】增句體不另立一格，查正格在三字句後多一句七乙、第二格則七乙句不別正襯，二曲皆因格式未明以致錯立一格	138	276；273～274
		【黃鐘尾】增句體		十句：「七。。 七。。」「三。 三。。三・ 三。。」「*四。 四。。*「七 乙。。七。。」	組成為：三字句後增四字句若干，餘皆同前 《新譜》謂南呂尾聲名目繁多，但常用者不過【隔尾】、【黃鐘尾】及其增句體	139	277
	孤例	【隨煞】		五句：四。。 四。。七乙 四。。七。。	僅見此曲。《廣正譜》云同雙調【鴛鴦煞】「唱道」以下	139～140	275～276
	孤例	【賺煞】	【隔尾隨煞】	十一句： 「七。。七。 五。。七。。」「四・ 四。。七。。」「四・ 三。。七乙。 七。。」	◎《廣正譜》題為【隔尾隨煞】，並區分為【隔尾】、【隨煞】，註云：「首五句【隔尾】，第三、四句倒」「【隨煞】比本格少」。	140	277～278
		【賺煞】又一體		十三句： 七。。七。。 七。。*四。。 六。六。。七。。 五。。*四。。 七。。三。。 三。。七。。	此曲諸譜不收，見《樂府新聲》，僅【梁州第七】、【幺】、【賺煞】三曲成套。與前格不同，無可參校	141	無
		【賺煞】又一體	【賺煞尾】	七句：七。。 七。。七。。 七。。七。。 四。。七。。 六。。七。。	◎《廣正譜》列為【隔尾隨煞】又一體，註云：「【隨煞】比前格少第四四字句」。《新譜》則說較前格少了**中間五句，餘同。 ※《廣正譜》另有【尾聲】，《新譜》云「《廣正》誤分」未收	141	278；272
中呂	正格	【尾聲】		四句：五・ 五。。七。。 七。。	1.《廣正譜》所收正格例曲與《新譜》不同 2.《廣正譜》列第二格註云「第三句變」乃遷就成語為六字句，《新譜》認為不必另立 3.※《廣正譜》另列第三格註云「多第四句」 4.◎《廣正譜》越調卷【尾聲】一格，《新譜》認為格式與越調【收尾】接近，不必另列一格；但查此曲與【收尾】差異甚大，《廣正譜》註「本中呂」，所列格式與此全同，故歸此	170～171；越調277	339～340；越調565～566

				句式	說明		
	孤例	【賣花聲煞】		六句:「七。。七乙。。七。」「四．四．七乙。。」	組成爲:【隨煞】全三句;【賣花聲】後三句。《廣正譜》註云:「隨煞,大石隨煞」。此章僅見關漢卿作	171	341～342
	孤	【隨煞】		四句:七乙。。七乙。。七乙。。七。	此章僅見馬致遠作,舊譜未收,錄備一格	171	無
大石調	正格	【隨煞】		三句:七。。七乙。。七。。	《新譜》云爲【隨煞】最初形式,《廣正》列爲首格但用者少	189	387
		【隨煞】又一體		四句:七。。七乙。。七。。七。。	較前格多第三句七字。	190	無
		【隨煞】又一體		四句:七。。七乙（或六）。。五。。七。。	較首格多第三句五字。	190	無
		【隨煞】又一體		四句:七。。七乙（或七乙或六）。。四．。七。。	較首格多第三句四字,第二句也可作七乙或六字。《廣正譜》所收第二、三格即此體,第二句第二格作七乙、第三格作六字	191	388
	孤例	【賺煞】	【帶賺煞】	八句:七。。七乙。。七。。七。。六。。七。。三。。七。。	◎《廣正譜》題作【帶賺煞】,組成爲:【賺煞】首二句、【好觀音】二句、【賺煞】末四句。《新譜》認爲第三四兩句與【好觀音】本格不符,《廣正譜》之說出於臆測	191～192	390
		【賺煞】又一體		八句:七。。七乙。。六。。七。。四。。七。。七。	此格諸譜不收,《新譜》以其句式平仄與前曲小異,故定爲【賺煞】之又一體	192	無
	次格	【催拍子帶賺煞】		九句:「七。。七乙。。」「四．四．四。。」「四。七。。七。」	組成爲:【賺煞】首兩句、【催拍子】十六至十八、【賺煞】後四句 ◎《廣正譜》歸爲【帶賺煞】第二格,註云「中三句【催拍子】,《新譜》以【帶賺煞】出於臆測,自無第二格	193	391
	孤例	【雁過南樓煞】		八句:「七乙。。七。。三．三。。七乙。。」「七。。七乙。。七。」	組成爲:【雁過南樓】首至五、【隨煞】全;【隨煞】用首格 《廣正譜》列此曲爲【雁過南樓煞】第二格	193	392
		【雁過南樓煞】又一體		六句:「七乙。。七乙。。」「七。。七。。四．七。。」	組成爲:【雁過南樓】首兩句、【隨煞】全;【隨煞】第四格 《廣正譜》列此曲爲【雁過南樓煞】正格	194	391～392
	次格	【好觀音煞】	【觀音煞】	五句:「七。。七乙。。」「七。。七。」「七。。」	組成爲:【好觀音】首兩句、正宮【煞尾】增句、正宮【尾聲】末句。《新譜》謂【煞尾】增句可用三句 《廣正譜》所收例曲與此不同,即【煞尾】增句用三句者	194	393

次格	【玉翼蟬煞】		二十七句： 「四‧四。。 四‧四。。」 *四。。四。 四。。四。 四。。四。 四。。四。 四。。四。 四。。四。 四。。四。 **三。三。 三。三。。三 三。。*「四」。 *四。四。四。 *「七。。」	組成為：【玉翼蟬】第四換頭首四句、疊上第四句共疊十二句、增三字句共增六句、【玉翼蟬】第四換頭第五句、疊上句共疊三句、【玉翼蟬】末句。 ◎《廣正譜》分析為首四句及末句為【煞尾】，餘皆增句	194 ～ 195	394 ～ 395
小石調 正格	【尾聲】		四句：七。。 七。。五。 五。。	《新譜》云：「【尾聲】如此作法，僅見小石調有之。」	200	403
般涉調 正	【尾聲】		四句：三‧ 三。。七。 七。。	《新譜》云：般涉調散套作者甚少，且無長套，在雜劇中則成為正宮或中呂之附庸，不自成套，故尾聲形式簡單	208	431
孤	【尾聲】又一體		六句：三‧ 三。。三‧ 三。。七。 七。。	重首兩句。※《廣正譜》另收《天寶遺事》諸宮調一格	209	431
商角調 正格	【尾聲】		六句：五。 五。。五。 五。。五‧ 五。。	《簡譜》云：「【尾】用五言六句，只有此調」	215 ～ 216	439
商調 正格	【浪來裡煞】、【隨調煞】、【高過煞尾】		六句：三‧ 三。。七‧ 七。。四。 七。。	此為商調最常用之尾聲。 ◎《新譜》云《廣正譜》所舉例曲誤以「帶唱」為正字，故析此調為【浪來里】首至三、【隨調煞】末五句，實則與【隨調煞】平仄格式不合，不宜為【浪來里煞】之標準作法 ※《廣正譜》另收【高平煞】、【高平隨調煞】，《新譜》歸為尾聲之前的煞曲，性質與正宮、南呂、般涉、越調諸【煞】相同	243 ～ 244 ；241 ～ 243	498 ；502 ～ 505
次格	【隨調煞】	【尾聲】	八句：七。。 五。五。。三‧ 三。。七。 四‧七。。	《廣正譜》云「除前三句，後半絕似中呂【啄木兒煞】。」查句法雖相同，平仄則有異	245	499
	【隨調煞】又一體		五句：七。 七。。七。 四。。七。	《廣正譜》所分正襯與《新譜》不同，	245 ～ 246	499 ～ 500
	【隨調煞】又一體		五句：三‧ 三。。七。 四。。七。	《廣正譜》註云「止用後半，直似【啄木兒煞】。」謂止用首格後半段。《新譜》認為平仄不同、卻與【啄木兒煞】全同	246	500
	【隨調煞】又一體		三句：三‧ 三。。七。	《廣正譜》列為【隨調煞】第五格，註云「似【浪來里】起三句」，然《新譜》云「句法雖似，平仄不合。」	247	501
	【隨調煞】又一體		四句：三。。 三。。七。。 七。。	《廣正譜》列為【隨調煞】第六格。 ※《廣正譜》另收有第四格，乃出於《天寶遺事》諸宮調	247	501

宮調	格律	曲牌	別名	句式	說明	頁	頁
	孤例	【尾聲】		四句：四。 七。。七。 七。。	《新譜》云二曲大致相同，僅第三句或作七字、或作七乙。在北曲初期，這兩種句法之分，不甚嚴格。	247	497
		【尾聲】又一體		四句：四。 七。。七乙 七。。		248	498
越調	正格	【收尾】	【尾】【尾聲】【隨煞】	四句：七。。 六。。。五． 五。。	第二句變七乙者居多，《廣正譜》所收例曲即作七乙。 ◎《廣正譜》所收【隨煞】實爲煞曲而非尾聲，故除之	276～277	566
	孤	【天淨沙煞】		五句：六。。 六。。六。 四．七。。		277	567
	孤例	【眉兒彎煞】		七句：三。。 三。。七乙。 七。。五乙。 二。。七。	※《廣正譜》另收第二格，爲諸宮調所用，北曲無用之者	277	567～568
雙	正	【收尾】		四句：七。。 七乙。。七 （五）。七 （五）。。	與越調【收尾】全同，僅雙調七字者多於五字、越調僅作五字	387	714
	次格	【隨煞】		四句：七。。 七。。＊七 乙。。七。	《廣正譜》云：「亦入大石」「即黃鐘【尾聲】」。《新譜》云與大石【隨煞】、黃鐘【尾聲】均句法平仄小異，應視爲另一格。	388	714
		【隨煞】增句體		六句：七。。 七。。＊四。 四。。＊七 乙。七。	《廣正譜》未收此增句體。	389	無
	次格	【本調煞】		三句：七。。 七乙。。七 乙。。	《廣正譜》註云：「即黃鐘【隨煞】」。查與黃鐘【尾聲】僅末句略異：黃鐘作七字句、此作七乙。	389	715
	孤例	【煞】		七句：三。。 三。。七乙。 四。。四。 三。。七。	《廣正譜》註云：「與黃鐘、仙呂、大石不同。疑【轉調煞】即越調【隨煞】。」	389	715
		【鴛鴦煞】		九句：七。。 七。。四。 四。。四． 四。。七． 四。。七。 四。。七。		390	716
	次格	【鴛鴦煞】又一體		十句：七。。 七。。四。 四。。四． 四。。四。 五。。四。 七。。	正格第七句變爲兩句，一四字、一五字即此體，作者甚多。 《廣正譜》列此體爲第四格，註云「截第七七字句作二句。」	391	718～719
		【鴛鴦煞】又一體		十一句：七。。七。。 四．四。。 （七。。七。 四．四。。） 七。。四。。 七。。	1.《廣正譜》列爲第二格，註云「將前四句重複八句，減『暢道』二句。」即（）內四句爲照首四句重作一遍，再減去第五六句 2.※《廣正譜》另收第三格、第五格，《新譜》以其孤例未收	391～392	717

正次	曲牌		句式	說明		
次格	【離亭宴煞】	【歇指煞】、【離亭宴帶歇指煞】	九句：七。。／七。。四（二）。。七。／三・三。。六（四）。／五・五。。	※《廣正譜》另收第三格，註云「第三第四句變」，且分析爲首至四爲【鴛鴦煞】，後五句爲【離亭宴煞】，《新譜》認爲與【鴛鴦煞】句式不合且文義不通，分析爲與本格相同	393	721～722
	【離亭宴煞】又一體	【鴛鴦帶離亭宴煞】	九句：「七。。／七。。四・／四。。」「三。／三。。六。／五・五。。」	分析爲：首至四句【鴛鴦煞】、【離亭宴煞】後五句。第二句可作七乙，即《廣正譜》列爲第四格者。	393～394	720～722
	【離亭宴煞】又一體		八句：「七。。／七。。四・／四。。」「七。／三・三。。」「七。。」	《廣正譜》列爲第五格，分析爲：首至四句【鴛鴦煞】、第五至七句【離亭宴煞】、末句【鴛鴦煞】。	394	723
次格	【歇指煞】	【歇拍煞】	十一句：七。。七。／四。。五・五。／五。。五。／五。。六。／五・五。	《廣正譜》此曲所別正襯與《新譜》略異，即第四至八五字句列爲七字句	395～396	723～724
	【歇指煞】附錄		十一句：七。。七。／四。。三・三。／三。。五・／五。。六。／五・五。	第四五六句變三字。或誤題爲【鴛鴦煞】，實爲【歇指煞】之誤。	396	無
次格	【離亭宴帶歇指煞】	【離亭歇指煞】、【離亭宴煞】、【離亭宴尾】	十七句：「七。。七。。」「四。。五。／五・五。。五・／五。。」「四。／五・五。。五／五・五。。」「六。。五・五。。」	1.《廣正譜》註云：「首末【離亭宴煞】，中十二句【歇指煞】。」，中間十二句爲【歇指煞】三至八等六句重複兩遍，分析如左。2.※《廣正譜》另收第二格，即重複【歇指】六句俱變三字 3. ※《廣正譜》另收第三格，《新譜》認爲殘缺脫誤而未收	397～398	724～727
孤例	【尾聲】	【尾煞】	八句：五。。七。／四。。四。／四。。四。／六。。七。	1.《廣正譜》註云「與別宮調不同」並列爲雙調各種尾聲之首，《新譜》云雙調尾聲如此作法者僅見此曲，視爲孤例移至末尾	399	713～714
孤	【尾聲】附錄		四句：三。／三。四。。七乙。。	《新譜》云諸譜未收，又爲孤例，僅附於後	400	無

凡　例

1. 此表乃據鄭因百（騫）先生《北曲新譜》、《北曲套式彙錄詳解》所分析之尾聲曲牌，按照《新譜》每宮調曲牌排列順序整理而成；並參照《北詞廣正譜》對於該曲牌之說明，藉由比對二譜內容異同，觀察清初北曲尾聲較諸元代有何發展與變化。

2. 「正次」欄意謂該尾聲曲牌在使用上的頻率：列爲「正格」者，乃《新譜》明言爲該宮調曲牌之正格或最常使用者，或者《新譜》列爲首支尾聲曲牌者；列爲「次格」

者，乃排在正格之後出現者，或雖非排序爲次、但從《新譜》說明文字中可見頗常使用者；列爲「孤例」者，乃《新譜》說明文字中提及「僅見、孤例、甚少出現、偶然之筆、未見效者」諸如此類者。

3. 「異名」欄依據《新譜》或者《廣正譜》之標註說明。

4. 「格式」欄依據《新譜》所用符號：「。。」表協韻之句、「。」表不協韻之句、「·在句下」表協否均可、「△」表句中藏韻、「＊」表增句處，惟：本表以「＊＊」爲增句之起處及結處；《新譜》以「」表增出之句，本表以「」表示該曲牌之組成內容分析。

5. 「說明」欄綜合《新譜》與《廣正譜》所言要義，採錄言簡意賅、涉及本文要旨之內容。其中，以「※」標示出《廣正譜》有收而《新譜》未收者，以示清初北曲尾聲增益衍生之情形；以「◎」標示出《廣正譜》有收而《新譜》認爲改歸於別章者，以示部分尾聲曲牌出入於各宮調之間的錯綜情形。

6. 末二「頁碼」欄一來便於讀者翻閱檢索，二來從《廣正譜》頁碼之跳動與否可間接見出該曲牌歸屬之前後次序；三來若《廣正譜》頁碼欄註「無」，則表示該曲《新譜》有收而《廣正譜》未收，以見二譜所收曲牌之參差性及清初北曲尾聲消亡情形。

7. 本表以《新譜》爲依據，故不收諸宮調，《廣正譜》卷六道宮只用於諸宮調，其【尾聲】格式如下：四句：七。。四。四。七。。（頁353）附錄於此。

附錄五 〈近代各家對於南曲聯套形式說法一覽表〉

名 家	聯 套 方 式 一 覽 表							
汪志勇 (1976)	一般聯套	循環聯套	疊用聯套	換頭聯套	其他特殊聯套（姑且置之）	南北合套	集曲聯套	借宮聯套
			純疊用聯套 / 加引尾之疊用聯套					
王守泰 (1994)	單套					複套		
	本套	自套			集曲套	南北複套	南北合套	集曲套
曾師永義	曲之「聚眾成群」由簡單而繁複，有以下諸歷程：（筆者案：下列數字由簡入繁依序遞增）							
	5.民歌小調雜綴	4.帶過曲	3.子母調	1.重頭/換頭	2.重頭變奏	6.聯套	7.合套	8.集曲	9.犯調
							各不重同的南北曲夾用雜綴 / 純用北套或有南曲間相插入 / 南套與北套合用、穿插遞進		
許子漢 (1999)	純就曲牌聯綴之形式				不同類型曲牌的運用			
	聯用異調		單用一調			北曲聯套		集曲聯套
	雜綴聯套	一般聯套	循環聯套	疊腔聯套	大型集曲；也有聯用異調者	插用部分曲牌曲段	借用整個北套	南北合套	一般集曲	大型集曲	變套集曲

鄭西村 （2000）	一般形式套數				特殊形式套數							
	諸宮調系三類聯套			鼓子詞類聯套	曲破、唱賺型套數		一場兩套與南北合套		犯調借宮型套數			
	唱賺型聯套	纏令型聯套	纏達型聯套	鼓子詞型聯套	曲破型聯套	唱賺型聯套	兩套併列	南北合套	集曲型	借宮型	中途轉調型	合套翻調型
俞為民 （2005）	綜合早期南戲的曲調組合形式							北曲南移對南戲曲調組合形式的影響				
	只曲與只曲的組合	循環相間的「纏達」	聯章體	只曲與聯章體的組合	換頭聯章體	聯章體與聯章體組合	摘取大曲之「摘遍」	南北合套	南北曲集曲			

說　明

1. 俞為民《曲體研究》中雖僅列出四條綱目為早期南戲的曲調組合形式，但實際上行文中，又以南戲「採用宋元時期在民間流傳的一些說唱技藝中的曲調」，「因此，在曲調的組合形式上，也借鑑了這些說唱技藝的曲調組合形式」（頁 152），所提出的相互纏連、循環相間的「纏達」形式，可視為第五種曲調組合形式；其謂「南戲的曲調組合還借鑑了大曲的曲調組合形式，大曲是一種大型歌舞曲，它由多段樂曲組成，一般分為散序、中序、破三大部分……南戲不僅採用了大曲的曲調……也摘取大曲中的某些段落來演唱故事」（頁 154～155），所提出的「摘遍」，可視為第六種曲調組合形式，而此種形式，似乎類似於曾師永義所提出之「重頭變奏」，曾師云：「如唐宋大曲【梁州】，即以【梁州】一調反覆使用，而以散序、排遍、入破『三部曲』變化其音樂型態……。」（頁 11），故姑且歸於同格。

2. 其他類似意見有如：蔣菁《中國戲曲音樂》（北京：人民音樂出版社，1995 年）：「若從曲體結構的角度來看，大體可歸納為以下三種類別：1.單曲反覆體……。2.主曲循環體……。3.多曲聯綴體……。」頁 109～110 由於其內容略顯單薄，又不出上面諸家範圍，故不列表。

3. 以上各家說法出處如下：

汪志勇：《明傳奇聯套研究》（台北：嘉新水泥公司文化基金會，1976 年），第六章〈明傳奇聯套述列〉，頁 71～249

王守泰主編：《崑曲曲牌及套數範例集》（上海：上海文藝出版社，1994 年），第一集，卷一〈崑曲聲律概論・第三章　套式和套數〉，上冊，頁 44～48

曾師永義：〈宋元南曲戲文之體製、規律與唱法〉，未刊稿，為「戲曲專題」課堂授課講義，頁 11～23

許子漢：《明傳奇排場三要素發展歷程之研究》（台北：國立台灣大學出版委員會，1999 年），第四章〈論套式・第一節　套式概說〉，頁 176～179

鄭西村：《崑曲音樂與填詞》（台北：學海出版社，2000 年），甲稿・音樂分析，第四章〈套數〉、第五章〈具有特殊形式的套數〉，頁 301～530

俞為民：《曲體研究》（北京：中華書局，2005 年），〈南戲曲調組合形式考述〉，頁 148～163

附錄六　〈清初蘇州劇作家作品之聯套分析——以李玉《一捧雪》、《清忠譜》爲例〉

說　明

◎本附錄以劇作家個別作品爲單位，一部劇作繪製一表，縱向羅列出數，橫向羅列該出所用第一支至末支曲牌，由列數可知該劇出數多寡，由欄數可知用曲繁簡。

◎每列之中，又分兩行：上行表宮調，若下一支曲與上一支同宮調，則不再註明，依此可觀察該出移宮轉調之情形，又南曲中或謂有「仙呂入雙調」，後來多歸入「雙調」，茲從劇本所書以紀其實；下行表曲牌，曲牌或有別名、或有異寫，茲均從劇本。

◎曲牌欄中凡「引子」、「尾聲」或於該出明顯具有「導引、結聲」作用的散板曲，皆以標示出；凡「集曲」皆以「標楷體」標出；凡特別的曲牌如：山歌、吳歌，則以□□標示出；凡淨丑粗曲，則以「粗黑體」標示出；凡生旦細曲，則以「斜體」標出

◎曲牌欄之後，依許子漢《明傳奇排場三要素發展歷程之研究》對於套式種類的研究，區分爲五種類型：一般聯套、循環聯套、疊腔聯套、南北合套與集曲聯套。惟本文爲避免繁瑣，將整套北曲的搬用合併入「南北合套」之中。

◎類型欄之後，列出該套在許書中所屬阿拉伯數字編號；編號欄之後，列出該套據許氏研究得知最早出現於第幾期之作品，例如：【引】、【啄木兒】、【前腔】、【三段子】、【歸朝歡】此套，列於許書「一般聯套」類型之中的「黃鐘宮」第1套套式，則其編號記爲「黃鐘1」；又因許氏研究得知其出現於42部劇作之中，其中以《荊釵記》時間最早，屬於許氏書中傳奇發展歷程之第一期，故於時期欄中註記爲「1」，請參見許書頁548。

◎該出若可分析出「主套」，且此主套與許氏所列明代熟套幾無二異、大抵不變者，則依此主套的形式，於所屬類型欄中打「ˇ」，於編號欄、時期欄分別註記如上；若該出的「主套」與許氏熟套有所變化不同，而此不同又不至於獨立爲另一套式，則於「ˇ」下加註「*」以示區別並供討論；若該出現兩套以上的熟套，則均依該類型打「ˇ」，在編號欄、時期欄依出現前後次序並置註記；若該出除了主套之外，尚有其他不見於許書所列的套式，則爲免支離冗雜，並不再打「ˇ」；若該出無以許書所列明代熟套爲其主套者，則仍按其形式，於所屬類型欄中打「ˇ」，但在編號欄、時期欄則註明「無」；若該出分析不出主套，則依其曲牌形式於該類型欄中打「ˇ」，一般以「雜綴式」類型居多，則歸於「一般聯套」欄，或有用集曲者則歸於「集曲聯套」、或有用北曲者則歸於「南北合套」，其編號欄、時期欄同樣註記爲「無」。

◎本表作品所據板本：

李玉作品據陳古虞等點校：《李玉戲曲集》，上海：上海古籍出版社，2004 年。

朱素臣《十五貫》，根據張燕謹等校注：《十五貫校注》，上海：上海古籍出版社，1983 年。

朱素臣《翡翠園》，根據王永寬點校：《翡翠園》，北京：中華書局，1988 年。

丘園《黨人碑》、葉稚斐《琥珀匙》，根據張樹英、吳書蔭點校：《黨人碑‧琥珀匙》，北京：中華書局，1988 年。

張大復《醉菩提》，根據周騁平校點：《醉菩提》，北京：中華書局，1996 年。

吳梅村《秣陵春》，根據李學穎集評標校：《吳梅村全集》，上海：上海古籍出版社，1990 年。

餘者皆據《古本戲曲叢刊》第二、三、五集、《全明傳奇》、《全明傳奇》續編，已見於拙論《清初蘇州劇作家研究》附錄三，茲不再贅。

李玉《一捧雪》

齣數	第一支	第二支	第三支	第四支	第五支	第六支	第七支	第八支	第九支	第十支	第十一支	第十二支	許子漢					許氏編號	時期
													一般	循環	疊腔	南北	集曲		
談概	木蘭花	鳳凰臺上憶吹簫											v					無	無
一	商調 鳳凰閣	繞池遊	南呂 梧桐樹犯	浣溪沙	劉潑帽	秋夜月	東甌令	金蓮子	尾聲				v *					南呂2	1
二	南呂 戀芳春前	戀芳春中	戀芳春後	賀新郎	宜春樂	璅窗鑢	尾聲										v	無	無
三	仙呂 望遠行前	桂枝香	薄媚賺	長拍	短拍	尾聲											v	仙呂5	2
四	大石調 碧玉令	賽觀音	前腔	人月圓	前腔	尾聲											v	大石3	1
五	仙呂 天下樂	包羅袍	北仙呂 點絳唇	混江龍	油葫蘆	天下樂	寄生草	煞尾								v		北仙呂3	3
六	黃鐘 出隊滴溜子	玉女步瑞雲	黃龍醉太平	黃龍袞遍	前腔	尾聲											v	無	無
七	雙調 搗練子	仙呂入雙調 五枝供	玉肚交	海棠醉春風	撥棹入江水	尾聲											v	無	無
八	正宮 朱奴插芙蓉	朱奴剔銀燈	朱奴帶錦纏														v	無	無
九	仙呂入雙調 六么令	黃鐘 畫眉序	商調 黃鶯兒	簇御林	琥珀貓兒墜	尾聲	、						v *					商調9;10	12
十	仙呂入雙調 雙勸酒	前腔	中呂 剔銀燈	前腔												v		中呂7	2

序	1	2	3	4	5	6	7	8	9	10	11	12				宮調	數
十二	仙呂入雙調步步嬌	雙調夜遊湖頭	仙呂入雙調風入松	前腔	急三鎗	前腔	風入松	急三鎗	前腔	風入松				v		兩支 27	1
十二	南呂生查子	杂子落項篙	杂子宜春	大石調催拍	正宮一撮棹									v		大石 6	1
十三	中呂粉孩兒	紅芍藥	正宮福馬郎	中呂耍孩兒	會河陽	縷縷金	越恁好	尾聲						v		中呂 1	1
十四	雙調鎖南枝	前腔換頭	南呂哭相思	越調小桃紅	下山虎	山麻楷	五般宜	蠻牌令	亭前柳	江頭送別	尾聲		v *	v		雙3 越2	12
十五	中呂泣顏回	前腔	千秋歲	越恁好	紅繡鞋	尾聲								v		中呂 5	1
十六	仙呂番卜算	仙呂入雙調圍林見姐姐	姐姐插嬌枝	嬌枝帶供養	供養入江水	江水入撥棹	尾聲								v	無	無
十七	越調霜天曉角	前腔換頭	越調祝英台	前腔換頭	憶多嬌	前腔	鬥黑麻	前腔					v	v		越調 1;7	11
十八	南呂步蟾宮	臨江梅	梁州新郎	前腔	前腔換頭	前腔	節節高	前腔	尾聲				v *			南呂 1	1
十九	仙呂入雙調普賢歌	前腔	仙呂皂羅袍	前腔	正宮四邊靜	前腔								v		仙5 正2	11
二十	黃鐘玉女步瑞雲	絳都春序	出隊子	闔樊樓	滴滴金	南呂沈溪沙犯	黃鐘三段子	滴溜子	下小樓	永團圓犯	餘文		v *			黃鐘 5	2
二一	北正宮端正好	滾繡球	叨叨令	脫布衫	小梁州	么篇	快活三	朝天子						v		北正宮	1
二二	仙呂望遠行	九迴腸	一封羅	皂角兒	尾聲									v		仙呂 3	3
二三	仙呂金雞叫	仙呂入雙調沈醉東風	江兒水	五供養	玉抱肚	玉交枝	川撥棹	尾聲					v *			雙調 7	1
二四	仙呂入雙調攤破金字令	夜雨打梧桐											v			雙調 2	4
二五	仙呂入雙調步步嬌	南呂香羅帶	仙呂醉扶歸	皂羅袍	仙呂入雙調好姐姐	南呂香柳娘	尾聲						v			雙調 11	3
二六	南呂一枝花	一江風	前腔											v		南呂 3	1
二七	北仙呂點絳唇	北中呂粉蝶兒	石榴花	鬥鵪鶉	撲燈蛾	上小樓	清江引							v		北中呂	1
二八	中呂菊花新	顏子樂	正宮錦纏道	中呂普天樂	古輪台	尾聲							v			正宮 5	2
二九	南呂戀芳春	繡衣郎	奈子花	大勝樂									v			無	無
三十	仙呂番卜算	仙呂入雙調二犯江兒水	園林好	嘉慶子	尹令	品令	豆葉黃	玉交枝	六么令	江兒水	川撥棹	尾聲		v		雙調 6	1

李玉《清忠譜》

韻數	第一支	第二支	第三支	第四支	第五支	第六支	第七支	第八支	第九支	第十支	第十一支	第十二支	許子漢 一般	循環	疊腔	南北	集曲	編號	時期
	南呂 滿江紅	中呂 滿庭芳											v					無	無
一	黃鐘 傳言玉女	前腔	啄木兒	西地錦	啄木兒	三段子	歸朝歡						v					黃鐘1	1
二	仙呂入雙調 字字雙	雙調 瑣南枝	前腔	前腔	前腔										v			雙調3	1
三	仙呂入雙調 園林好	嘉慶子	尹令	品令	豆葉黃	玉交枝	江兒水	川撥棹	尾聲				v					雙調6	1
四	仙呂入雙調 雙勸酒	前腔	仙呂 望吾鄉	北中呂 耍孩兒	前腔	前腔	前腔	煞尾	中呂 撲燈蛾	清江引							v	北中呂	2
五	南呂 一江風	商調 三台令	集賢賓	鶯啼序	黃鶯兒	簇御林	黃鐘 滴溜啄木	商調 琥珀貓兒墜	尾聲				v *					商調3	1
六	正宮 玉芙蓉	前腔	北正宮 端正好	滾繡球	叨叨令	脫布衫	小梁州	么篇換頭	北中呂 快活三	朝天子						v	v	正1 北正	11
七	仙呂 番卜算	前腔	桂枝香	前腔	賺	長拍	短拍	尾聲					v					仙呂3	3
八	中呂 金菊對芙蓉	駐馬聽	粉孩兒	正宮 福馬郎	中呂 紅芍藥	耍孩兒	會河陽	縷縷金	越恁好	紅繡鞋	尾聲		v					中呂1	1
九	越調 憶鶯兒	前腔	南呂 五更轉	仙呂入雙調 江兒水	玉交枝	五供養	月上海棠	南呂 三學士	雙調 川撥棹	僥僥令	尾聲	南呂 哭相思	v *				v	無雙10	無3
十	北越調 鬥鵪鶉	南 縷縷金	北 紫花兒序	南 縷縷金	北 小桃紅	南 禿廝兒	北 煞尾									v	v *	北越調	1
十一	越調 梨花兒	前腔	黃鐘 西地錦	仙呂入雙調 風入松	前腔	前腔	前腔	前腔									v	雙調1	1
十二	商調 水紅花	前腔	山坡裡羊	仙呂 包羅袍	解醒甘州	仙呂入雙調 玉抱肚	仙呂 掉角兒鄉	尾聲	仙呂入雙調 好姐姐	前腔			v *				v	商18 仙7	11
十三	仙呂入雙調 六么令	前腔	前腔	前腔	仙呂 一封書												v	雙調2	2
十四	黃鐘 西地錦	降黃龍	前腔	黃龍滾	前腔	尾聲							v					黃鐘7	1
十五	南呂 梁州新郎	前腔	前腔	前腔	尾聲											v		無	無
十六	宴蟠桃	南呂 三仙橋	越調 憶多嬌	鬥黑麻	憶多嬌	鬥黑麻								v				無	無
十七	越調 小桃紅	下山虎	五般宜	五韻美	蠻牌令	山麻楷	江神子	尾聲					v *					越調2	2
十八	黃鐘 滴溜子	中呂 泣顏回	前腔	千秋歲	越恁好	紅繡鞋	意不盡						v					中呂5	1
十九	商調 憶秦娥	前腔	前腔	集賢賓	琥珀貓兒墜	黃鐘 啄木兒	仙呂入雙調 玉交枝	越調 憶多嬌	仙呂入雙調 月上海棠	尾聲			v					商1 無	無

二十	南呂 紅衲襖	正宮 傾杯賞芙蓉	刷子帶芙蓉	錦芙蓉	普天插芙蓉	朱奴戴芙蓉					v	正宮 2	4
二一	仙呂 卜算	中呂 剔銀燈	賺	剔銀燈	賺	剔銀燈	賺	掉角兒序	尾聲		v v	無仙 11	無 2
二二	南呂 香柳娘	前腔	前腔	前腔						v		南呂 5	1
二三	北中呂 粉蝶兒	南 泣顏回	北 石榴花	南 泣顏回	北 鬥鵪鶉	南 撲燈蛾	北 上小樓	南 尾聲			v	中呂 1	4
二四	北雙調 新水令	南 步步嬌	北 折桂令	南 江兒水	北 雁兒落帶得勝令	南 僥僥令	北 收江南	南 園林好	北 沽美酒帶太平令	南 尾聲	v *	雙調 4	1
二五	黃鐘 玉女步瑞雲	仙呂入雙調 朝元令	黃鐘 畫眉序	前腔	雙聲子	尾聲					v	無	無

附錄七　〈清初蘇州劇作家作品之聯套分析統計結果表〉

說　明

◎本表以劇作家個別作品爲縱軸、五大聯套類型及其出現時期爲橫軸，列表統計附錄一〈清初蘇州劇作家作品之聯套分析表〉之結果所得。由橫向可觀察個別劇作使用各類型聯套之多寡分佈、縱向可統計各類型聯套在清初蘇州劇作家作品中被使用的高低頻率。

◎〈清初蘇州劇作家作品之聯套分析表〉中標示聯套的三種方式：「無」、「ˇ*」、「ˇ」已見該表說明，本表如之分爲三小細目；惟有三處值得說明：一、由〈分析表〉的「說明」中可知，列爲「無」者實分兩種情形：一爲「該出主套並不見於許書所列熟套」者、一爲「該出分析不出主套、一般以雜綴類型居多者」，然在本〈統計表〉中，爲了避免過於支離瑣碎，將兩者合併統計，故本表末二欄「主套總計」，實表示「以明代熟套爲其主套者」；惟本文討論過程中，仍將分別釐清探討。二、本表「南北合套」部分，以「無」代表「各不重同的南北曲夾用雜綴」者、「ˇ*」代表「純用北套或有南曲間相插入」者、「ˇ」代表「南套與北套合用、穿插遞進」者。三、〈分析表〉中若有一出之內同時出現兩套以上之熟套，本表將分別列入統計。

◎本表五大「聯套類型」欄各分三小細目，共計十五細目，其中數字最高者以粗黑體標出，以示該劇本以何種聯套形式爲最多數；「出現時期」欄之五小細目、以及「無主套者」共計六欄之中的數字，同樣以粗黑體標示出最多數，以示該劇本是以出於何時期的聯套居多數、還是以無主套者爲居多數。

◎本表五大類型中「無」欄之總和，即是末欄「無主套者」之數；、「ˇ*」和「ˇ」欄之總和以及五欄出現時期之總和，均即是「主套總計」之數。

◎作品欄中的「出數」並非指該劇的實際出數，而是指該劇「具有套數的出數」，因此，必須扣掉副末開場（因副末開場爲制式化用法，列入統計並無意義）、以及部分內容殘缺者；若該劇有以單支引曲、或單支曲牌組成一出者，則列入統計。「套數」則是末二欄「主套總計」與「無主套者」之總和。

◎作品欄中的「套數」是指全劇所出現列入統計的套數，故爲末二欄「主套總計」及「無主套者」之總和。「套數」絕大部分多於「出數」，乃因大部分劇作，有一、二出是出現二套以上主套者。

◎本表最後結以「總計」以及「百分比」，「百分比」乃指該聯套類型之總計在「全部套數」中所佔的百分比，「全部套數」當指末二欄「主套總計」與「無主套者」之總和，即：1154+418＝1572；因此，本表乃分析清初十五位蘇州劇作家、共計五十一部傳奇劇作中，共計 1572 套主套之聯套類型分佈。

劇作家	分析 / 作品（出數/套數）	聯套類型														出現時期					主套總計	無主套者
		一般聯套			循環聯套			疊腔聯套			南北合套			集曲聯套			第1期	第2期	第3期	第4期	第5期		
		無	∨*	∨	無	∨*	∨	無	∨*	∨	無	∨*	∨	無	∨*	∨							
李玉	一捧雪（30/34）	1	7	**10**	0	0	1	0	0	6	0	0	3	5	0	1	**17**	7	3	1	0	28	6
	人獸關（30/31）	2	6	5	0	0	1	0	1	**10**	0	2	1	1	0	2	**17**	8	0	2	1	28	3
	永團圓（28/29）	3	2	**8**	0	0	0	1	1	5	0	0	3	4	0	2	**10**	5	5	1	0	21	8
	占花魁（28/30）	**6**	6	4	0	0	1	1	0	2	0	2	1	5	1	1	8	6	2	2	0	18	**12**
	牛頭山（24/28）	2	2	6	1	0	0	0	0	**9**	0	3	2	1	1	1	**12**	8	3	1	0	24	4
	麒麟閣一（32/34）	**7**	4	7	0	0	1	0	1	7	0	1	2	1	0	3	**15**	8	2	1	0	26	8
	麒麟閣二（28/28）	3	3	4	0	0	2	1	0	**5**	0	2	3	3	1	1	**14**	4	3	0	0	21	7
	風雲會（25/27）	3	2	**9**	0	0	1	0	0	7	0	3	1	1	0	0	**13**	5	3	1	0	22	5
	太平錢（26/29）	4	5	**6**	0	0	1	0	0	6	0	0	4	0	0	0	**12**	5	3	1	0	21	8
	眉山秀（28/31）	3	4	**8**	0	0	2	1	0	4	0	0	2	2	1	1	**12**	6	3	1	0	23	7
	千鍾祿（22/25）	1	**6**	4	0	0	1	0	0	6	0	1	2	2	0	2	**13**	7	0	2	0	22	3
	五高風（30/31）	**11**	3	6	0	0	0	3	0	5	0	1	1	0	0	1	**10**	5	1	0	1	17	**14**

作者	劇目																						
	兩鬚眉（30/32）	0	5	9	0	0	2	0	0	**10**	0	2	2	1	0	1	**18**	9	4	0	0	31	1
	清忠譜（25/30）	2	4	**8**	2	0	0	1	0	6	0	3	2	1	0	1	**16**	4	2	2	0	24	6
	萬里圓（23/25）	4	2	7	0	0	1	0	0	**7**	0	0	1	1	0	2	**11**	8	0	1	0	20	5
	一品爵（27/28）	**9**	2	7	0	0	2	1	1	5	0	0	1	0	0	0	**15**	3	0	0	0	18	10
朱素臣	十五貫（25/26）	2	3	4	0	0	1	1	0	**10**	0	2	1	1	0	1	**10**	9	2	1	0	22	4
	文星現（25/28）	3	1	9	0	0	0	2	0	8	0	1	2	1	0	1	**16**	3	3	0	0	22	6
	秦樓月（27/31）	0	5	8	0	0	1	0	0	**9**	0	2	3	0	1	2	**20**	8	2	1	0	31	0
	未央天（28/30）	2	6	7	0	0	1	1	0	**8**	0	2	1	0	1	1	**17**	5	3	1	1	27	3
	翡翠園（25/27）	2	3	7	0	0	1	0	0	**9**	0	0	3	2	0	0	**16**	2	5	0	0	23	4
	聚寶盆（31/32）	5	0	**11**	0	0	2	2	0	5	0	3	2	2	0	0	**16**	4	2	1	0	23	9
	四大慶一（8/9）	**3**	0	2	0	0	0	0	0	2	0	0	1	1	0	0	**1**	3	0	1	0	5	**4**
	四大慶二（11/11）	3	**4**	1	0	0	0	0	0	1	0	0	0	1	0	1	**6**	0	1	0	0	7	4
	四大慶三（7/7）	0	1	1	0	0	0	0	0	**3**	0	0	1	0	0	0	**5**	1	1	0	0	7	0
	四大慶四（11/11）	2	1	1	0	0	1	**2**	0	**2**	0	1	1	0	0	0	**6**	1	0	0	0	7	4
朱佐朝	九蓮燈（19/20）	3	3	4	0	0	0	0	0	**7**	0	1	0	2	0	0	**11**	4	0	0	0	15	5
	豔雲亭（32/34）	16	1	4	0	0	1	1	0	6	0	2	3	0	0	0	11	3	3	0	0	17	**17**
	萬壽冠（25/25）	6	3	4	0	0	0	0	0	5	0	1	2	3	1	0	**11**	2	1	2	0	16	9
	奪秋魁（22/22）	7	3	2	0	0	0	2	0	4	0	1	2	2	0	0	8	1	2	0	0	11	**11**
	蓮花筏（24/24）	**8**	2	5	0	0	0	2	0	4	1	1	0	1	0	0	6	4	2	0	0	12	**12**
	血影石（27/30）	4	3	9	0	0	1	3	1	4	2	1	1	0	0	1	**15**	3	2	1	0	21	9
從	龍燈賺（29/30）	7	2	7	0	0	0	0	0	**8**	0	3	1	1	0	1	**14**	6	2	0	0	22	8
畢魏	三報恩（35/41）	6	2	7	0	0	0	5	0	**14**	1	2	1	2	0	0	**17**	6	1	2	1	27	14
	竹葉舟（27/29）	3	3	3	0	0	0	1	0	**7**	0	2	3	4	0	3	**10**	3	6	1	1	21	8
葉稚斐	英雄概（31/35）	7	4	**9**	0	0	1	1	1	8	0	2	2	0	0	0	**19**	5	2	1	0	27	8
	琥珀匙（28/29）	7	6	6	0	0	1	1	1	2	0	1	1	2	0	1	**13**	4	1	1	0	19	10

丘園	黨人碑 （26/32）	7	4	4	0	0	0	2	0	**8**	1	3	1	1	0	1	**11**	7	2	1	0	21	**11**
	幻緣箱 （30/32）	7	3	6	0	0	1	0	0	**8**	1	0	1	3	1	1	**13**	7	0	1	0	21	11
張大復	醉菩提 （30/35）	**7**	2	5	0	0	1	5	3	**7**	1	3	1	0	0	0	16	4	1	1	0	22	13
	吉祥兆 （30/31）	**15**	3	3	0	0	1	0	0	3	0	3	1	0	0	1	8	4	3	1	0	16	**15**
	快活三 （27/33）	**9**	2	7	0	0	1	2	0	8	1	2	1	0	0	0	**13**	5	2	1	0	21	12
	金剛鳳 （29/33）	4	0	**10**	0	0	1	4	0	9	1	2	2	0	0	0	**18**	5	0	1	0	24	9
	釣漁船 （29/33）	6	2	7	0	0	0	2	0	**11**	0	2	2	1	0	0	**13**	6	3	2	0	24	9
	雙福壽 （23/24）	**5**	4	4	0	0	2	2	0	2	1	2	1	1	0	0	**10**	4	1	0	0	15	9
	紫瓊瑤 （24/27）	7	1	**9**	0	0	1	1	0	6	0	1	1	0	0	0	**14**	3	2	0	0	19	8
	讀書聲 （23/30）	5	7	6	0	0	0	2	0	7	0	1	1	1	0	0	**16**	4	1	1	0	22	8
陳二白	雙冠誥 （20/22）	5	3	6	0	0	1	0	0	4	0	0	2	0	0	1	**11**	4	2	0	0	17	5
	稱人心 （23/24）	5	5	6	0	0	1	2	0	4	0	0	1	0	0	0	**10**	4	2	1	0	17	7
盛際時	人中龍 （26/33）	3	3	**11**	0	0	1	1	0	10	0	1	2	0	0	1	**20**	6	2	1	0	29	4
鄒玉卿	青虹嘯 （29/31）	2	4	**10**	0	0	1	0	0	7	0	0	3	3	0	1	**18**	3	4	0	1	26	5
	雙螭璧 （30/33）	5	**10**	6	0	0	0	0	0	6	1	1	0	3	0	1	**14**	8	2	0	0	24	9
王	非非想 （31/33）	7	3	3	0	0	1	2	0	**11**	0	1	2	3	0	0	**13**	5	3	0	0	21	**12**
吳	秣陵春 （40/45）	0	7	9	0	0	1	2	1	**12**	0	3	4	3	0	3	**28**	2	5	5	0	40	5
尤	鈞天樂 （31/38）	6	**10**	0	0	0	2	2	0	10	1	1	2	1	0	3	**19**	7	2	0	0	28	10
總　計		262	192	331	3	0	43	63	12	359	12	76	87	77	9	45	726	263	112	46	7	1154	418
與總套數（1154+418＝1572）所佔之比率		16.7	12.2	21.1	0.2	0	2.7	4.0	0.8	22.8	0.8	4.8	5.5	4.9	0.6	2.9	46.2	16.7	7.1	2.9	0.4	73.4	26.6
		50			2.9			27.6			11.1			8.4								100	

附錄八　〈清初蘇州劇作家作品中無明代熟套或無主套者之統計分類表〉

說　明

◎本表縱軸以劇作家、作品依序排列，橫軸則據附錄一〈清初蘇州劇作家作品之聯套分析表〉、屬於「一般聯套」以及「集曲聯套」中被編爲「無」者，作進一步的統計與分類，從附錄一之〈說明〉可知，編爲「無」者實包含無明代熟套或者無主套者兩種可能，故本表以此名之

◎本表橫軸依不同情況再作細分：「一般聯套」按其內容分爲：單曲型、雜綴型、變異型，此三欄內的數字代表該類套式出現於該劇的「出目」，而非「出現的次數」，三欄內出現數字的「數目總和」，即爲首欄「該部總數」。「集曲聯套」則依其形式分爲一般集曲、大型集曲、變套集曲，欄內數字用法同前。

◎最末列爲統計結果，首欄爲「該部總數」之總計，即表示清初蘇州劇作家共使用幾套被歸爲「無」的「一般聯套」，次三欄分別爲該類型出現數字的「數目總和」，而非欄內數字之總和。換言之，次三欄之總和即爲首欄。「集曲聯套」同前。

套式分析 作家作品		該部總數	一般聯套			該部總數	集曲聯套		
			單曲型	雜綴型	變異型		一般集曲	大型	變套集曲
李玉	一捧雪	1		29		5	2、6		7、8、16
	人獸關	2		25	3	1			17
	永團圓	3		26	13、17	4	5、18、23		7
	占花魁	6	3	12、16、22	10、11	5	1、6、26	8	5
	牛頭山	2	25	10		1			10
	麒麟閣一	7	4、6	10、12、13、25	31	1	3		
	麒麟閣二	3	2、28	23		3			10、11、18
	風雲會	3	7	2	16	1			9
	太平錢	4		5、14	3、13	4	19、26		7、16
	眉山秀	3		10、18、22		2		6	12
	千鍾祿	1	7			2	9、17		
	五高風	11	9、13、21、15、18、25	6、31	20、27、29	0			
	兩鬚眉	0				1	6		
	清忠譜	2		19、25		1	15		
	萬里圓	4	11、13、27	2		1			12
	一品爵	9	18、19、21、28	2、16、22	3、27	0			
朱素臣	十五貫	2		8、17		1			18
	文星現	3	5	13	10	1	9		
	秦樓月	0				0			
	未央天	2		8	26	0			
	翡翠園	2	6	2		2	2、21		

名	劇目								
	聚寶盆	5	4、16	1、6	5	2	25		30
	四大慶一	3	1、2	3		1	4		
	四大慶二	3	3、4、12			1			20
	四大慶三	0				0			
	四大慶四	2	3	1		0			
朱佐朝	九蓮燈	3		13、16	9	2	3、11		
	艷雲亭	16	2、7、9、18、26、29、31、32	12、14、23、27、30	3、10、25	0			
	萬壽冠	6	2、19、26	11、12	17	3	4、15、16		
	奪秋魁	7	15	5、7、11、13、18、22		2	3		2
	蓮花筏	8	10、11、19、26	22、27	16、28	1	18		
	血影石	4	18	4、10、27		0			
從	龍燈賺	7	7	3、13、19、24、29	8	1	21		
畢魏	三報恩	6		13、14、21、22、25	4	2	11、27		
	竹葉舟	3	19	5、23		4	13		10、15、20
葉稚斐	英雄概	7	26	10、14、15、21、31	32	0			
	琥珀匙	7	22、24、28	6、12、20	16	2	18、19		
丘園	黨人碑	7	19、25	6、12、14、26、27		1	18		
	幻緣箱	7	8、9、12、15、22、24	21		3	4、11、26		
張大復	醉菩提	7	8	14、24、26、29、30	15	0			
	吉祥兆	15	8、15、17、18、21、22	6、9、15、19、25、27、28、29	8	0			
	快活三	9	22	2、6、8、10、11、21、25、26		0			
	金剛鳳	4		3、10、13、26		0			
	釣漁船	6	23	5、7、18、20、24		1	30		
	雙福壽	5	9、10	6、4	12	1	5		
	紫瓊瑤	7	12	2、7、8、15、22、25		0			
	讀書聲	5	4、8	10	3、7	1	24		
陳二白	雙冠誥	5		5、6、10、11	9	0			
	稱人心	5	8、12	2、19	7	0			
盛	人中龍	3		22、23、28		0			
鄒玉卿	青虹嘯	2			12、28	3	3、8		9
	雙蝴蝶	5	23	12、20、21、26		3	14、27		11
王	非非想	7	4、18、19、24、32、33	27		3	3、20、26		
吳	林陵春	0				3	25、37		19
尤	鈞天樂	6		4、7、13、24	11、28	1	20		
	總　計	262	79	143	40	77	50	2	25
與總套數所佔之比率		16.7	5.0	9.1	2.5	4.9	3.2	0.1	1.6

附錄九　清初蘇州劇作家作品每出用曲支數統計表

說　明

◎本表統計清初蘇州劇作家作品每出用曲支數，橫軸從全出「用曲 1 支」依序排列到「用曲 15 支」，16 支及 16 支以上者註記支數於格中

◎表中數字表示該劇用曲支數相同之出數，例如：《一捧雪》全出「用曲 1 支」者 0 出、「用曲 2 支」者 1 出、「用曲 3 支」者 2 出、「用曲 4 支」者 2 出……以此類推，劇作二本以上的劇作家則於其最末行累計總數，並將用曲支數劃分爲三區：用曲 1 至 3 支爲第一區、用曲 4 至 7 支爲第二區、用曲 8 支以上爲第三區，分別計算劇作家個人使用支數於各區的比例，並以「灰底」標出；本表最終則統計五十五本劇本之用曲總數及各區所佔比例。

◎作品欄的「出數」以「/」區分前後：前者是指該劇「具有套數的出數」，因此必須扣掉副末開場以及部分內容殘缺者，每劇橫軸之總和即此數目；後者始指該劇的「實際出數」，故須加回前列兩項，部分劇作如《九蓮燈》、《蓮花筏》等六部後半段殘缺不全，則以「？」標示；「/」前後數字相同者則註記一次即可，如：李玉《一捧雪》等劇。

◎每出之中用曲支數達最多出者予以「**粗黑體**」標出，如：《一捧雪》共有 8 出「用曲 6 支」爲最多出。

作家	作品（出數）	1	2	3	4	5	6	7	8	9	10	11	12	13	14	15	16支以上
李玉	一捧雪（30）	0	1	2	2	2	**8**	4	5	2	1	2	1	0	0	0	0
	人獸關（30）	0	0	3	**5**	0	**5**	4	3	3	3	1	2	0	1	0	0
	永團圓（28）	0	1	0	**6**	5	5	5	1	1	2	0	1	1	0	0	0
	占花魁（28）	0	2	3	**5**	2	4	3	4	0	2	3	0	0	0	0	0
	牛頭山（24/25）	0	1	1	4	3	1	3	**5**	1	2	2	0	1	0	0	0
	麒麟閣一（32/33）	0	2	2	**8**	2	7	4	2	0	2	2	1	0	0	0	0
	麒麟閣二（28）	0	2	2	4	4	**5**	4	2	4	0	0	0	2	0	0	0
	風雲會（25/26）	1	0	1	2	**7**	5	1	3	2	1	1	0	0	0	0	0
	太平錢（26/27）	0	0	2	1	5	5	**6**	2	1	2	1	1	0	0	0	0
	眉山秀（28）	0	0	2	3	**5**	3	2	4	4	2	1	0	1	1	0	0
	千鍾祿（22/25）	1	1	0	3	2	3	**4**	1	3	2	0	1	1	0	0	0
	五高風（30/31）	2	4	**7**	3	4	3	2	1	0	2	0	0	0	0	0	0
	兩鬚眉（30）	0	2	2	3	**8**	5	3	2	4	1	0	0	0	0	0	0
	清忠譜（25）	0	0	0	1	3	4	3	3	**5**	1	1	0	0	0	0	0
	萬里圓（23/27）	0	2	1	3	6	**6**	4	1	4	0	1	0	1	0	0	0
	一品爵（27/28）	0	3	1	4	**9**	0	4	1	4	1	0	0	0	0	0	0
李玉出現出數總計		4	18	31	57	67	**68**	51	45	33	28	16	9	6	3	0	0
李玉使用支數比例		12.1%			55.7%					32.1%							

朱素臣	十五貫（25/26）	0	1	3	4	2	2	5	4	1	1	0	1	1	0	0	0
	文星現（25/26）	0	2	1	2	3	5	2	3	3	4	0	0	0	0	0	0
	秦樓月（27/28）	0	1	0	3	1	4	4	5	4	2	2	0	0	0	1	0
	未央天（28）	0	2	1	7	4	1	3	1	4	1	2	1	0	0	0	1
	翡翠園（25/26）	0	0	4	4	1	5	2	0	2	3	2	1	1	0	0	0
	聚寶盆（31）	0	0	5	5	5	6	6	2	0	1	1	0	0	0	0	0
	四大慶一（8）	0	2	1	1	1	1	1	0	1	0	0	0	0	0	0	0
	四大慶二（19/21）	11	2	2	1	1	0	2	0	0	0	0	0	0	0	0	0
	四大慶三（9/10）	0	4	2	0	2	1	0	0	0	0	0	0	0	0	0	0
	四大慶四（15/16）	4	3	1	1	3	0	0	1	0	1	1	0	0	0	0	0
朱素臣出現出數總計		15	17	20	28	23	25	25	16	15	13	8	3	2	0	1	1
朱素臣使用支數比例		24.5%						47.6%					27.8%				
朱佐朝	九蓮燈（19/?）	0	1	5	4	0	3	4	0	1	1	0	0	0	0	0	0
	豔雲亭（32）	3	3	6	5	7	2	1	0	4	0	0	1	0	0	0	0
	萬壽冠（25/26）	0	1	5	2	4	6	3	2	0	1	1	0	0	0	0	0
	奪秋魁（22）	1	3	2	4	5	3	1	0	2	1	0	0	0	0	0	0
	蓮花筏（24/?）	0	5	4	4	1	3	2	3	2	0	0	0	0	0	0	0
	血影石（27/?）	0	2	1	7	5	1	5	1	2	2	1	0	0	0	0	0
朱佐朝出現出數總計		4	15	23	26	22	18	16	6	11	5	2	1	0	0	0	0
朱佐朝使用支數比例		44.0%						42.9%					13.1%				
從 龍燈賺（29/31）		0	0	3	9	7	2	4	0	3	1	0	0	0	0	0	0
朱雲從使用支數比例		10.3%						75.9%					13.8%				
畢魏	三報恩（35/36）	0	0	3	6	1	4	7	5	3	3	1	1	0	1	0	0
	竹葉舟（27/28）	0	2	1	1	4	3	7	4	2	1	1	1	0	0	0	0
畢魏出現出數總計		0	2	4	7	5	7	14	9	5	4	2	2	0	1	0	0
畢魏使用支數比例		9.7%						53.2%					37.1%				
葉稚斐	英雄概（31/32）	1	0	1	2	7	7	4	6	1	2	0	0	0	0	0	0
	琥珀匙（28/29）	2	1	5	3	6	3	1	2	2	1	1	1	0	0	0	0
葉稚斐出現出數總計		3	1	6	5	13	10	5	8	3	3	1	1	0	0	0	0
葉稚斐使用支數比例		16.9%						55.9%					27.1%				
丘園	黨人碑（26/?）	0	1	2	4	5	2	4	5	0	1	1	0	1	0	0	0
	幻緣箱（30/33）	4	5	4	3	3	4	2	1	1	3	0	0	0	0	0	0
丘園出現出數總計		4	6	6	7	8	6	6	6	1	4	1	0	1	0	0	0
丘園使用支數比例		28.6%						48.2%					23.2%				
張大復	醉菩提（30/31）	0	2	0	6	4	5	4	1	3	2	0	2	0	1	0	0
	吉祥兆（30/29）	2	6	4	2	2	7	3	2	0	1	0	0	0	1	0	0
	快活三（27/28）	0	4	2	3	4	0	7	4	0	1	0	0	0	0	1	20支
	金剛鳳（29/30）	0	2	2	3	7	3	3	3	2	1	0	2	1	0	0	0
	釣漁船（29/30）	0	2	3	4	2	4	3	6	1	2	1	1	0	0	0	0
	雙福壽（23/25）	1	0	3	3	4	1	1	5	0	2	1	0	1	1	0	0
	紫瓊瑤（24/?）	0	0	3	5	2	5	0	4	0	1	0	1	0	0	0	24、16支
	讀書聲（23/25）	0	3	0	1	5	4	1	5	1	2	1	0	0	0	0	0
張大復出現出數總計		3	19	17	27	30	29	22	30	7	12	3	6	2	3	1	3
張大復使用支數比例		18.1%						50.2%					31.6%				

陳二白	雙冠誥（20/？）	0	2	1	3	4	4	**5**	0	0	0	0	0	1	0	0	0
	稱人心（23/24）	0	**3**	**3**	**3**	**3**	**3**	2	2	1	**3**	0	0	0	0	0	0
陳二白出現出數總計		0	5	4	6	7	7	7	2	1	3	0	0	1	0	0	0
陳二白使用支數比例		20.9%						62.8%					16.3%				
盛	人中龍（26/28）	0	1	0	3	**5**	3	3	3	1	3	1	0	0	0		0
盛際時使用支數比例		3.9%						53.8%					42.3%				
鄒玉卿	青虹嘯（29/30）	0	0	1	4	3	**9**	5	1	0	2	2	1	0	0		0
	雙螭璧（30/31）	1	3	0	7	2	5	6	2	1	2	1	0	0	0		0
鄒玉卿出現出數總計		1	3	1	11	5	14	11	3	1	4	3	1	1	0	0	0
鄒玉卿使用支數比例		8.5%						69.5%					22.0%				
王	非非想（31/33）	0	3	3	**6**	4	4	2	3	1	4	0	1	0	0		0
王續古使用支數比例		19.4%						51.6%					29.0%				
吳	秣陵春（40/41）	0	1	2	3	1	6	**10**	4	2	5	1	3	0	1	0	18支
吳偉業使用支數比例		7.5%						50.0%					42.5%				
尤	鈞天樂（31/32）	0	0	2	2	2	5	**8**	1	3	4	2	0	1	0		0
尤侗使用支數比例		6.5%						54.8%					38.7%				
五十五本劇本總計		34	91	122	197	199	204	184	137	87	93	42	28	13	9	2	5
總數（1448 出）比例		2.3	6.3	8.4	13.6	13.7	14.1	12.7	9.5	6.0	6.5	2.9	1.9	0.9	0.7	0.1	0.3
各區所佔比例		17.0%						54.1%					28.8%				

附錄十 〈清初蘇州劇作家作品各宮調使用次數統計表〉

說　明

◎本表乃十四位清初蘇州劇作家、共計五十五本傳奇作品使用各宮調之次數統計，橫軸列南曲所使用的十三宮調，末欄統計該出使用宮調之總數；縱軸列作家及其作品，每位作家末行統計所有作品各宮調所使用的總數及其所佔比例，並用灰底標出。

◎本表最終統計五十五本劇本中各宮調使用次數之總數及其所佔比例，最末行依各宮調使用次數高低排列順序。

◎傳奇不限一出一宮調，且引子、尾聲或部分具導引、結聲作用的散板曲，乃獨立於聯套之外，可不拘宮調；本表爲求肯綮、避免瑣碎支離，不列入上述引、尾者類，僅將具正曲性質的套數列入統計。

◎南北合套部分，將於第肆章第四節專事討論，茲不列入；純用北套者，另列表於下〈北曲部分〉

作家、作品 宮調類別	雙調	南呂	中呂	仙呂	正宮	黃鐘	商調	越調	大石調	小石調	羽調	般涉調	道宮	總數
一捧雪	10	6	4	3	3	3	1	2	1	0	0	0	0	33
人獸關	8	11	2	6	2	3	3	2	0	0	0	0	0	37
永團圓	4	5	3	7	2	2	4	1	0	0	0	0	1	29
占花魁	7	6	3	4	3	2	2	1	1	0	0	0	0	29
牛頭山	5	3	5	1	6	4	1	0	1	0	0	0	0	26
麒麟閣一	10	4	4	7	2	1	1	2	0	0	0	0	0	31
麒麟閣二	4	4	6	4	4	0	0	0	0	0	0	0	0	22
李玉　風雲會	8	3	5	3	1	1	2	1	1	0	0	0	0	25
太平錢	6	3	4	5	2	3	2	0	1	0	0	0	0	26
眉山秀	6	6	0	5	3	4	3	2	0	0	0	0	0	29
千鍾祿	3	0	6	4	4	2	1	2	0	0	0	0	1	23
五高風	9	3	7	3	2	1	3	0	0	0	0	0	0	28
兩鬚眉	7	4	6	3	4	3	2	2	1	0	0	0	0	32
清忠譜	6	2	4	2	2	3	3	4	0	0	0	0	0	26
萬里圓	3	3	7	2	2	1	2	2	0	0	0	0	0	22
一品爵	6	3	5	4	3	2	4	2	0	0	1	0	0	30
使用次數總計	102	66	71	63	45	35	34	23	6	0	1	0	2	448
各宮調所得比例	22.8	14.7	15.8	14.1	10	7.8	7.6	5.1	1.3	0	0.2	0	0.4	100
十五貫	9	6	2	2	1	0	1	0	0	0	0	0	0	21
文星現	5	7	2	6	2	0	1	1	0	1	0	1	0	26
秦樓月	5	5	4	2	3	1	4	3	0	1	0	0	0	28
未央天	6	6	5	3	3	2	0	2	0	1	0	0	0	28
朱素臣　翡翠園	7	6	3	2	2	1	3	3	1	0	0	0	0	28
聚寶盆	8	4	8	2	1	2	3	2	0	0	0	0	0	30
四大慶一	2	1	1	2	1	0	0	0	0	1	0	0	0	8
四大慶二	2	0	1	2	2	0	1	1	0	0	0	0	0	9
四大慶三	2	3	0	1	0	0	0	0	0	0	0	0	0	6
四大慶四	3	1	2	0	0	1	0	0	0	0	0	0	0	7
使用次數總計	49	39	28	22	15	7	13	12	1	4	0	1	0	191
各宮調所得比例	25.7	20.4	14.7	11.5	7.9	3.6	6.8	6.3	0.5	2.1	0	0.5	0	100
九蓮燈	2	5	2	3	1	3	1	1	0	0	0	0	0	18
豔雲亭	6	2	8	3	2	1	3	3	1	0	0	0	0	29
朱佐朝　萬壽冠	5	2	2	5	1	2	2	0	0	1	0	1	1	22
奪秋魁	5	4	2	5	1	1	1	0	0	0	1	0	0	20
蓮花筏	6	5	2	4	4	1	2	1	0	0	0	0	0	25
血影石	7	4	5	3	4	2	0	1	0	0	0	0	0	26
使用次數總計	31	22	21	23	13	10	9	6	1	1	1	1	1	140
各宮調所得比例	22.1	15.7	15	16.4	9.3	7.1	6.4	4.3	0.7	0.7	0.7	0.7	0.7	100

從	龍燈賺	6	2	5	5	2	1	3	1	0	0	0	0	0	25
	各宮調所得比例	24	8	20	20	8	4	12	4	0	0	0	0	0	100
畢魏	三報恩	7	5	4	8	4	2	1	3	1	0	0	0	0	35
	竹葉舟	6	6	3	3	1	2	2	1	1	1	0	0	0	26
	使用次數總計	13	11	7	11	5	4	3	4	2	1	0	0	0	61
	各宮調所得比例	21.3	18	11.5	18	8.2	6.6	4.9	6.6	3.3	1.6	0	0	0	100
葉稚斐	英雄概	6	1	5	1	4	4	1	4	0	0	0	0	0	26
	琥珀匙	6	5	6	5	2	3	1	2	0	0	0	0	0	30
	使用次數總計	12	6	11	6	6	7	2	6	0	0	0	0	0	56
	各宮調所得比例	21.4	10.7	19.6	10.7	10.7	12.5	3.6	10.7	0	0	0	0	0	100
丘園	黨人碑	4	2	4	5	4	5	2	1	0	1	0	0	0	28
	幻緣箱	5	2	8	4	3	3	4	2	0	0	0	0	0	31
	使用次數總計	9	4	12	9	7	8	6	3	0	1	0	0	0	59
	各宮調所得比例	15.3	6.8	20.3	15.3	11.9	13.6	10.2	5.1	0	1.7	0	0	0	100
張大復	醉菩提	13	4	2	2	2	2	2	3	2	0	1	0	0	33
	吉祥兆	11	9	2	2	3	1	0	2	0	0	0	0	0	26
	快活三	9	6	8	5	2	3	2	3	0	0	0	0	0	38
	金剛鳳	9	5	8	3	2	1	1	2	2	1	0	1	0	31
	釣漁船	8	11	6	5	3	3	2	1	1	0	1	0	0	41
	雙福壽	6	0	3	2	2	4	1	3	0	0	0	0	0	21
	紫瓊瑤	7	3	7	4	5	3	1	1	0	0	0	0	0	31
	讀書聲	5	7	5	3	2	2	3	5	1	0	0	0	0	33
	使用次數總計	68	45	41	26	21	19	12	20	6	1	2	1	0	254
	各宮調所得比例	26.8	17.7	16.1	10.2	8.3	7.5	4.7	7.9	2.4	0.4	0.8	0.4	0	100
陳二白	雙冠誥	6	4	5	3	1	0	1	2	1	0	0	0	0	23
	稱人心	5	7	2	2	3	1	2	3	0	0	0	0	0	25
	使用次數總計	11	11	7	5	4	1	3	5	1	0	0	0	0	48
	各宮調所得比例	22.9	22.9	14.6	10.4	8.3	2.1	6.3	10.4	2.1	0	0	0	0	100
盛	人中龍	8	4	7	2	2	3	1	3	0	0	0	0	1	31
	各宮調所得比例	25.8	12.9	22.6	6.5	6.5	9.7	3.2	9.7	0	0	0	0	3.2	100
鄒玉卿	青虹嘯	9	4	4	2	3	3	4	2	1	0	0	0	0	32
	雙蜻璧	8	5	2	6	4	3	2	2	2	1	0	0	0	35
	使用次數總計	17	9	6	8	7	6	6	4	3	1	0	0	0	67
	各宮調所得比例	25.4	13.4	9	11.9	10.4	9	9	6	4.5	1.5	0	0	0	100
王	非非想	8	5	5	4	4	2	2	0	0	1	0	0	0	31
	各宮調所得比例	25.8	16.1	16.1	12.9	12.9	6.5	6.5	0	0	3.2	0	0	0	100
吳	秣陵春	7	8	6	3	3	2	5	4	1	1	1	0	0	41
	各宮調所得比例	17.1	19.5	14.6	7.3	7.3	4.9	12.2	9.8	2.4	2.4	2.4	0	0	100
尤	鈞天樂	7	6	7	4	2	4	4	1	0	0	0	1	0	36
	各宮調所得比例	19.4	16.7	19.4	11.1	5.6	11.1	11.1	2.8	0	0	0	2.8	0	100
	五十五本總計	348	238	234	191	136	109	103	92	21	11	5	4	4	1488
	在總數（1488次）中所佔比例	23.4	16	15.7	12.8	9.1	7.3	6.9	6.2	1.4	0.7	0.3	0.3	0.3	100
	使用次數高低排序	1	2	3	4	5	6	7	8	9	10	11	11	11	

附錄十　〈清初蘇州劇作家作品各宮調使用次數統計表〉

北曲部分

說　明

◎本表體例同上，僅因北曲使用大幅減少，故刪除沒有出現的「道宮、小石調、羽調」，以及全無北套的劇本，故總共爲四十九本劇本，且不計算比例以精簡篇幅

作家		仙呂	正宮	中呂	越調	黃鐘	南呂	雙調	般涉調	商調	大石調	總數
李玉	一捧雪	1	1	1								3
	人獸關							1	1			2
	占花魁	1			1							2
	牛頭山	1	1				1					3
	麒麟閣一							1				1
	麒麟閣二	1			1							2
	風雲會	1		1			1					3
	太平錢	1										1
	千鍾祿						1					1
	五高風	1										1
	兩鬚眉	1			1							2
	清忠譜		1	1								2
	一品爵					1						1
使用次數總計		8	3	3	3	1	3	2	1	0	0	24
朱素臣	十五貫	1										1
	文星現		1									1
	秦樓月		1		1							2
	未央天	1		1								2
	聚寶盆		2	2								4
	四大慶三	1										1
	四大慶四		1									1
使用次數總計		3	5	3	0	1	0	0	0	0	0	12
朱佐朝	九蓮燈				1							1
	豔雲亭	1			1							2
	萬壽冠		1									1
	奪秋魁	1										1
	蓮花筏	1			1							2
	血影石		1	1								2
朱佐朝出現出數總計		3	2	1	2	1	0	0	0	0	0	9
從畢魏	龍燈賺		1	1			1					3
	三報恩	1							1			2
	竹葉舟	1		1								2
使用次數總計		2	0	1	0	0	0	0	1	0	0	4

												總計
葉稚斐	英雄概	1	1	1							1	4
	琥珀匙		1									1
使用次數總計		**1**	**2**	**1**	**0**	**0**	**0**	**0**	**0**	**0**	**1**	**5**
丘園	黨人碑	1	1									2
	幻緣箱					1						1
使用次數總計		**1**	**1**	**0**	**0**	**1**	**0**	**0**	**0**	**0**	**0**	**3**
張大復	醉菩提	2	1		1							4
	吉祥兆	2					1					3
	快活三	1	1			1						3
	金剛鳳		1		1	1						3
	釣漁船	1						1				2
	雙福壽			1	1							2
	紫瓊瑤	1										1
	讀書聲		1									1
張大復出現出數總計		**7**	**4**	**1**	**3**	**2**	**1**	**1**	**0**	**0**	**0**	**19**
盛	人中龍		1									1
鄉	雙蜺璧		1		1			1				3
王	非非想	1	0	0	0	0	0	0	0	0	0	1
吳	秣陵春	1	0	0	0	0	1	0	0	1	0	3
尤	鈞天樂	0	0	0	0	1	0	1	0	0	0	2
四十九本劇本總計		**27**	**20**	**11**	**9**	**7**	**6**	**5**	**2**	**1**	**1**	**89**
使用次數高低排序		**1**	**2**	**3**	**4**	**5**	**6**	**7**	**8**	**9**	**9**	

附錄十一　〈明代各宮調套式延至清初存廢演變一覽表〉

	黃鐘		仙呂		正宮		中呂		南呂		大石		小石		越調		商調		雙調		總計	
	存	廢	存	廢	存	廢	存	廢	存	廢	存	廢	存	廢	存	廢	存	廢	存	廢	存	廢
一般聯套	5	2	10	3	5	5	11	8	8	21	5	1	1	0	6	2	14	8	8	3	73	53
疊腔聯套	1	0	8	1	2	0	7	0	11	1	1	0	0	0	4	1	3	0	10	0	47	3
南北合套	1	0	1	6	1	4	2	3	0	1	0	0	0	0	0	0	0	0	2	2	7	16
集曲聯套	0	4	3	3	1	4	1	1	4	3	0	0	0	0	0	2	4	5	3	2	16	24
總計（套）	7	6	22	13	9	13	21	12	23	26	6	1	1	0	10	5	21	13	23	7	143	96

說　明

◎本表根據許子漢《明傳奇排場三要素發展歷程之研究》〈研究資料彙編·丙編襲用套式〉（頁547～635）中所列明代熟套，統計其在清初蘇州劇作家作品中或者存續沿用、或者廢置不錄，及其發展變化之情形。

◎上表具目錄性質，橫軸依《歷程》所列宮調順序先後排置，每宮調內分列「存、廢」二欄；縱軸依五大聯套類型排序，惟「循環聯套」以「循環支數」分類，形式特殊，故不列入；「北套」在本文已合併於「南北合套」中討論，異於《歷程》另分單元敘述，惟本表所收仍是「南套與北套合用、交替遞進者」。欄內數字爲《歷程》所收該宮調該類型在清初蘇州劇作家作品中或存或廢之「套式數目」，「存廢」二欄總和即爲《歷程》原收套式數目，例如：《歷程》原收明代黃鐘「一般聯套」之襲用熟套共計 7 套，清初蘇州劇作家作品共沿用了 5 套，另有 2 套不復見用。末欄及末行則作最終總計。

◎下表承續上表，將「存」欄內的套數在清初蘇州劇作家作品中的使用情形進一步列出。橫軸同樣羅列各宮調，每宮調內分列四欄：「編號欄」省作「編」，乃指該套式在《歷程》中所編號碼；「∨」欄指清初沿用和《歷程》所列大抵不變、幾無二異者；「*」欄指清初沿用和《歷程》有所變化發展、但又不致構成另一套式者；「出現時期」欄省作「期」，指該套式在明代首先出現於第幾時期。因此，此四欄內的數字所指不同：「編」指套式編號；「∨」、「*」指該套式在清初劇作中出現的次數；「期」指首見時期。最左欄「套數」則爲統計數字，各宮調最末行所停留的數字，即上表中該宮調該類型「存」欄中的套式數目。各類型最末行「總計欄」省作「總」，乃總和各宮調「∨」、「*」欄內各套式的出現次數，此「行」數字最高者，以及各類型各宮調中的「∨」、「*」二欄數字最高者，均以粗黑體標出。

◎舉例說明：第一個表所示黃鐘「一般聯套」在清初蘇州劇作家作品被沿用的 5 套，即是在《歷程》中編號 1、3、4、5、7 的套式，其中，編號 1 號者爲【引】、【啄木兒】、【前腔】、【三段子】、【歸朝歡】（頁 548），此套式在清初蘇州劇作家作品中被沿用大抵不變者共計 21 次，被沿用但有所變化者共計 3 次，此套式據《歷程》研究首度出現於《荊釵記》，故於第一時期即已出現。以下依此類推。

◎「循環聯套」與「北套」亦因上述情況不列入統計。

明代各宮調套式在清初蘇州劇作家作品中的使用情形

一般聯套

套數	黃鐘 編	∨	*	期	仙呂 編	∨	*	期	正宮 編	∨	*	期	中呂 編	∨	*	期	南呂 編	∨	*	期	大石 編	∨	*	期	小石 編	∨	*	期	越調 編	∨	*	期	商調 編	∨	*	期	雙調 編	∨	*	期
1	1	**21**	3	1	1	2	0	1	1	3	0	2	1	27	**8**	1	1	10	**13**	1	1	1	0	1	1	**8**	1	2	1	3	4	1	1	2	1	1	2	1	0	4
2	3	0	1	1	2	1	0	4	2	0	2	2	2	5	2	4	2	5	2	4	2	1	**15**	1					2	5	**14**	2	2	0	3	2	3	2	8	1
3	4	1	**8**	1	3	**9**	**4**	3	5	**24**	1	2	3	16	0	1	4	1	1	4	3	**6**	0	1					5	1	2	2	3	0	4	1	4	8	3	1
4	5	4	1	2	5	3	2	2	6	2	0	3	4	1	2	2	6	1	2	4	4	0	1	2					6	3	1	1	4	3	**8**	2	6	**12**	16	1
5	7	10	5	1	6	1	0	4	7	1	0	4	5	**28**	**10**	1	10	0	1	5	6	1	0	1					7	**12**	3	1	5	0	3	4	7	7	**27**	1
6					8	6	0	1					6	1	0	1	16	4	1	3									8	1	0	2	6	0	1	1	9	1	0	3
7					9	5	0	4					7	2	1	2	18	5	0	2													7	1	1	3	10	0	3	3
8					10	5	1	2					9	0	4	1	19	2	0	4													8	2	3	3	11	5	1	3
9					11	4	0	2					13	2	1	3																	9	1	1	1				
10					12	3	3	1					14	3	0	1																	10	**7**	0	2				
11													18	0	1	1																	11	0	3	2				
12																																	18	2	2	2				
13																																	19	0	3	1				

| 14 | | | | | | | | | | | | | | | | | | | | | | | | | | | | | | | | | 20 | 2 | 0 | 1 | | | |
| 總 | | 36 | 18 | | | 39 | 10 | | | 30 | 8 | | | 80 | 29 | | | 27 | 33 | | | 9 | 2 | | | 8 | 1 | | | 25 | 24 | | | 2 | 0 | | | 36 | 57 |

疊腔聯套

套數	黃鐘				仙呂				正宮				中呂				南呂				大石				羽調				越調				商調				雙調			
	編	∨	＊	期	編	∨	＊	期	編	∨	＊	期	編	∨	＊	期	編	∨	＊	期	編	∨	＊	期	編	∨	＊	期	編	∨	＊	期	編	∨	＊	期	編	∨	＊	期
1	1	4	0	1	1	2	0	3	1	10	0	1	1	5	0	2	1	3	0	3	1	1	0	2	1	0	1	1	1	5	0	1	1	4	0	2	1	8	1	1
2					2	2	0	2	2	18	0	1	2	15	1	2	2	4	0	1									2	1	0	1	2	3	2	1	2	19	0	2
3					3	1	0	2					3	1	0	1	3	20	0	1									3	9	0	1	3	0	1	3	3	39	1	1
4					4	3	0	1					4	13	0	1	4	7	0	3									4	1	0	1					4	3	1	2
5					5	16	0	1					5	8	1	1	5	22	0	1																	5	2	0	1
6					6	15	0	1					6	17	1	2	6	7	0	1																	6	2	0	1
7					7	11	1	1					7	10	0	2	7	5	0	4																	7	5	0	1
8					8	6	0	1									8	2	0	2																	8	4	0	1
9																	9	5	0	1																	9	10	0	2
10																	10	3	0	2																	10	3	0	2
11																	12	9	0	1																				
總		4	0			56	1			28	0			69	3			86	0			1	0			0	1			16	0			10	2			95	3	

南北合套

套數	黃鐘				仙呂				正宮				中呂				南呂				大石				羽調				越調				商調				雙調			
	編	∨	＊	期	編	∨	＊	期	編	∨	＊	期	編	∨	＊	期	編	∨	＊	期	編	∨	＊	期	編	∨	＊	期	編	∨	＊	期	編	∨	＊	期	編	∨	＊	期
1	1	7	4	3	4	0	1	4	5	12	1	3	1	6	3	4	0	0	0	0	0	0	0	0	0	0	0	0	0	0	0	0	0	0	0	0	3	1	3	3
2													5	2	4																						4	5	35	1
總		7	4							12	1			8	5																								6	38	

集曲聯套

套數	黃鐘				仙呂				正宮				中呂				南呂				大石				羽調				越調				商調				雙調			
	編	∨	＊	期	編	∨	＊	期	編	∨	＊	期	編	∨	＊	期	編	∨	＊	期	編	∨	＊	期	編	∨	＊	期	編	∨	＊	期	編	∨	＊	期	編	∨	＊	期
1	0	0	0	0	2	11	1	2	2	2	2	4	1	2	1	2	1	2	0	1	0	0	0	0	0	0	0	0	0	0	0	0	1	2	1	1	1	9	0	1
2					3	6	0	3					3	1	0	1																	3	1	0	2	2	0	1	1
3					5	1	0	4					5	0	5																		5	3	0	2	4	2	0	4
4													6	1	0	4																	8	0	1	5				
總		0	0			18	1			2	2			2	1			9	0			0	0			0	0			0	0			6	2			11	1	

附錄十二 〈清初蘇州劇作家作品聯套方式與排場處理分析表——以李玉《一捧雪》、《清忠譜》為例〉

李玉《一捧雪》

齣數	齣名	劇情簡介；關目	第一支	第二支	第三支	第四支	第五支	第六支	第七支	第八支	第九支	第十支	第十一支	第十二支	演唱方式				排場類型
															獨唱	分--	合、	同（	
談概		虛籠大意、概括本事	末	末											2	0	0	0	引場
一	樂圃	主腳上場：懷古將赴京補官；收留湯勤	生	旦--小旦老旦	生、眾	（眾）	旦--生	副淨	生	副淨	生、副淨				4	2	2	1	文細正場
二	囑訓	莫家敘別、眾人賞杯、懷古囑訓	小生	生--副淨	外	生、眾	外、眾	小生、外	外、生						2	1	4	0	文細正場
三	燕遊	懷古出門在即，眾人叮嚀與送別	旦--老旦--小旦	旦--小旦	生--小生--末	旦、眾	（眾）	生、旦							0	3	2	1	文靜正場

齣	齣名	劇情												數	數	數	數	場類
四	征遇	懷古途遇繼光	外	（外雜）	（生副淨小旦雜）、（生副淨）	*（外雜）	（外生）	外、生						1	0	2	4	行動大過場
五	豪宴	湯勤入嚴府，眾人共看《中山狼》	淨	生	旦	旦	旦	旦	旦					8	0	0	0	熱鬧正場
六	褻賄	湯勤密告嚴世蕃一捧雪藏于莫家	小生、小旦	淨	淨	副淨	淨	副淨淨						4	0	2	0	粗口短場
七	勢索	湯勤索杯，懷古擬以假杯應之	生、小旦	生、小旦、合	副淨	生—副淨	生末	生						2	3	1	0	半過場
八	僞獻	莫誠進嚴府獻僞杯	末	副淨	末									3	0	0	0	普通過場
九	醉洩	懷古高昇，湯勤致賀，懷古醉洩僞杯	二雜--末	生—副淨	副淨	生	生—副淨	生—副淨						2	4	0	0	正場
十	譖贋	湯勤告發嚴世蕃玉杯是假	副淨	淨	淨	副淨								4	0	0	0	粗口半過場
十一	搜邸	嚴世蕃帶人搜尋莫府，莫誠帶杯潛逃	生—末	淨	淨—生	淨—雜	小旦	雜	*（淨雜）--雜	生	淨	末—小旦--生		5	5	0	1	急遽大過場
十二	遣邏	世蕃發現莫家潛逃，遣人急往捉拿	淨	淨、副淨	副淨、淨	雜、副淨	副淨丑							1	0	4	0	過場
十三	關攫	懷古等被擒，押至繼光處	（生小旦末雜）	（丑末雜）、（生小旦淨）、生（眾）、丑	*（生小旦末）、雜）、生	（丑眾）	外	丑—外外						2	1	3	5	行動大場
十四	出塞	眾人苦思脫難之方，終允莫誠替死	末	外	（生小旦外末）	外生、小旦	小旦生	末	（外生小旦）	末	生	外—小旦—末		5	2	2	2	群戲悲哀大場
十五	代戮	刑場上莫誠代戮遭斬	外	丑、外	（小旦眾）	小旦眾	（雜）	外眾--外						1	1	2	2	群戲正場
十六	訐發	湯勤訐發人頭是假	淨—副淨	淨、眾	淨、眾	（二旦）	丑	副淨—淨	淨、副淨					1	2	3	1	粗口短場
十七	株逮	嚴府人馬至繼光處捉拿繼光、雪艷並搜刮財物	老旦	小旦	老旦	小旦、老旦	外、小旦	小旦外	老旦、外、小旦	外、老旦、小旦				3	0	5	0	中細正場
十八	勘首	陸炳奉命勘首，湯勤向雪艷示愛後指人頭爲眞	末	外—小旦	外—副淨—末	小旦副淨末	副淨—小旦	小旦副淨	副淨、外、小旦	末、淨、外、小旦	末、外			1	5	3	0	群戲正場
十九	醜醋	湯勤醮妻京娘醋勁大發，阻止湯勤娶妾	淨	副淨	（副淨眾）	（副淨丑）	淨	副淨—丑						3	1	0	2	淨、副淨鬧場
二十	誅奸	湯勤前往成親，雪艷手刃湯後自刎	小旦	小旦	（副淨丑雜）	小旦	副淨、眾	小旦	副淨	小旦	小旦	（眾）	淨	8	0	1	2	大場
二一	哭塋	繼光等人至雪艷墳上哭祭	外	外	外	外	外	外	外					8	0	0	0	北口正場

齣數	齣名	劇情簡介；關目	第一支	第二支	第三支	第四支	第五支	第六支	第七支	第八支	獨	分	合	同	排場類型
二二	誼潛	方毅庵急報莫家禍臨，擬將莫昊藏匿自家，莫家氏母子哭別	且—小旦、小旦、小旦生—老旦、老生、老生旦—丑、丑丑			老旦—外、小丑—旦生					0	2	3	0	短場
二三	邊憤	懷古路聞湯勤被刺、雪娘自刎事	生	生	丑	丑	丑	丑	生	生—雜	7	1	0	0	正場
二四	徙置	解差押莫夫人等流徙開平衛	（且老旦丑）	（且老旦丑）							2	0	0	0	文細短場
二五	泣讀	方毅庵詳述莫家罹禍始末與莫昊	小生	小生	外、小生	外	外		小生	外、小生	5	0	2	0	正場
二六	回轍	方昊高中，與同年拜謁座師，然不拜嚴府	末—丑—小生	（末丑小生）	小生末丑小生						0	2	0	1	過場
二七	劾惡	莫昊上表彈劾嚴嵩父子罪行，皇上批准	外	小生	小生	小生	小生	小生	（小生外）		6	0	0	1	北口正場
二八	塚遇	莫夫人遇赦還鄉，在莫公墓處巧遇懷古	旦、老旦丑	（且老旦丑）	旦	生、旦、生旦	生旦				1	0	4	1	正場
二九	入塞	莫氏夫婦入關，與戚繼光重聚	外、生、生、且、旦、外	生外、生旦							1	0	3	0	文靜短場
三十	杯圓	莫昊巡視九方至繼光處，始釋前疑與父母一家團聚	小生	（小生眾）	外	（外眾）	小生	外	（小生生旦）小生、外	（小生外）（外小小生）（生旦外小生）	4	0	1	7	群戲大場

李玉《清忠譜》

齣數	齣名	劇情簡介；關目	第一支	第二支	第三支	第四支	第五支	第六支	第七支	第八支	第九支	第十支	第十一支	第十二支	演唱方式 獨	分	合	同	排場類型
	譜概	虛籠大意、驟括本事	無	副末											1	0	0	0	開場
一	傲雪	周順昌以雪自比全家賞雪；後門生來訪	生	旦—貼—小旦	生、旦丑	末	生—末	（生末）	生—末						2	3	1	1	文靜正場
二	書鬧	顏佩韋聽說書見不平吵鬧一場，與四人結義	丑	淨—丑	丑—淨	老且末	*（五人）、老旦								1	3	1	1	熱鬧半過場
三	述瑯	周走訪劾奸被黜的文文起，二人痛斥魏賊	生	生	外、生	外生	生—外	外—生	生	小生生	（外生）				3	4	1	1	正場
四	創詞	內監李實與軍門毛一鷺在半塘建造魏賊生祠	末	丑	（副淨老旦雜）	副淨末	老旦末	副淨末	老旦旦	副淨、老旦	丑—淨	淨			3	5	1	1	群戲半過場

齣	齣名	劇情											數	數	數	數	場面
五	締姻	魏大中因反魏賊遭押，周送別並結爲姻親	生	末	末	生	末一生	末、生	生末	生、末	末一生		4	3	2	0	文細正場
六	罵像	毛、李迎魏賊神像入祠，周痛罵、毛欲害之	（副老且眾）	（副老且眾）	生	生	生	生	生	生			7	0	0	2	北口正場
七	閨訓	周夫人訓其女，周子茂蘭報其父罵像事	且	小且	且	小且	*小生一且一小且（二且）	小生	且、小且	*且一（小生小且）			5	2	1	2	文靜正場
八	忠夢	周夢見痛斥、力劾魏賊，大快人心	生	生	生	生	（小生眾）	生	淨	生	*（副老）一淨	生	9	1	0	2	大場
九	就逮	周深夜得知即將被逮，卻泰然處之	末	生一末	小生一小且	生、且	生、眾	外一生	生、眾	生	*（眾）一生	（眾）	2	6	3	2	群戲大場
十	義憤	周被逮群情激憤，顏、周等人召集民眾進城	淨	末	淨	（小生老且）	淨	丑	淨	淨			7	0	0	1	南北大場
十一	鬧詔	眾百姓執香號哭，哀聲震地，毛一鷺無可奈何	副	淨	外	末	副	*（外末）一末	*（淨丑末）一（小生小且）	生	*副一（眾）	（眾）	6	3	0	4	群戲熱鬧大場
十二	哭追	周被押送京，蘭趕來訣別，朱武文願隨蘭上京	末	（副丑）	小生	小生	生一小生	生一小生	小生	小生	末一小生	小生、末	5	2	2	1	正場
十三	捕義	蘇州府公差用計捉拿顏佩韋等五人	（外小生）	（外小生）	丑	（淨末）	*（淨末）、付						1	0	1	4	半過場
十四	蓆吳	毛奏屠殺蘇城，按院徐吉有意護民，故送徐本	外	外	外	小生	外	外					6	0	0	0	文靜短場
十五	叱勘	倪文煥、許顯純審問眾人，周當堂痛罵之	生	末	生	（副丑）	副、丑						3	0	1	1	正場
十六	血奏	蘭奏血書被打，幸遇徐如珂願助他見父一面	小生	小生	小生	小生	小生	小生一外					5	1	0	0	過場
十七	囊首	蘭改裝入監探父，卻眼見父親被囊首致死	生	小生	生	小生	小生	小生	末	小生			8	0	0	0	悲哀正場
十八	戮義	顏母、楊子往探五人就義	生	（生老且）	（五合）	（老生）	（老且生）	（老且生）					1	0	0	6	群戲過場
十九	泣遣	周家驚聞噩耗，即刻將周女送至魏家	且	小且、且	小生、小且	小生	且、小且	*小生（且）一小生一老	淨、三小且	小且、小生	且、小且、小生	且、小生	2	1	7	1	正場
二十	魂遇	周與五人魂遇，天曹分授其爲城隍、部下功曹	（淨末醜貼且）	（五合）	生	（五合）	*（五合）一生	（五合生）					1	1	0	5	正場

二一	報敗	當今駕崩，魏賊自縊，東林復起、李毛抄家	老旦副	一	副、老雜		老、副丑		副、老淨		（副老）	老、副			3	1	4	1	粗口短場
二二	毀祠	蘇州民眾鬧進魏賊生祠去搗毀洩憤	（淨外旦）		*末一（淨丑）		*（眾）一淨								0	2	0	4	熱鬧行動過場
二三	弔墓	文文起被召還京，行前遇周家、蘇民祭奠五人	外	副	*（外末雜）一外		*（淨眾）	*外一（眾）	*（生老旦）一外	小生	*（外末眾）一外	（眾）			3	4	0	6	南北正場
二四	鋤奸	蘭血疏劾奸，聖上將倪、許拿問	小生	*（副丑）一眾	*（副丑）--小生		小生	末	小生	*（副丑）一（末老）	小生	小生			7	3	0	3	南北正場
二五	表忠	聖旨旌獎周家滿門，以此爲全劇收束	旦	（旦小生眾）	（眾）	（旦小生）	（旦小生）	（旦小生）							1	0	0	5	圓場

附錄十三　〈清初蘇州劇作家作品各門腳色擔任獨唱之次數統計表〉

說　明

◎本表統計清初蘇州劇作家作品中各門腳色擔任獨唱之次數，橫軸依行當分列腳色，惟爲求簡明，淨丑、末外同行，並在末欄列出特殊行當者；縱軸依作家分列作品，作品超過一本以上作家末行小作統計，並以灰底標出，又李玉《麒麟閣》二本均用人物名稱而無註明擔演行當，故刪除之，共計五十三本劇本。

◎每部作品中某腳色擔任獨唱次數最多者，以「粗黑體」標出；本表最末行作總計，並按使用次數多寡排列名次。

腳色行當 作家、作品	生行		旦行				淨丑行			末行		其他
	生	小生	旦	小旦	貼	老旦	淨	副淨	丑	末	外	其他
李玉　一捧雪	11	11	7	8	0	2	12	10	5	6	**19**	0
人獸關	9	17	19	6	0	11	**31**	14	9	3	12	0
永團圓	**20**	9	15	1	0	5	8	12	4	4	19	0
占花魁	**26**	8	13	1	0	14	5	7	9	7	9	0
牛頭山	13	**20**	6	0	0	2	12	11	6	9	11	0
風雲會	18	4	11	3	0	0	**31**	5	6	3	10	0
太平錢	20	**27**	0	5	0	0	3	13	2	5	9	0
眉山秀	7	5	**21**	11	0	3	4	9	6	10	15	0
千鍾祿	**19**	8	7	0	1	4	5	0	4	10	14	0
五高風	**20**	7	10	0	4	4	14	6	9	12	7	0
兩鬚眉	**23**	7	14	1	0	1	11	8	3	5	8	0

作者	劇目												
	清忠譜	**29**	24	4	2	0	0	9	3	5	11	7	0
	萬里圓	**16**	5	9	0	2	0	8	4	2	12	10	0
	一品爵	**29**	4	2	0	2	0	14	5	3	15	13	0
使用次數總計		260	156	138	43	9	46	167	107	73	112	163	0
朱素臣	十五貫	14	13	7	6	0	0	6	2	4	13	**32**	0
	文星現	**23**	18	11	0	10	0	4	9	5	13	7	0
	秦樓月	**35**	11	21	5	0	5	2	3	6	19	15	0
	未央天	**26**	5	0	2	14	4	20	9	7	8	10	0
	翡翠園	**16**	2	4	0	13	6	11	2	14	9	9	0
	聚寶盆	16	5	4	0	**19**	2	5	1	11	**19**	6	0
	四大慶一	0	**8**	2	0	0	0	4	3	1	0	0	0
	四大慶二	**7**	1	0	0	1	1	0	0	1	0	0	0
	四大慶三	1	1	0	0	0	0	0	0	0	0	2	小正2
	四大慶四	1	1	2	0	1	0	0	6	0	9	1	大淨8
使用次數總計		139	65	51	13	58	18	52	35	49	90	82	10
朱佐朝	九蓮燈	6	5	4	10	0	1	10	6	2	**11**	6	0
	豔雲亭	11	10	**20**	0	8	6	8	13	16	5	10	0
	萬壽冠	**18**	12	6	0	11	8	6	8	8	4	11	0
	奪秋魁	8	0	9	4	0	8	**16**	2	4	5	8	貼生2
	蓮花筏	**18**	13	11	4	0	5	6	3	1	7	9	0
	血影石	**18**	9	11	6	0	11	9	8	10	7	13	0
使用次數總計		79	49	61	24	19	39	55	40	41	39	57	2
從畢魏	龍燈賺	**16**	2	8	0	1	5	11	8	6	**16**	15	0
	三報恩	**49**	11	4	0	6	6	14	0	15	29	6	小淨12
	竹葉舟	**38**	12	3	6	3	3	10	11	11	4	12	0
使用次數總計		87	23	7	6	9	9	24	11	26	33	18	12
葉稚斐	英雄概	**21**	11	8	0	10	9	17	16	16	17	10	0
	琥珀匙	**27**	6	2	0	7	3	2	8	3	7	5	0
使用次數總計		48	17	10	0	17	12	19	24	19	24	15	0
丘園	黨人碑	8	11	2	6	0	4	3	11	**19**	15	18	0
	幻緣箱	**20**	4	3	6	0	4	17	16	5	10	9	0
使用次數總計		28	15	5	12	0	8	20	27	24	25	27	0
張大復	醉菩提	**58**	12	8	0	1	4	10	9	7	5	11	0
	吉祥兆	9	12	10	0	12	3	**14**	8	2	11	11	0
	快活三	**34**	8	10	0	8	1	4	10	14	4	4	0
	金剛鳳	**43**	7	14	2	0	4	19	6	4	6	13	0
	釣漁船	23	**25**	13	0	13	15	11	7	3	15	16	0
	雙福壽	9	7	3	4	0	7	9	**25**	1	1	14	0
	紫瓊瑤	**20**	14	6	0	11	11	14	4	5	12	3	0
	讀書聲	22	1	**24**	0	11	1	10	1	3	4	7	0
使用次數總計		218	86	88	6	56	46	91	70	39	58	79	0

陳二白	雙冠誥	**17**	6	4	0	0	0	5	4	4	2	8	大娘2 二娘4
	稱人心	**17**	0	2	7	0	0	4	8	1	0	6	老生12
使用次數總計		34	6	6	7	0	0	9	12	5	2	14	18
盛鄒玉卿	人中龍	**24**	11	6	0	2	7	9	9	13	9	12	0
	青虹嘯	15	16	10	0	16	4	**17**	12	9	14	9	0
	雙螭璧	**24**	9	17	0	3	7	9	16	4	15	9	0
使用次數總計		39	25	27	0	19	11	26	28	13	29	18	0
王	非非想	**17**	**17**	12	7	0	8	9	7	6	7	10	0
吳	秣陵春	**57**	4	48	5	24	23	16	5	15	10	28	0
尤	鈞天樂	**56**	8	23	14	4	9	3	1	4	8	7	0
五十三本總計		1102	484	490	137	218	241	511	384	333	462	545	42
使用次數高低排序		1	5	4	11	10	9	3	7	8	6	2	12